D1721937

ky

pan
Roman

März 1995

Für meinen Freund Franzl!

*Alles Gute
und viel Spaß
beim Lesen*

Herzlichst

Heinz Nobotek

Heinz Nabrotzky

Zeit wie Marzipan

Roman

Weil es so gewesen war,
weil es so zauberhaft war
– es bedurfte eines Geschenks . . .

◑ edition fischer
im
R. G. Fischer Verlag

CIP-Titelaufnahme der Deutschen Bibliothek

Nabrotzky, Heinz:
Zeit wie Marzipan : Roman / Heinz Nabrotzky. –
Frankfurt (Main) : R. G. Fischer, 1990
  (Edition Fischer)
  ISBN 3-89406-030-1

© 1990 by R. G. Fischer Verlag
Wilhelmshöher Straße 39, D-6000 Frankfurt 60
Alle Rechte vorbehalten
Satz: Satz-Service Wilfried Niederland, Frankfurt
Schriftart: Palatino 10˙ n
Herstellung: Ernst Grässer, Karlsruhe
Printed in Germany
ISBN 3-89406-030-1

Gewidmet meinen Eltern, meiner
Schwester Dorothea und ihr........

Inhalt

I.

Es ist heute
Sie lebt nicht mehr

Pfirsich-Annie läßt es darauf beruhen, daß ihr Geschäft lediglich aus zwei Holzkisten besteht. Seidenfinger nimmt sich hier seidenweich den Brieftaschen der Passanten an, und Schmuddelwetterwilly ist hier zu Hause. Ein seltsamer Typ, den nur Regenwetter erfreuen kann. An Sonnentagen schließt er sich meistens ein. Da diese aber selten sind, ist er überwiegend glücklich.

Es ist keine feine Gegend, und die Menschen sind es auch nicht. Man zielt beim Pinkeln auf Fliegen. Rülpsen beim Essen ist hier eine Etikette – das untrügliche Zeichen eines Wohlstands für einen Tag. Sich Geld zu leihen, ohne es wieder zurückgeben zu müssen, ist jeden Tag eine Aufgabe, die es zu bewältigen gilt. Das Hotel, in dem ich arbeite, grenzt an diese Gegend. Ich nenne sie die freudlose Seite. Dort drüben, das ist die noble Seite.

Auf der noblen Seite ist alles ganz anders. Hier hat man auch ein Bankkonto. Der Aufbewahrungsort des Geldes ist eine geschützte Stelle, die wie eine Schlaftablette wirkt. Bezahlen möchte man möglichst dennoch nicht mit Bargeld, das macht einen so erbärmlichen Eindruck. Man reicht eine kleine Karte und hofft, noch ehrfurchtsvoller angesehen zu werden. Klappt nicht immer; die Kellner müssen diesen Blick noch üben, damit er auch wirklich zutreffend ist. Den Schnurrbart läßt man sich zweimal wöchentlich bei zwei verschiedenen Friseuren stutzen. Wie peinlich, wenn der Schnurrbart langsamer wächst, als die Schnelligkeit der Schere es zuläßt. Man liest die Börsenzeitung und trägt Aktenkoffer. Auf der freudlosen Seite sind es Plastiktüten.

Arbeiten tu ich zwar auf der noblen Seite, aber meine Freunde von gegenüber besuche ich immer wieder; ich mag sie einfach. Etwas hatte ich mir aber ausgebeten: »Besuchen dürft ihr mich nie!«

Eines Tages passierte das Unfaßbare: »Zahnstocher«, so genannt wegen seiner eklatanten Dürre, stand unübersehbar im Türrahmen. Er lächelte breit, und seine Pudelmütze verbarg eine Menge von seinem unaufgeräumten Gesicht.

Was nun? Jetzt durften auf keinen Fall irgendwelche Gäste erscheinen, weder lässige noch pikierte. Für beide wäre es der Schreck der Abendstunde. Was für ein Glück nur, die Bar war menschenleer. Ich lief auf ihn zu und wollte ihn sogleich aus der Türe drängen. Ich glaube, meine Stimme überschlug sich: »Zahnstocher, bist du wahnsinnig? Du kennst doch unsere Abmachung. Ich besuche euch. Ihr aber dürft mich nie besuchen. Hast du das vergessen?«

Zahnstocher lächelte breit, und seine letzten Zähne kamen groß zum Vorschein, kein Anblick für zarte Nerven.

»Das weiß ich, Michael, aber ich habe mich heute als Topfspüler in eurem Hotel vorgestellt, ihr sucht nämlich einen. Ihr habt auch einen ganz feinen Namen für diese miese Arbeit. Ihr nennt das Caspale oder so.«

»Castrolier heißt das«, verbesserte ich ihn.

Er winkte ab.

»Ist mir auch egal. Aber mit so einer feinen Berufsbezeichnung könnte ich mir sogar eine Wohnung mieten. Wenn ich dann sagen würde, ich bin ein ... wie heißt das Ding?«

»Castrolier.«

»Also gut, wenn ich sagen würde, ich bin ein Cas ... Cas ... Cas ... Wer zum Kuckuck muß immer solche schweren Namen erfinden? Ich würde also diesen Namen aussprechen können, dann hätte ich sofort eine Wohnung. Die Leute wissen gar nicht, was das ist. Ich bleibe zwar ein Topfspüler, für die aber wäre ich etwas Geheimnisvolles, Vornehmes.«

Er sah sich bedeutungsvoll um, und sein dünnes Kinn schien seinen Mund für immer offen lassen zu wollen. Sein Kopf machte eine große Runde, die ganze Bar schien er verschlucken zu wollen. »Ist aber ein feiner Laden«, raunte er, wobei seine Stimme recht langsam klang, aber trotzdem aufgeregt. »Gibt es Leute, die sich so etwas leisten können?«

Ich hatte nur einen Gedanken, ihn so schnell wie möglich wieder los zu werden.

»Natürlich gibt es solche Leute. Zahnstocher, verschwinde, ehe man dich hier sieht.«

Er ignorierte einfach meine Worte. Auf seinem schmalen Gesicht, wo nicht mal die Falten genug Platz hatten, machte sich noch größere Bewunderung breit.

»Ich war noch nie in einem so feinen Hotel. Hast du denn kein Verständnis, wenn ich hier mal alles bewundern möchte?«

»Natürlich habe ich das, trotzdem mußt du hier wieder verschwinden.«

Ich wurde immer nervöser. Meiner Bitte, die eher schon wie ein Befehl klingen mußte, kam der ungebetene Besucher immer noch nicht nach. Statt dessen ging er ein paar Schritte weiter ins Innere der Bar, er streifte sich dabei seine geflickten Wollhandschuhe von den Fingern. Draußen war es kalt, es war Winter.

»Noch ein paar Minuten, dann gehe ich«, sagte er.

»Du mußt sofort gehen.«

»Ich gehe, nachdem du mir einen Drink verkauft hast.«

»Einen Drink verkaufen? Hast du denn Geld?«

»Natürlich, sonst würde ich dich doch nicht dazu auffordern. Habe heute am Bahnhof ein Schließfach ausgeräumt. Irgendein Trottel hatte einfach den Schlüssel stecken lassen. So einen grandiosen Moment gibt es selten, habe ihn gleich ausgenutzt. Es trifft aber bestimmt keinen Armen – der muß genug Schotter gehabt haben. Sogar ein goldenes Armband war in der Ledertasche versteckt, habe es sogleich verscheuert. Weißt du, was Schotter ist?«

»Natürlich weiß ich das.«

»Dann mach mir einen Drink fertig. Für dich auch einen.«

Ich mochte gar nicht daran denken: wenn jetzt Hotelgäste die Bar besuchen würden oder gar der Hoteldirektor erscheinen würde, der um diese Zeit immer seine Runde machte und hin und wieder auch diese Sektion seines zu kontrollierenden Reiches besuchte, welche Erklärung sollte ich wohl parat haben? Ich wünschte, ich hätte heute meinen freien Tag und meine Vertretung könnte sich dann mit dem Problem beschäftigen. Aber dann wäre es auch kein Problem gewesen. Bei meiner Nichtanwesenheit hätte Zahnstocher gleich wieder kehrtgemacht. Er wird lediglich meine Unterhaltung gewollt haben. Angenehm riechen tat er auch nicht gerade. Ach du liebe Zeit, sogar zwei verschiedenfarbige Schuhe trug er, einen Straßenschuh und einen Tennisschuh. Ich änderte meine Strategie. Würde er einen ausgeben, könnte er sich womöglich länger hier aufhalten. Die Frage des Bezahlens würde eventuell immer offen bleiben, trotz seines »Schließfachs«. Ich entschloß mich, ihm selbst einen auszugeben, gleich anschließend wird er die Großzügigkeit meiner Gastfreundschaft bestimmt nicht mißbrauchen und länger verweilen wollen, als meine Aufforderung ihm kundtun wird.

»Also gut, Zahnstocher, du gibst keinen aus. Ich gebe dir einen aus. Aber dann bist du verschwunden, klar?«

Dem seltsamen Barbesucher klingelte es in den Ohren.

»Du willst einen ausgeben?«

»Ja, komm schon.«

Ich drängte ihn förmlich zur Theke. Je schneller er ausgetrunken haben würde, desto schneller würde er wieder verschwunden sein.

»Was trinkst du denn am liebsten?« fragte ich ihn noch im Gehen.

»Das weißt du doch, Whisky.«

»Welche Marke?«

Seine Stimme – ein Nilpferd im Stimmbruch!

»Es gibt so einen ganz feinen. Ich konnte ihn mir noch nie leisten, aber ich habe mir seinen Namen gemerkt. Ich glaube, er heißt ›Schiemaß aus dem Regal‹ oder so.«

Selbstverständlich wußte ich, welche Marke er meinte, nur hieß sie ganz anders.

»Du meinst sicherlich Chivas Regal.«

»Ich glaube, das ist er. Hast du so einen?«

»Natürlich.«

Er klatschte erfreut in die Hände.

»Dann möchte ich so einen.«

»Anschließend machst du aber die Fliege.«

»Na klar doch.«

So eifrig und schnell hatte ich noch nie zu einer Whiskyflasche gegriffen, jedenfalls nicht zum Fremdverbrauch. Zahnstocher derweil hatte für alles Interesse und Bewunderung. In den spiegelblanken Kupferplatten der Tanzfläche wollte er sein Gesicht erkennen, seltsame Grimassen schnitt er. Er streichelte die Polsterungen der Barhocker und fuhr sanft und andächtig über die Lampenschirme der Wandbeleuchtung. Dann ergriff er so nebenbei eine Barkarte, und fast ehrfurchtsvoll, als hätte er vergessen zu fragen, ob er es auch durfte, öffnete er die Seiten. Er blätterte darin bis er bemerkte, daß die vielen ausländischen Namen ihn eher verwirrten als begeisterten. Aber ein Name hatte sein Interesse gefunden.

»Sag mal, Michael, dieses Blue ...blue ... ey ... ey...«

»Du meinst: Blue eyes Marlin.«

»Richtig. Was ist das?«

»Ein Cocktail.«

Ich bemerkte, daß er noch immer seine Pudelmütze aufhatte.

»Du könntest wenigstens deine alberne Kopfbedeckung ablegen.«

»Du hast recht,« sagte er sogleich.

Er tat es augenblicklich, und sieben lustige Haare standen in die Höhe. Mehr gab es von dem Unter der Pudelmütze nicht zu berichten. Armer Zahnstocher, kein Speck und keine Haare! Ich stülpte einen neuen Ausgießer auf eine der vollen Flaschen, dann ließ ich den Whisky über die dicken Eiswürfel ins Tumblerglas laufen. So nebenbei fragte ich: »Was interessiert dich an diesem Cocktail?«

Mein Freund von der freudlosen Seite sah noch immer sinnend in die Barkarte.

»Du wirst es nicht glauben, Michael, aber ich habe auch schon Cocktails getrunken. Ich kenne einen Manhattan ganz gut und weiß, was ein Martini ist. Ich war nicht immer arm, ich verkehrte auch schon mal in besseren Kreisen. Du wirst es nicht glauben, meine erste Freundin war eine Diplomatentochter.«

»Doch – doch, das glaube ich dir, Zahnstocher.«

»Und was ist dieser Blue – blue –?«

»Blue eyes Marlin?«

»Ja.«

»Ich habe diesen Cocktail einem Mädchen gewidmet, das Marlin hieß.«

»Wenn du das getan hast, dann muß sie aber sehr hübsch gewesen sein.«

Ich blickte über eine Anzahl leerer Gläser, die neben dem Spülbecken standen und poliert werden mußten. Dann ging mein Blick weiter zur Eingangstür, wo nur ein blauer Vorhang war und stumpfe Holzwände. Aber ich sah das Meer und sah ein blondes Mädchen, das mit wehenden Haaren auf mich zulief und mich küßte. Ich glaube, ich spürte sogar den Salzgeschmack auf meinen Lippen.

»O ja, sie war sehr hübsch.«

»Kannst du mir mehr über sie erzählen?«

»Was möchtest du hören? Daß sie den Duft des Fliederstrauches liebte? Daß sie mir Jugendtage zurückgab und verständlicherweise keine Zahnärzte mochte? Ich könnte dir viel über sie erzählen, auch daß sie mich liebte.«

»Erzähl mir mehr aus ihrem Leben.«

»Auch wenn wir uns nur neun Tage kannten?«

»Du kanntest sie nur neun Tage?«

»Mehr waren es nicht.«

Ich schob Zahnstocher den Whisky hin, welchen er schon immer mal trinken wollte und beobachtete zugleich, daß nun sein Gesicht viel freundlicher aussah. Ich könnte wetten, gut rasiert, gepudert und in passable Kleidung gesteckt, würde er nicht mal eine schlechte Figur abgeben.

Sollte allerdings jetzt gerade der Hoteldirektor reinschauen, ich würde ihm erklären müssen, daß der Gast derjenige ist, der die ständig verstopften Abflußrohre im Hotel reinigt. Und den konnte er schließlich nicht vor die Türe setzen. Du meine Zeit, jetzt planscht er mit seinen dünnen Fingern auch noch im Whiskyglas und spielt mit den Eiswürfeln. Zudem schien er Gefallen zu haben an einer Schale mit Erdnüssen. In Sekundenschnelle hatte er sie leergegessen. Er wandte sich wieder an mich.

»Du, Michael –«

»Ja.«

»Warum schreibst du nicht über sie?«

»Über wen?«

»Na, über dieses Mädchen.«

»Über Marlin?«

»Ja.«

Erst jetzt bemerkte ich, daß ich mit Zahnstocher angestoßen hatte. Ich spürte die Kühle der Flüssigkeit in meinem Mund und war dabei, einen ganzen Eiswürfel zu verschlucken.

»Wie meinst du das, schreiben?

Mein Partner auf der anderen Seite der Theke nickte.

»Ein Buch schreiben, das meine ich.«

Ich stellte mein halb gefülltes Glas wieder ab und drehte es nachdenklich auf dem dunklen Holz des Tresens. Ich spielte dann sogar damit. Von einer Seite zur anderen schubste ich es und beobachtete, wie manchmal, wenn mein Schubsen zu kräftig war, der Inhalt überzuschwappen drohte. Es passierte aber nicht.

Mir fiel ein, daß ich eigentlich ein exzellenter Barmixer war; ich konnte eine Unmenge Cocktails mixen, kannte Crustas,

Fizzes, Sours, Egg-Noggs, Slings und viele mehr. Aber ein Buch schreiben, nein, das würde nicht in Frage kommen. Ich wüßte nicht mal, wie man so etwas anfangen sollte. An meiner ersten Seite würde ich zehn Tage sitzen. Wie langweilig müßte es überhaupt sein, ständig an der Schreibmaschine sitzen zu müssen.

Fast drohte ich Zahnstocher mit meinem erhobenen Zeigefinger.

»Nein, das wäre nichts für mich«, sagte ich.

»Warum denn nicht? Du mußt ja nicht gleich Hemingway sein«, sagte er.

»Ich wäre nicht mal der Aufsatzschreiber in der dritten Klasse.«

»Versuch es doch mal. Wenn du ihr einen Cocktail gewidmet hast, mußt du ihr auch ein Buch widmen.«

»Ich glaube, das ist ein himmelweiter Unterschied.«

Mein Freund von der freudlosen Seite lehnte sich weit auf seinem Barhocker zurück und nahm den Anlauf für den letzten Schluck aus seinem Glas.

»Gibst du mir noch einen?« fragte er.

Merkwürdig, mir war es, als wäre er gar nicht mehr anwesend. Seine Worte mußte er zu jemand anderem gesprochen haben. Die Leute, die in die Bar kamen, sah ich auch nicht mehr. Ich sah Papier, weißes Papier, sah darauf die Schrift einer Schreibmaschine und Worte, die vielleicht von mir stammen konnten, wahre Worte. Ich weiß nicht, Zahnstocher hatte irgendwie vieles verändert.

Blue eyes Marlin

2 cl. Gin für ihr blondes Haar
2 cl. Curacao blue für ihre blauen Augen
1 cl. Apricot für ihr sanftes Wesen
Orangensaft und Maracujasaft für ihr Lächeln
Tonicwasser aufgefüllt für die Zeit mit ihr

II.

Die Zeit vor ihr

Die Fensterscheiben sind beschlagen. Reif hat sich an den Rahmen gebildet. Die ersten Schneeflocken sitzen einsam auf nackten, kahlen Zweigen. Einige hat der Wind auch in die Fensterritzen geweht. Auf der anderen Seite ist ein Blumenbeet mit verschiedenen kleinen Schneefeldern besetzt. Wie gemalt sieht es aus, fast wie ein Schachbrettmuster. Eine vergessene Harke liegt neben einer alten Schubkarre. Auf einer nackten Rosenhecke hockt frierend eine Amsel. Über dem Haus, aus einem Schornstein, steigt qualmend Rauch zum Himmel. Irgend jemand macht ein Feuer für den Abend.

Es ist Winter, eine ungewöhnliche Zeit, über Sommersonnentage zu schreiben – über einen Sommer im Jahre neunzehnhundertsechsundsiebzig.

Der Geruch der Erde war damals ganz anders. Es war feiner Sand, und der Horizont war weiter als der jetzige. Damals flogen Möwen, jetzt sind's die Krähen.

Den Papierkorb habe ich zwischenzeitlich näher zu mir herangeschoben, zuviel angefangene Seiten sind in ihm gelandet. Um mir das Werfen der Papierknäule zu erleichtern, habe ich ihn mir zu meinem Nachbarn erkoren. Er ist wie ein Partner geworden. Tag für Tag ist er gefüllt. Vielleicht gibt mir auch gerade der Winter die reichen Gedanken wieder.

Ich frage ihn mal: »Winter, bist du gewillt mir zu helfen, Sommertage von einst freundlichst aufs Papier zu bringen? Wohlwollend und großzügig? Bitte, sei nicht so! Ich meine, bitte sei freundlich!«

Es ist, als hätte er mich erhört. Der Papierkorb ist nicht mehr so gefüllt wie sonst, und auch die Seiten brauchen nicht mehr solange Zeit in der Schreibmaschine zu verweilen. Viel, viel schneller füllt sich nun ein Stapel mit fertigen Schreibmaschinenseiten.

Ich glaube, ich bin dabei, ein Buch zu schreiben.

Da ist die Stadt, in der ich lebe. Sie ist nicht groß, sie ist nicht besonders klein, vielleicht gerade so für mich geschaffen. Ich möchte fortziehen und doch immer hierbleiben. Wenn ich das endlich nur wüßte. Ich mag sie, und doch kommt sie mir unverschämt erhaben vor. Kann es sein, daß sie mir eines Tages doch bedeutungsvoller erscheinen wird?

Ich bin ein Spieler – meine Verwandtschaft weiß es nicht. Ich bin ein Trinker – keiner weiß es. Ich liebe die Mädchen – alle wissen es. Das Spielen tätige ich auswärts, das Trinken heimlich, ohne Zeugen. Und die Mädchen liebe ich, weil es die Poesie des Lebens ist, die Umklammerung des Erdballs, das Geplauder einer Meeresbrandung.

Ich frage nach etwas anderem. Nur für den Moment. Wie kann man eine lausige Welt noch lausiger gestalten? Ich könnte meiner Verwandtschaft mein Laster beichten, betrifft das Spielen. Ich könnte meinen Bekanntenkreis ebenfalls zum Trinken verführen, betrifft das Saufen.

Die Frauen aufhören zu küssen, das könnte ich nie! Nie könnte ich sie abweisen. Nie könnte ich sie für etwas anderes aufgeben. Sie spielten in meinem Leben immer eine gewisse Rolle. Ob sie jung waren oder schon erwachsen, nie konnte ich sie abweisen.

Sie gaben mir immer des Lebens ganze Abwechslung, herrliche Zufriedenheit und breite Enttäuschung – es war immer wie Eierkohle mit Seidenschleifchen. Ich schlief dabei unter Brücken und nächtigte in eleganten Parkvillen. Ich kannte den Geschmack der gemeinsten Frikadelle und hatte Kaviar mit Suppenlöffeln genossen. Ich habe mich durstig unter schmutzige Wasserhähne geneigt und verächtlich die siebte Flasche Champagner von mir gewiesen. Ich liebte das smarte Töchterchen aus gutem Hause ebenso wie das stämmige Bauernmädchen, das mir beim Abschied am Gatter noch einen Korb voll Wurst überreichte.

Es gab eine Zeit, da mußte es unbedingt eine Wohlhabende sein. Jene mit unbelasteten Grundstücken standen ganz oben in meiner Begierde. Ich wollte einfach der Großzügigkeit wohlhabender Frauen etwas aufgeschlossen gegenübertreten. In der Hoffnung, hier den endgültigen Durchbruch zu schaffen, kniete ich mich ungemein hinein in die Auseinandersetzung mit dem anderen Geschlecht. Wäre auch die angenehmste und schönste Art gewesen, zu einem besseren Lebensstandard zu gelangen. Ich lernte imposante Hotelzimmer kennen, mußte achtgängige Menüs zu mir nehmen und durfte mich einer feineren Aussprache beugen. Ich lernte in den unmöglichsten Momenten zu schweigen und ältere Modelle wie Teenager anzusehen. Ich wußte schließlich, was Untreue bedeutete und konnte verstehen, wenn Männer über Nacht das Weite suchten.

Die ganz großen Erfolge blieben aber aus. Eine Mittelmeerreise war die nennenswerteste Ausbeute, abgesehen von einem gebrauchten Kleinwagen. Ich hätte es zwar auch zu einem Wochenendhäuschen bringen können, verbunden mit einer astreinen Bankvollmacht, aber was sie alles forderte – vor dem Liebesspiel sollte ich stets ein Mandelblütenbad nehmen. Ihr Hausarzt sollte auch der meinige werden. Verabredungen durfte ich nur mit ihrer Zustimmung treffen, und mein Aufenthaltsort sollte ihr stets bekannt sein. Die Haare auf meiner Brust sollten einer Rasur zum Opfer fallen. Sie bestand darauf, daß ich Sockenhalter trug – .

Ich wog das eine gegen das andere ab und kam zu dem Schluß, daß Wochenendhaus und Bankvollmacht meiner Freiheit nicht standhalten konnten. Dabei brachten mich ihre Kontoauszüge stets in Verzückung –. Eine nette, wohlhabende Liebe fand ich eigentlich in Karen, einer Geschäftsfrau aus Essen. Als ich ihr aber aus Holland geschrieben hatte: »Ich sende Dir Grüße und all meine Rechnungen«, war auch diese recht angenehme, harmonische Verbindung zu Ende. Ich war auch manchmal recht anspruchsvoll! Also, ich wollte eine wirklich gutaussehende, wohlhabende, intelligente, geformte, anschmiegsame, freigiebige, romantische, unkomplizierte, märchenhafte Frau –.

Hatte ich etwas Wichtiges vergessen?

Trotz meines Alters, immerhin schon sechsundvierzig, war ich noch immer voller Unruhe. Eigentlich konnte ich sie nie richtig abstreifen. Wie eine nie loszuwerdende Krankheit erschien sie mir fast. Selbst die Jahre als Schiffssteward konnten daran nichts ändern. Eine Abhilfe war einfach nicht in Sicht. Wir legten in irgendeinem Hafen ab, da stand ich an der Reling und stellte mir schon vor, wie die nächsten Inseln aussehen würden. In Gedanken sah ich die anders aussehenden Menschen, stellte mir die Uniformen der Musikkapelle an der Pier vor und fragte mich, ob die Bars ebenso günstige Preise haben werden wie hier an den Verladeschuppen.

Wenn die anderen des Nachts schon längst schliefen, war ich noch immer wach. Ich stand dann allein am Achterdeck und hörte dem monotonen Geräusch der Schiffsschraube zu. Das Licht, das die Decksbeleuchtung freigab, spiegelte sich zum Teil auf dem Wasser. Die Schaumkronen der Heckwellen tanzten dabei immer noch, und es sah aus, als würden sie uns flüsternd begleiten. Ich schaute hoch zu den Sternen und fragte mich, ob sie von unserer Existenz wissen. Ich war schon ein unverbesserlicher Träumer. Noch heute glaube ich, man kann auf einem Regenbogen spazierengehen. Ich liebe einfach die Weite der Welt und die Rhapsodie des Lebens. Das Leben muß frei und wild sein. Wie tragisch muß es sein, wenn es geregelt ist. Könnte ich so geregelt leben? Also gut, ich gebe mich nicht mit Gesindel ab, ich trinke nur am Wochenende und verkehre nur am Montag! Mein liebes Leben, laß bloß nichts zur Gewohnheit werden!

Immer wieder versuchte ich, der Seefahrt den Rücken zu kehren, doch immer wieder kehrte ich voller Fernweh zurück. Die Ersparnisse waren meistens aufgebraucht, und in den Erlebnissen herrschte häufig eine Flaute, ein Grund mehr, wieder fiebernd an der Pier zu stehen. Eines Tages war es dann aber doch soweit: Ich verabschiedete mich von den Jahren auf See. Ich hatte vieles mitgenommen: nie lange an einem Ort zu verweilen! Langeweile nur zum Nachdenken zu benutzen! Und Leuten, die am Fließband arbeiten, aus Mitleid immer einen ausgeben zu müssen. Einer ehrlichen Liebe wollte ich aber nie aus dem Wege gehen. Um entgegengesetzt zu leben, müßte das Leben schon mindestens doppelt so lange dauern. Den schwankenden Boden unter mir habe ich getauscht mit den ausgewählten Teppichen einer Hotelbar. Früher servierte ich in den weiten Salons der Passagierschiffe Maiskolben mit zerlassener Butter und riesige Eisbecher. Heute mixe ich ausgefallene Cocktails für die feine Gesellschaft der exquisiten Hotels. Die Liebesaffären sind sogar noch zahlreicher geworden. Früher waren es die reichen amerikanischen Witwen und die Stewardessen an Bord, die beide fatal lüstern waren – sogar bei Seegang! Heute sind es die Frauen der Hoteldirektoren und die Sekretärinnen der Tagungsfirmen.

Nicht immer läuft alles planmäßig ab. Wenn eine der Damen gesteht, daß sie sich wegen des Barmixers scheiden lassen will, dann ist es unbedingt an der Zeit, die Koffer zu packen. Nicht immer ist das Kofferpacken die endgültige Trennung vom Betrieb. Manchmal ist es nur ein kleines Verstecken auf Zeit, und das Kofferpacken betrifft lediglich einen Urlaub.

Dann kann mein altes Wohnmobil noch seine Zuverlässigkeit unter Beweis stellen. Ein betagtes Vehikel von eigenartigem Aussehen. Es durfte wirklich den Namen »International« beanspruchen. Die Karosserie war amerikanisch, der Motor britisch, die Einrichtung deutsch, und die Armaturen kamen aus den verschiedensten Ländern. Ich hatte immer die Befürchtung, aufgrund irgendwelcher kleiner Defekte könnte es eines Tages die Straße als sein Ruhebett betrachten und liegenbleiben, oder daß aufgrund nicht mehr zu erhaltender Ersatzteile seine Lebensfähigkeit sowieso eingeschränkt sein könnte. Aber soweit war es nie gekommen. Die Defekte waren unbedeutend, und die Ersatzteile waren noch immer aufzutreiben, selbst die sonderbarsten.

Als ich ihn kaufte, stand er ziemlich trostlos auf dem Hof eines Schrotthändlers. Sein Ende war schon fast beschlossene Sache, nur die Beglaubigung fehlte noch. Mir erschien er wie ein alter, kranker Mann, der aber noch immer leben wollte. Ich fragte den Schrotthändler: »Fährt der eigentlich noch?«

Mit einem Ruck schob er sein Kaugummi von einer in die andere Mundhälfte. Dabei wischte er sich eifrig über seinen Bart.

»Rennen können Sie damit nicht fahren, aber wenn Sie etwas Robustes suchen, dann ist er genau das Richtige. Er sieht zwar nicht danach aus, aber Sie können mir vertrauen, so leicht kann ihm keiner das Wasser reichen. Schauen Sie mal hier, das Blech –.«

Er trampelte mit seinen Stiefeln voll gegen den rechten Kotflügel.

»Ist das nichts? So etwas müssen Sie heutzutage suchen.«

Sein Kaugummi wechselte wieder die Seite. Im ersten Augenblick glaubte ich, er wollte mich auf den Arm nehmen. Das sollte etwas Robustes sein? Eher hatte ich den Verdacht, er war der beste Anwärter für die Blechpresse, lediglich mein Mitleid und sein außergewöhnliches Aussehen weckten Kaufgedanken.

»Aus erster Hand wird er wohl nicht sein?« fragte ich. Der Schrotthändler schien der ehrlichste Mensch der Welt zu sein.

»Er hatte sechs Vorbesitzer, Sie wären der siebte«, sagte er, ohne an die Nachteile seiner Antwort zu denken. Wahrscheinlich hielt er einen Verkauf sowieso für ausgeschlossen.

Um so mehr machte ich meine Runden um das Gefährt mit den vielen Vorbesitzern. Eigentlich war ich dadurch umso neugieriger geworden. Immer wenn ich eine Runde beendet hatte, dachte ich, ein weiterer Besitzer wird an das Lenkrad müssen. Er sollte noch einmal den Beweis seiner Robustheit antreten. Ich überlegte: Ich könnte zum Beispiel sein Kleid verbessern. Etwas neuer Lack würde bestimmt seinem Aussehen nicht schaden. Neue Reifen würde er auch brauchen. Wie sah es eigentlich mit seinem Motor aus?

»Könnten Sie mal die Maschine anwerfen?« fragte ich den schnurrigen Händler.

»Muß denn das sein?« murmelte er vor sich hin.

»Wäre angebracht«, sagte ich.

»Na gut, wenn Sie wollen –.« Er schritt hinkend zur Fahrertür.

»Wenn wir Glück haben, wird er auch anspringen.«

»Ist wohl eine alte Batterie drin?« fragte ich argwöhnisch.

»Auch das.«

»Und was ist sonst noch?«

»Mit dem Anspringen schien er es immer zu haben. Scheint eine Laune von ihm zu sein – selbst neue Batterien können ihm diese Eigenart nicht abgewöhnen. Aber sonst ist er in Ordnung, glauben Sie es mir –.«

»Wenn Sie es sagen.«

»Wirklich.«

Ich glaubte dann doch: Immer, wenn der Händler humpelte, log er. Tatsächlich hatte der Anlasser alle Mühe, den Motor in Gang zu bringen. Als dann nach merkwürdigem Husten und Schrubbeln so etwas wie ein Motor zu hören war, war ich doch überrascht, wie ruhig und rund er lief. Ich hatte das Gefühl, er wollte jetzt den besten Eindruck machen, er hatte irgend etwas erfahren von noch vielen Kilometern auf vielen Landstraßen. Da war einer, der das verlangte, und da war er, der es zu bieten vermochte. Eine Probefahrt sollte alles entscheiden! Als dann zwischen huschenden Bäumen und schnell dahinschwindenden Häuserfronten der Motor noch immer so ruhig brummte, wußte ich: Er würde mir gehören. Es klapperte zwar hier und dort, der Blinker funktionierte nicht, und das linke Fenster ließ sich überhaupt nicht schließen, aber dafür war er im Innern sehr gemütlich. Auch die

Schaltung war ein Jammer. In den Kurven schlingerte er verdächtig, trotzdem war ich ganz zufrieden –. Unmöglich, ich kaufte ihn. Das heißt, das, was noch zu kaufen war. Dem Händler verschlug es fast die Sprache. Schließlich fragte er: »Sie sind ganz sicher? Sie wollen ihn haben?«
Dann bemerkte ich plötzlich, daß sein Kaugummi gar nicht mehr da war. Hatte er ihn plötzlich verschluckt? Immerhin, kurz vorher sah ich es noch ganz deutlich zwischen seinen lückenhaften Zähnen flitzen.
»Ja, warum denn nicht?« antwortete ich ihm.
Noch immer nicht war das Erstaunen von seinem Gesicht gewichen.
»Und Sie sind auch ganz sicher?« Ich blieb ernsthaft dabei, selbst eine letzte Preiserhöhung hätte mich nicht abgeschreckt.
»Er soll mir gehören«, sagte ich kurz.
»Wenn Sie meinen –.«
Der Händler konnte es immer noch nicht fassen. Anschließend, als er in einer zerknautschten Holzbude verschwunden war, wo unsinnigerweise noch »Büro« dranstand, sah ich, wie er einen großen Schluck aus einer grünlichen Flasche nahm. Es muß Schnaps gewesen sein –.
Nach dem Kauf brachte der Händler noch alles in Ordnung. Alle notwendigen Reparaturen wurden ausgeführt. Danach betrachtete ich meinen Kauf ausgiebig – ich war zufrieden. Ich hatte einen Freund bekommen aus Blech, Plastik, Aluminium und Gummi. Später änderte ich noch vieles um. Ich riß die alten Schlafliegen heraus, baute Hängeschränke ein und polsterte den Boden aus. Den Wänden gab ich ein kleines Dekor und brachte an den hinteren Fenstern Gardinen an. Manchmal blickte ich auch neugierig in andere Wohnmobile und schaute mir dort brauchbare Dinge ab. Mit der Zeit sah mein fahrbarer Freund recht prächtig aus. Ich fühlte mich auch so richtig wohl, wenn ich mit ihm über Land fuhr. Er klapperte zwar immer noch hier und da, aber dafür war das Schlingern in den Kurven nicht mehr so arg. Jetzt kicherte er wie ein Esel. Ich fand es richtig aufregend, mit ihm unterwegs zu sein. Überall, wo wir auftauchten, schauten die Leute nach uns.
Erwähnen muß ich noch, daß ein Plätzchen neben der Spüle

für einen ganz besonderen Zeitgenossen reserviert war: für meinen Kater »Speiker«.

Auf dem Plätzchen stand ein Korb, ausgelegt mit einer braunkarierten Decke, darin verborgen seine Persönlichkeit: er selber – leicht getigert. Eine Vorliebe für Mäuse konnte man bei ihm absolut nicht feststellen, er verabscheute sie fast. Sein inniger Freund war sogar ein Hamster. Dieser gehörte Nachbarskindern, die einfach mal feststellen wollten, was ein Kater mit so einem Krabbeltier anstellen würde. Der Hamster machte Männchen, und der Kater beschnupperte ausgiebig sein Hinterteil, dabei sah es aus, als würde er schielen.

Nie taten sie sich etwas zu leide, und als der Hamster starb, schien dem Kater etwas zu fehlen. Manchmal saß er stundenlang vor dem leeren Käfig, als warte er darauf, daß dieses Krabbeltier bald wieder käme. Aber er wartete stets vergebens. Der Mensch schien ihm in dieser Zeit kein Ersatz zu sein.

Vor jedem Urlaub besuchte ich Muttern noch. Das Ankunftszeremoniell wird auch stets das gleiche bleiben. Sie wird mein Auto sehen, die Haustür öffnen und mir in die Arme fallen. Sie wird mir dann sogleich erklären, was sie alles gekocht hat, und sie wird bestimmt wieder feststellen, wie dünn ich aussehe. Ein Grund mehr, daß ich kräftig ihre Kochtöpfe leeren sollte. Geschah es nicht, war sie fast beleidigt.

Wenn es Winter war und draußen so richtig kalt, dann kochte sie auch Schwarzsauer – ein gutes, altes ostpreußisches Gericht. Es wurde mit Gänseblut zubereitet, süßsauer gekocht und mit vielen Innereien von Gänsen und Enten versehen. Der Clou aber waren die Gewürze, Majoran und Tymian dominierten dabei. Es war einfach ein Gedicht.

Nach dem Essen besuchten wir oft Vaters Grabstätte. Mutter sorgte immer für frische Blumen. Vaters Grab lag auf einer kleinen Anhöhe und war der sonnigste Platz des ganzen Friedhofs.

Wenn ich heute an Vaters Grab stehe, sind noch immer Schmerz und Trauer anwesend, wie einst – nichts ist weniger geworden, aber trotzdem sind Frieden und Hoffnung eingekehrt. Der Grabstein ist in Schwarz gehalten und trägt eine goldene Inschrift. Er ist hier oben der größte Stein. In den zwei Windlichtern – eines zur Linken und eines zur Rechten – befinden sich immer Kerzen. Wir beten, geben den Blumen

Wasser und entfernen welkes Laub. Beim Abschied lege ich nochmals die Hand auf den dunklen Stein und sage: »Laß es dir gutgehen, Paps.«

Es klingt, als wäre er noch immer bei uns. Selbst Mutters Gesicht sieht dann zufriedener aus. Wir halten uns nie zu lange an Vaters Grab auf. Aber es dauert, bis Mutter wieder zur Realität zurückgefunden hat. Ich versuche dann, etwas Lustiges aus meinem Leben zu erzählen. Irgendwann ist sie auch wieder ansprechbar.

Wenn Mutter längst wieder am Kochtopf hängt und sich überlegt, wie man die Dürre ihres Sohnes bekämpfen könnte (ich hatte schon immer Übergewicht), trabe ich noch den Schafberg hoch und blicke hinunter nach Lichtental, wo ich einen großen Teil meiner Jugendzeit verbrachte. Den Kopf hatte ich voller Träume damals. Ich wollte nicht ewig in diesem Tal bleiben. Ich wollte hinaus, wollte alles gewinnen – die Menschen, den Erfolg, das Leben. Keiner konnte mich besänftigen in meinem Drang nach der Weite. Ich wollte dem Leben soviel Angenehmes wie möglich abgewinnen – nicht ein Tag sollte als verloren betrachtet werden können. Es hörte sich wie ein Schwur an. Obwohl mich soviel Heimisches umgab: Zucker in der Zuckerdose, Wolkenwasser in der Regenrinne und Löwenzahn im Blumenbeet – draußen aber schien alles noch viel aufregender, noch viel gewaltiger zu sein.

Vieles ist geblieben, vieles ist anders geworden, und vieles ist eingetreten, manches habe ich behaglich genossen und dann zufrieden festgestellt: »Es war zwar nicht berauschend, aber ich habe es erlebt. Ich wollte es nur erleben, mehr wollte ich nicht.«

Es könnte sein, ich besuche heute ein Pfandhaus, trinke morgen Champagner und lande wieder im Pfandhaus. Nichts anderes erwarte ich.

Wirklich nicht, ganz bestimmt nicht.

Ich war gut vorangekommen. Als ich nach sieben Stunden aus dem Auto stieg, hatte ich den Norden Niedersachsens erreicht. Irgendwo in der Nähe von Uelzen, in einem Dorf, dessen Ortsschild ich gelesen, aber sofort wieder vergessen hatte, machte ich meinen ersten Stop. Das Dorf gefiel mir. Das Gasthaus, das ich fand, ebenfalls. Es befand sich etwas abseits der Straße. Im Garten standen Birken, und am Eingang wuchsen dichte Brombeersträucher. Vielleicht wäre ich vorbeigefahren, wenn nicht das laute Knurren meines Magens mich darauf aufmerksam gemacht hätte, daß sein Zustand der Leere nicht den ganzen Tag anhalten durfte.

Der plötzliche Druck auf die Fußbremse ließ mein Wohnmobil direkt vor der Einfahrt halten. Der Wagen hinter mir bremste ebenfalls, und ein wütender Fahrer teilte mir hinter einer dunklen Windschutzscheibe mit, was er von mir hielt. Ich ignorierte ihn einfach. Durch mein starkes Bremsen fühlte ich Katzenfell im Nacken – ein Kater kam geflogen. Fast beleidigt sah er mich an, kein Wunder – ich sollte etwas höflicher mit ihm umgehen.

»Also, was ist, Kater, bleiben wir hier?«

Wahrlich, er antwortete mir: »Mmmmmmmrrrrrrrrr.«

»Du hast recht, wir sollten hierbleiben. Was ist, wenn es hier weder Fisch noch Schweinenierchen gibt? Gibst du dich auch mit Hühnerleber zufrieden? Ich weiß, das erste hast du lieber. Aber kein Wirt geht wegen dir auf Angeltour. Schau mich nicht so unschuldig an.«

Manchmal glaubte ich, der Bursche verstand mich. Sein pikierter Blick, als ich ihn im Wagen zurückließ, bekräftigte meine Vermutung – Pussycats verstehen uns jederzeit.

»Mach's gut, Kater. Wenn du brav bist, bringe ich dir auch ein Hühnerbein mit.«

Ich stieg die alten Stufen zum Gasthaus empor, an dessen Vorderfront an allen Ecken und Enden der Mörtel abbröckelte. An einer Stelle, wo zwei kleine Fenster nur noch von einer Handbreit Ziegelsteine getrennt waren, befanden sich tiefe Löcher in der Wand. Irgendwas wie Stroh schaute hervor. An einem verrosteten Eisengeländer war ein Fahrrad angekettet, und irgendein Bauer mußte mit seinem Traktor anwesend sein. Er stand in Nähe der Einfahrt und so schräg, daß er glatt den Platz von drei Autos in Beschlag nahm. An den übergroßen Reifen klebte noch heller Lehm.

Ich blickte mich nochmals um und war ganz zufrieden, ein richtiges Landgasthaus gefunden zu haben. Als ich eintrat, war alles sehr merkwürdig. Obwohl es die Zeit der Dämmerung war, schien es mir, als hätte ich Sonnenstrahlen verspürt. Und obwohl nirgendwo Menschen waren, die sangen, glaubte ich Musik zu hören. Verschiedene Leute saßen an den Tischen, und eine breite Gestalt hinter der Theke füllte zusätzlich den Raum. Aber da war sie. Sie war die Sonnenstrahlen und auch die Musik, die ich vernommen hatte. Alle anderen schienen nur Statisten zu sein, Nebendarsteller, die nichts zu bedeuten hatten. Sie gab es wahrhaftig, sie – sie – sie – mit Augen, wie ich sie oft gewünscht hatte: groß, leuchtend, hellblau, einzigartig. Die Wanderung durch eine Fußgängerzone veranlaßt manchmal, nach hübschen Mädchenaugen Ausschau zu halten, sie zu entdecken, zu bewundern, zu zählen. Es sind immer so wenige! Aber es gibt sie immer wieder, diese großen, runden Kullerdinger. Ich bewunderte gerade das zauberhafteste Paar von allen. Kein Zweifel, sie hatte meine Spitzenwertung errungen. Das Hellblaue eines frühen Sommerhimmels mochte die Farbe ihrer Augen sein. Ich höre jetzt auf, von ihnen zu schwärmen.

Ein Moment, den ich auskostete und der mir zugleich Hilflosigkeit bescherte. Ich wußte nicht, wie lange dieser Moment anhielt, aber er war unweigerlich anwesend. Es war ein Zaubermoment. Die wirkliche Gegenwart war weit weg, hier war eine andere Gegenwart anwesend. Zauber, Wünsche, Beklommenheit, in grenzenlose Zufriedenheit gelegt. Alles war anwesend, aber unsortiert und völlig durcheinander. Ich hatte soeben von einer zauberhaften Existenz erfahren – sie lebte, es gab sie. Gerade sieben, acht Schritte von mir entfernt. Ich war doch nicht etwa einem Wahn erlegen? Sie da vorne, eine erlogene Erscheinung, die in Sekundenschnelle wieder verschwunden sein wird? Etwas brachte mich in die Wirklichkeit zurück, die tiefe Stimme eines Mannes, der das Mädchen meinte.

»He du, steh nicht so unnütz herum. Bring mir noch ein Bier.« Die tiefe Stimme gehörte einem Mann mit Vollbart, der an einem großen, runden Tisch saß und angetrunken zu sein schien. Hatte er dieses hübsche Mädchen gemeint? Wie hübsch sie doch aussah, was für herrlich blonde Haare sie hatte. Ist es strafbar, sie ewig anschauen zu wollen?

Der Blick des angetrunkenen Mannes wanderte zu mir. Mit fast zugekniffenen Augen, so als könnte er mich nicht richtig erkennen, blieb sein Blick an mir haften. Wieder stand die brummige Stimme im Raum.

»Du da hinten an der Tür, verschwind wieder oder komm rein, dann mußt du aber die Tür schließen. Beeil dich, es kommt Kälte rein.«

»Bitte was«?

Ich hielt ungläubig meine rechte Hand auf der Brust.

»Sie meinen mich?«

Der Stämmige sah nochmals auf. So, als erschiene es ihm lästig, nochmals zu antworten. Er sagte:

»Ja, ich meine dich.«

Mein Blick war nur bei dem Mädchen.

»Nun mach schon, komm rein!« forderte der Bärtige mich halbwegs freundlich auf.

»Sie meinen doch mich?« fragte ich.

»Natürlich.«

Auf mein Zögern hin schielte er nochmals zum Eingang und war trotz meiner Unentschlossenheit mit meinem Verhalten wohl zufrieden. Er wandte sich geruhsam wieder seinem Bier zu und schlug im gleichen Moment seinem Nebenmann zur Rechten kräftig auf die Schultern, worauf dieser etwas von sich gab und alle am Tisch lachten. Der Tisch war nur mit Männern besetzt, es mochten sieben bis neun sein. Ich konnte einfach nicht verstehen, daß man so ein liebenswertes Mädchen so rüde anreden konnte. Sie war offensichtlich die Bedienung in diesem Lokal. Es war nicht mehr als eine drittklassige Kaschemme hier, mehr nicht. Wieso mußte eine Person wie sie hier ihr Geld verdienen? Jede Menge andere Möglichkeiten wird es geben, ihren Lebensunterhalt in angenehmerer Weise zu verdienen. Und hier wollte ich mein Abendessen einnehmen? Von draußen jedenfalls sah alles viel einladender aus, lediglich der bröckelnde Mörtel könnte einem zu denken geben. Hier drinnen aber kahle Tische, abgewetzte Stühle, ein völlig unaufgeräumter Tresen und ein schmuddeliger Fußboden.

Ich hätte vielleicht wieder gehen sollen, aber dieses Mädchen mit den blonden Haaren ließ mich einfach nicht aus ihrem Bann. Ich war auch sicher, sie würde meine Hilfe benötigen. Ich trat also ein und schloß auch die Tür hinter mir, ganz wie der Bärtige es gefordert hatte. Dann wandte ich mich sofort dem Mädchen zu, das mit einem Tablett voller Getränke an mir vorbeikam. Fast etwas zu leise fragte ich sie:

»Wo darf ich mich hinsetzen?«

Ein zaghaftes Lächeln lag auf ihrem Gesicht, so als hätte sie Angst vor einer neuen, freundlichen Bekanntschaft. War ich nicht ein freundlicher Mensch?

»Wo Sie möchten«, entgegnete sie fast ebenso leise.

»O, danke«, sagte ich.

Ich suchte mir einen Tisch in der äußersten Ecke, schob zwei Stühle beiseite, um in der Enge vorbeizukommen und setzte mich unter eine riesige Messinglampe, die zu wippen begann. Die Speisekarte vor mir auf dem Tisch nahm ich gar nicht zur Hand, da ich wußte, daß es nur ein Mineralwasser sein würde. Von einem Abendessen war ich völlig abgekommen. Das Mädchen ging zum Tresen, gab eine weitere Bestellung auf und kam dann sofort wieder zu mir. Sie fragte nach meinen Wünschen.

»Möchten Sie auch etwas essen?«

»Bitte, was?«

»Möchten Sie etwas essen?«

Wie war ich schüchtern und aufgeregt, gar nicht wie ein Mann, der bereits die Vierzig überschritten hatte. Ich wußte warum – weil ich Sandkasten und Zuckerlolly vor mir hatte – aber hübsch. Nein, achtzehn wird sie schon sein.

Ich wünschte, die Daten in meinem Reisepaß machten mich nur halb so alt.

»An und für sich wollte ich schon. Nun habe ich es mir anders überlegt. Macht es auch ein Mineralwasser?«

Sie kam ganz meinen Wünschen entgegen, fast etwas beschwingt. Es wird doch nicht sein, daß meine Anwesenheit sie etwa beflügelte?

»Aber natürlich. Mit Eis und Zitrone?« fragte sie.

Ich wollte sie so lange wie möglich in ein Gespräch verwikkelt wissen, um sie betrachten zu können. Ein Moment des langen Auskostens sollte es sein. Ich mußte immer wieder etwas sagen. Etwas Dummes, etwas Unüberlegtes, etwas Belangloses. Etwas, was sie vorübergehend an mich band.

»Richtig, mit Eis und Zitrone. Sind es kleine Eiswürfel oder große?« Eine außerordentlich blöde Frage, wie ich fand. Wer interessierte sich auch schon für große oder kleine Eiswürfel? Weder der Gast noch der Wirt. Einen Moment überlegte das Mädchen und schien den Sinn meiner Frage nicht zu verstehen, dann aber half sie sich selber aus der Klemme.

»Ach, Sie trinken das Wasser sicherlich mit kleinen Eiswürfeln.«

»Richtig, richtig«, antwortete ich erleichtert.

Nach einer Pause sagte sie: »Wir haben nur die großen Eiswürfel.«

Eine Welt brach für mich zusammen. Hätte ich bloß auf die großen Eiswürfel getippt. Die kleinen brachten mich nicht weiter. Jetzt nur nicht den Anschluß verlieren.

»Gut, dann bringen Sie mir das Mineralwasser mit großen Eiswürfeln in einem dicken Tumblerglas.«

Sie zuckte mit den Schultern.

»Dicke Tumblergläser haben wir nicht.«

»Das hieße also: große Eiswürfel und dünne Gläser.«

Sie schmunzelte: »Richtig.«

»Gut, dann machen wir es so. Oder warten Sie! Wie wär's, wenn wir die Eiswürfel einfach weglassen? Mir ist auch nicht nach Kälte zumute.«

»Ganz, wie Sie wünschen.«

»Fräulein?«

»Ja.«

»Sagen Sie, der Kerl dort drüben, belästigt er Sie?«

»Bis jetzt noch nicht.«

»Wenn er es tut, sagen Sie es mir.«

»Werde ich tun.«

Ich hatte fast das Gefühl, daß sie von der rüden Art des Bärtigen keine Notiz zu nehmen schien. Also gut, was soll's! Ich werde hier mein Mineralwasser austrinken, werde bezahlen und werde wieder durch diese enge Tür nach draußen gehen. Ich werde in die buntbemalte Kiste mit den vier Rädern steigen und mich auf den Weg gen Schweden machen. Ich werde aber immer daran denken müssen, daß ich in der norddeutschen Landschaft ein Mädchen angetroffen habe, das Kaviar und Gold zugleich für mich war, einfach vollkommen. Werde ich ihresgleichen je nochmals begegnen, irgendwo in Schweden oder Norwegen? Wenn nicht, ich müßte ewig an sie denken.

Wenn sie zurückkommt, werde ich zum Geldbeutel greifen, sie nochmals in ein Gespräch verwickeln, sie genauestens betrachten und immer wissen: Sie war es, sie war es gewesen!

Kurz darauf öffnete sich die Eingangstür, und mehrere Leute strömten in den Gastraum. Es mußte eine Reisegesellschaft sein. Der zuerst Eingetretene, wahrscheinlich der Reiseleiter, fragte das Mädchen, ob man warmes Essen serviert bekäme. Das Mädchen nickte, und die Leute füllten daraufhin den ganzen Raum. In diesem Moment vernahm ich abermals die widerliche Stimme des Bärtigen. Irgendwie sprach er auch undeutlich.

»He, du Schlampe, wo bleibt denn mein Bier?«

Die junge Serviererin hatte bestimmt andere Dinge zu tun, als sich um das Bier dieses lästigen Kerls zu kümmern. Als sie mit dem Mineralwasser an dem großen, runden Tisch vorbeikam, gab ihr ein Pfeifenraucher, der an einer Stelle saß, wo es zwischen Tisch und Büfett recht eng zuging, einen Klaps auf das Teil, wo die Beine beginnen und der Rücken aufhört, ein wohlgeformtes Teil. Man sollte es aber nicht als Anreiz für irgendwelche Schläge betrachten. Das Mädchen jedenfalls wäre fast ins Straucheln geraten. Der Täter mußte der Wirt höchstpersönlich sein, denn irgend jemand fragte daraufhin: »Jupp, testest du deine Bedienungen immer so?«

Verschüchtert erreichte sie mich dann und servierte mir das Wasser. Als wir Blickkontakt hatten, entdeckte ich Angst in ihren Augen. Spätestens jetzt wußte ich, daß ich ihr beistehen mußte. Also Jungs, noch'ne Kleinigkeit, und ich komme! Lange zu warten brauchte ich eigentlich nicht, denn es passierte etwas Ungeheuerliches. Als ich wieder zu den Typen an dem großen Eichenholztisch blickte, traute ich meinen Augen nicht. Der Bärtige nahm den breiten, bunten Reklameaschenbecher, drehte ihn kurz in seiner Bärentatze und entleerte ihn auf die Mitte des Tisches, wobei er hämisch lachte. Auf seinem mit Falten durchzogenen Gesicht zeigte sich sogar Begeisterung. Einzelne Zigarettenrückstände warf er in die Luft und pustete die Asche nach allen Seiten. Ein Teil der Kippen fiel auf den Fußboden. Sogleich rief er nach der Bedienung.

»Bring mir jetzt endlich mein Bier, und dann machst du hier gefälligst den Tisch sauber. Sieh dir mal an, wie das hier aussieht. Ich sagte doch, du bist eine Schlampe.«

Das waren Männer, die durch irgendwelches Aufsehen in Erscheinung treten wollten, die auf widerliche Art einem

Mädchen imponieren wollten. Auch so etwas gab es. Der Bärtige schien der Wortführer zu sein. Vom Äußeren hatte ich nicht die Veranlagung, als Boxer in Erscheinung zu treten. Trotzdem hatte es in meinem Leben schon eine Menge Auseinandersetzungen gegeben, bei denen eigentlich nicht ans Rauchen einer Friedenspfeife zu denken war. Ab und zu mußte man schrägen Typen schon mal Manieren beibringen. So richtig in Rage versetzt, konnte ich dann auch die nötige Kraft entwickeln, um nicht als Verlierer das Terrain zu verlassen. Mein größtes Problem waren meine viel zu dünnen Handgelenke. Ich war schnell, und meine Schläge saßen meistens sehr präzise, doch hinterher kam stets der Jammer. War der Gegner erst mal ausgeknockt, mußte ich mich meistens von dannen schleichen und in einer Ecke, möglichst unbeobachtet, das Resultat meines Kampfes betrachten. Verstauchte Handgelenke, gebrochene Finger, angeschwollene Handknochen oder ähnliches. Ich fragte mich dann immer, wer wohl der wirkliche Sieger gewesen war. In diesem Augenblick hatte ich keine Gedanken an jene Blessuren. Ich wollte nur eines – diesem widerlichen Kerl einen Denkzettel verpassen. Soviel Übergewicht von Mensch hatte ich noch nie zum Gegner gehabt. So einfach umpusten ließ der sich bestimmt nicht. Letztlich müßte der Überraschungsmoment es bringen. Verhältnismäßig ruhig sprang ich von meinem Tisch auf, und mit fast ungeheurer Lässigkeit näherte ich mich meinem Gegner. Ich könnte wetten, ich hatte einen viel zu hohen Puls. Aber davon wußten die nichts.

Jeder der dort Sitzenden sah mich kommen, doch keiner von ihnen schien mich so richtig beachten zu wollen. Als ich direkt vor dem Bärtigen stand, schubste ich unsanft das Mädchen beiseite, welches im Begriff war, den Wünschen der Stammtischkolonie gerecht zu werden. Ich flüsterte ihr zu: »Gehen Sie beiseite.«

Sie verstand sofort, verschüchtert zog sie sich zurück.

Das Tablett in ihren Händen vibrierte leicht. In einem ganz anderen Tonfall wandte ich mich an den Übergewichtigen.

»Na, du kommst dir ja mächtig wichtig vor«, sagte ich wunderlich ruhig. »Manieren scheinst du aber keine zu haben. Du weißt nicht, wie man sich unter Menschen benimmt, nicht wahr? Ich nehme an, du wußtest es noch nie.«

Der Riese drehte sich mir voll zu, und aus nächster Nähe konnte ich feststellen, wie häßlich er war. Von beiden Seiten des Kinns führten Narben bis hin zur Stirn, eine weitere zerklüftete seine rechte Wange. Ein Auge lag tiefer als das andere. So stellte ich mir immer einen Raubmörder vor. Meine Güte, hätte ich das alles schon von weitem festgestellt, ich hätte mich nie auf dieses Wagnis eingelassen. Fast erschien mir in diesem Augenblick eine Entschuldigung angebrachter als eine Auseinandersetzung mit diesem Kerl. Ich malte mir schon aus, wie Ärzte von mehreren Operationen sprechen werden. Es wird der längste Krankenhausaufenthalt in meinem Leben werden – .

»Ich habe ja alles nicht so gemeint«, könnte ich jetzt zu ihm sagen. »War ein kleiner Irrtum, habe Sie verwechselt.«

Nein, nein – zu spät! Wie der mich anschaut! Der macht Hackfleisch aus mir, ich muß jetzt in den sauren Apfel beißen.

Der Angesprochene lehnte sich weit in seinem Stuhl zurück, und ein breites Grinsen erschien auf seinem zerfurchten Gesicht. Seine Barthaare wölbten sich dabei. Verwunderlich, wie gelassen er blieb.

»Verschwinde, Kleiner, sonst mach ich dir Beine«, sagte er kurz. »Versau mir nicht diesen lustigen Abend.«

Na so was, der war nicht mal richtig wütend.

»Bitte was?«

Ich machte mir Gedanken über mein Auftreten, das keineswegs zur Beeindruckung meines Gegners beigetragen hatte. Und dieses »Bitte was?« war zunächst nur in meinem Kopf. Ich wollte die Worte gar nicht aussprechen, aber scheinbar tat ich es doch und voller Erstaunen.

»Du sollst verschwinden«, sagte er nun doch in gereiztem Tonfall.

»Kann ich nicht«, antwortete ich, »ich will was von dir, Großer.«

»Und das wäre, Kleiner?«

»Ich hätte da nur eine kleine Bitte.«

»Das hört sich ja richtig gut an, du bittest mich um etwas. Ich hatte schon Befürchtungen, du hättest keine Manieren. Um was bittest du mich denn?«

Ich deutete auf den umgekippten Inhalt des Aschenbechers.

»Das da. Aufessen!«

Dem Stammtischbruder klappte der Unterkiefer herunter. Ungläubig blickte er mich an, und ich bemerkte, wie sein riesiger Adamsapfel sich auch ohne Sprechen hob und senkte. Er schluckte, ohne zu essen. Verdaute er vielleicht gerade meine Worte? Starr blickte er mir in die Augen, scheinbar fassungslos. Nur langsam schien er zu begreifen, was gefordert wurde. Am Stammtisch selbst war es merklich ruhiger geworden. Keine Stimme war mehr zu hören, selbst ein kleiner Dürrer, der laufend juchzte, vergrub sich hinter seinem Vordermann. Der Bärtige sagte:
»Scheinst ein lustiger Typ zu sein. Aber was ist, wenn ich die Sache gar nicht so lustig finde?«
Frech stemmte ich mich mit einer Hand auf den Eichentisch.
»Mußt du auch gar nicht. Ich habe es auch gar nicht lustig gemeint.«
»Und du meinst das also wirklich?«
»Hm, das meine ich.«
»Wie kann man nur so unverschämt frech sein wie du –?«
Ich grinste ihm keß ins Gesicht.
»Wie kann man nur so eine schlechte Kinderstube haben wie du –?«
Ungläubig blickte der Sitzende auf den Aschenhaufen mit den Zigarettenkippen. Er hob sogar eine Kippe in die Luft und betrachtete sie von allen Seiten. Er drehte sie recht merkwürdig in seinen Fingerspitzen und warf sie wieder auf die Tischplatte.
»Ich kann mir vorstellen, daß so etwas einen scheußlichen Geschmack haben muß«, sagte er ganz langsam, und ich wußte augenblicklich, daß er jetzt handeln würde. Seine Stimme verriet es mir überdeutlich.
Ich nahm vorsichtig die Hand wieder von der Tischplatte.
»Eine Delikatesse würde ich dir auch nicht anbieten, du bist für den Abfall bestimmt.«
Seine Pupillen weiteten sich schlagartig. Er krauste die Stirn zu einem weiteren Faltenfeld. Ich blickte auf die Klosettdeckel von Händen. Denen galt es jetzt auszuweichen. Am besten, man ist einfach schneller als er –. Ich mußte auch handeln, mir blieb nichts anderes übrig. Noch ein kurzer Moment der Stille, die Sekunde des Überlegens, dann griff ich mit beiden Händen nach seinem Kopf, bekam ein dünnes

Haarbüschel zu fassen und rammte seinen Kopf mit voller Wucht auf die Tischfläche. Es hörte sich an, als würden Pferde durch ein Holzgatter brechen. Dreimal hob ich seinen Kopf, und dreimal preßte ich ihn auf die Tischplatte. Wie leicht sich seine Birne anfühlte, nichts weiter als Stroh drin. Der Bulle von Mensch schrie nicht einmal auf. Dann fühlte ich, wie mehrere Hände nach mir griffen. Ich sah den Tisch schwanken und einige Stühle umkippen. Ich hörte das Mädchen schreien und Gläser zu Boden fallen. Irgend jemand hatte meine Lederweste im Griff. Ich ließ sofort von meinem Opfer ab und biß jemandem in den Daumen, ein anderer fühlte einen schnellen Tritt ans Schienbein. Ganz nah vor mir ein anderes Gesicht, etwas annehmbarer als das des Bärtigen, aber auch so verkommen. War auch einen Schlag wert –. Das Gesicht drehte sich und war verschwunden. Bis jetzt ging ja alles bestens! Eines wußte ich zu gut: Ich mußte mich so schnell wie möglich verabschieden. Ein noch längerer Aufenthalt könnte unweigerlich meiner Gesundheit schaden. Ich blickte voller Sehnsucht zur Gasthaustür. Nur dort erwartete mich die Chance einer schnellen Flucht. Andere Leute drängten sich ins Innere, eine weitere Reisegesellschaft mußte angekommen sein. Man schob sogar einen Kinderwagen mit herein. Ich stieß die Reisegruppe beiseite und wäre beinahe im Kinderwagen gelandet. Den Blick, den ich in der Eile noch wagte, sagte mir, daß das Baby sehr dick aussah. Kein Wunder, die Mutter, die den Kinderwagen schob, trug auch nicht gerade Normalkonfektion. Im Freien angekommen, blickte ich mich kurz um. Versteh mal einer die Welt, der ganze Stammtisch war hinter mir her. Sollte ich auf die Jungs so einen Eindruck gemacht haben?

Im Laufen pulte ich meinen Wagenschlüssel aus der Hosentasche; ich fühlte jede Menge Brotkrümel. Richtig, heute morgen hatte ich Brötchen gekauft und das letzte in meine Hosentasche gesteckt. Ich stürmte zum Wohnmobil. Ich wußte, jede Sekunde zählte. Nicht auszudenken, wenn ich denen in die Hände fallen würde. Beruhigend stellte ich aber fest, daß der Abstand sich vergrößert hatte. Keine Sportler, die Jungs! Noch etwas bemerkte ich: Der Bärtige war nicht unter den Verfolgern. Wahrscheinlich saß er noch immer an dem riesigen Eichentisch und kühlte seine Wunden. Ich könnte wetten, er hatte Kopfschmerzen –. Das Wohnmobil vor meinen Augen erschien mir noch nie so einladend wie in diesem Augenblick. Ich werde aufs Trittbrett springen, die Fahrertür öffnen, den Schlüssel in das Zündschloß stecken und viel, viel Gas geben. Nur schnell weg von diesem unfreundlichen Ort. Und, Wohnmobil, spring an – kein so'n Theater wie heute morgen!

Es fühlte sich gut an, das Metall in meinen Händen. Völlig außer Atem öffnete ich die Fahrertür und sprang hinein. Ich fühlte erleichtert die weiche Polsterung und genoß sogar den Geruch von Motorenöl, den ich gewöhnlich verabscheute. Die Wischblätter standen genau senkrecht, und ich wußte, wenn sie sich bewegen würden, war der Motor gestartet. Gerade in diesem Augenblick lag das Zündschloß ganz woanders. Die altbewährte Stelle, wo es sonst zu finden war, schien sich aufgelöst zu haben. Der Schlüssel stieß immer wieder auf Holz, Plastik oder Metall. Derweil kamen die Verfolger schon bedenklich näher. Gerade als ich glaubte, der erste würde ans Wagenheck greifen, fand der Schlüssel sein Ziel. Erleichtert vernahm ich den Klang des anspringenden Motors.

Der erste Verfolger hatte schon aufs Blech geklopft. Es hörte sich an, als hätte man eine Mülltonne gestreift. Quietschend setzte ich den Wagen zurück, schaltete dann in den ersten Gang und ließ Trecker, parkende Autos und Reisebusse hinter mir. Richtig, die Jungs mit den lahmen Beinen auch noch. Ein Hagerer in vorderster Front ballte nochmals seine Faust. In seiner scheinbar unbändigen Wut warf er noch einen Stein in meine Richtung. Ich glaube, er wollte einen Vogel treffen –.

Ich war wieder auf Tour. Leb wohl, böse Welt hier. Ich fahre jetzt besseren Dingen entgegen. Weiter im Norden wird es bestimmt freundlicher sein. Ich habe mir sagen lassen, der Aufmarsch weiblicher Zollbeamten in Schweden soll jeder Mißwahl standhalten können. Bei meinen Grenzüberschreitungen sind sie mir nie aufgefallen, aber mein Freund Günter Seifert aus Hamburg schmuggelt schon mit Absicht und läßt sich dann einbuchten. Er meint, das Amüsanteste mit ihnen ist das Kartenspielen, sie schummeln alle!

In diese Richtung wollte ich jetzt auch.

Plötzlich mußte ich bremsen. Als ich die Rückfront des Gasthauses erreicht hatte, kam mir wild winkend das Mädchen entgegen, das bedient hatte. Ihrer Gestik entnahm ich, sie wollte mitgenommen werden. Seltsam, in der Aufregung hatte ich gar nicht mehr an sie gedacht, fast unverzeihlich. Noch einmal war Schnelligkeit angesagt. Ich beugte mich weit zur anderen Seite und öffnete im Fahren die Beifahrertür. Das Mädchen lief dann parallel zum Wagen, und durch die halbgeöffnete Tür sah ich deutlich ihr Gesicht.

»Wenn Sie mich mitnehmen würden, wäre ich Ihnen sehr dankbar«, rief sie außer Atem.

»Nichts leichter als das«, antwortete ich. »Wohin wollen Sie denn?«

»Wohin Sie auch wollen.«

»Das kann weit sein.«

»Auch gut, nehmen Sie mich einfach mit.«

»Das muß ich wohl. Beeilen Sie sich, sonst geht die Sache noch schief.«

»Ich danke Ihnen. Hier ist mein Gepäck.«

Sie warf es mir zu. Es waren lediglich zwei Reisetaschen, eine in braunem Leder, eine aus Segeltuch. Die aus Leder war nur halb geschlossen. Ein paar rote Schuhe und ein Fön ragten heraus. Beide Gepäckstücke landeten genau neben mir.

»Beeilen Sie sich.« Ich war nervös. Es war nicht notwendig, daß im letzten Augenblick das Manöver als nicht gelungen abzubrechen war. Sie wollte auf den Wagen springen, aber es gelang ihr nicht. Sie strauchelte. Ich mußte kurz anhalten und ihr meine Hand herausreichen.

»Wie ist es? Geht's jetzt?«

Sie keuchte. »Ich glaube schon.«

Sie blickte erstmals in die Richtung der Verfolger, dann sprang sie doch ziemlich ohne Mühe aufs Trittbrett.

»Ich glaube, wir haben es geschafft«, sagte sie.

»Knapp, ganz knapp«, entgegnete ich.

»Ich danke Ihnen.«

»Für was?«

»Na, fürs Mitnehmen.«

»Ach, das ist Ehrensache.«

Wahrhaftig, wir hatten es geschafft. Die Meute der Verfolger erschien im Rückspiegel immer kleiner. Nach der nächsten

Kurve hatten wir sie schon nicht mehr im Blickfeld. Ich richtete nochmals den Rückspiegel, nicht einmal, zweimal. Kein menschliches Lebewesen erschien, nicht mal ein Auto. Erst jetzt konnte ich die ganze Schönheit meiner Beifahrerin wahrnehmen. Ich hatte die Zeit, nach ihren Augen zu forschen, nochmals, da vorhin doch der Augenblick zu kurz gewesen war. Zu dem Hellblau mußte ich noch ein leichtes Grau hinzufügen, nahe an der Pupille. Es konnte auch sein, daß im hellen Licht noch ein Grün zu erkennen war. Ihre Augen waren so groß wie Walnüsse. Man kam aus dem Bewundern gar nicht mehr heraus. Ihr Haar war hellblond. Es war leicht gewellt und ging ihr bis zu den Schultern. Sie trug einen Mittelscheitel. Die groß geschwungenen Wellen umhüllten sanft ihr Gesicht und gaben ihr ein wahrhaft zauberhaftes Aussehen. Ihre Lippen hatten die Form von übergroßen Mandeln. Sie luden nur so ein, berührt zu werden. Ein zartes Rot lag auf ihnen. Ihre Haut war sanft, glatt und von ungewöhnlicher Reinheit. Was für ein Geschöpf! Sie trug noch die Kleidung, in der sie bedient hatte. So schnell konnte man sich auch beim besten Willen nicht umziehen. Sie vergewisserte sich nochmals ihres Gepäcks und bemerkte meinen Kater Speiker. Er nahm die Aufmerksamkeit wahr und bedankte sich mit einem kurzen »Miau«.

»O, was haben Sie denn da?« rief meine Beifahrerin entzückt.

»Das ist mein Kater Speiker«, sagte ich stolz.

»Ein hübscher Kerl.«

»Das sagen alle Leute.«

»Haben Sie ihn schon lange?«

Ich stemmte beide Hände gegen das Lenkrad und blinzelte in die untergehende Sonne.

»Man kennt uns zusammen schon gute sechs Jahre.«

Mein junger weiblicher Fahrgast schien von irgendwelcher Begeisterung für Pelztiere zu sein.

»Was für ein zottiges Fell er hat.«

»Das kommt daher, daß sein Vater oder seine Mutter sich mit einem Ausländer eingelassen hat. Wahrscheinlich mit einem Perser. Aber das macht ihn auch so interessant. Willkommen an Bord. Wie heißen Sie?«

»Mein Name ist Marlin. Und Ihrer?«

»Ich heiße Mike.«

»Tag, Mike.«

»Tag, Marlin.«

Wir reichten uns die Hände.

»Ich danke Ihnen, daß Sie mir beigestanden haben. Sie hätten leicht in Schwierigkeiten kommen können«, sagte sie.

Die Druckknöpfe meines Oberhemdes spürte ich kalt auf der Brust, kein Wunder – die Brust wölbte sich voll Stolz.

»Es war mir ein Vergnügen«, sagte ich. »Der Bursche hatte es auch verdient.«

»Warum haben Sie das getan?«

»Ich kann es einfach nicht ab, wenn Menschen so herabwürdigend andere Menschen behandeln. Und dann war mir dieser Typ sowieso ausgesprochen unsympathisch. Er hatte es einfach verdient.«

»Sie haben ihn ganz schön zugerichtet.«

Mein Stolz war fast nicht mehr zu ertragen.

»Ich danke Ihnen, mein Fräulein.«

Ich sah, wie sie schmunzelte.

Erst jetzt bemerkte ich, was es noch für ein herrlicher Abend geworden war. Die Sonne ging langsam unter. Die Felder am Horizont hüllten sich in ein sanftes Rot. Der Duft von Lindenblüten hing in der Luft. Selbst wenn man die Wagenfenster geschlossen hielt, konnte man sie noch immer riechen. Das weite, flache Land umgab uns. Der Motor brummte in der Stille, und Kater Speiker auch. Meine Begleiterin kraulte ihm das Köpfchen.

»Er gefällt Ihnen, nicht wahr?« wandte ich mich zu ihr.

Ihre Streicheleinheiten für meinen vierbeinigen Freund wurden noch intensiver.

»O, sehr!«

»Verwöhnen Sie ihn nicht so sehr, er ist furchtbar leicht zu beeinflussen. Sie streicheln ihn heute den ganzen Abend, dann kann es sein, daß ich morgen auf ihn keinen Einfluß mehr habe. Er wird mich nicht mal mehr anblicken.«

»Ist er wirklich so?«

»Natürlich! Jedem, der ihn ausgiebig verwöhnt, gehört sein Herz.«

»Ein kluger Bursche, würde ich sagen.«

»Ich würde eher sagen, er ist ein Deserteur, der laufend die Seiten wechselt.«

»Das können Sie ihm doch nicht verübeln. Er sieht einfach nur seinen Vorteil.«

»Da haben wir es wieder. Jeder steht meinem Kater bei, keiner ist auf meiner Seite. Haben Sie sich auch für ihn entschieden?«

Ihr Streicheln wurde langsamer.

»Ich weiß es noch nicht.«

»Wohin wollen Sie denn nun wirklich?«

Irgendwie unpassend mußte ihr meine Frage erschienen sein, vielleicht war sie auch zu früh gestellt. Fast hätte ich sie um Verzeihung gebeten. Sie wandte den Kopf dem breiten Seitenfenster zu.

»Das weiß ich eigentlich nicht. Wollte ich Ihnen nicht einfach folgen? Was bin ich für ein unanständiges Mädchen, ich steige in das Auto eines fremden Mannes und weiß noch nicht mal, wohin die Reise geht.«

»Sagte ich es nicht – gen Norden?«

»Sehen Sie, da haben wir es. Wir beide legen uns einfach nicht fest. Sie sagen nur: gen Norden! Und ich einfach nur: Ich folge Ihnen! O je, dabei habe ich mich doch festgelegt. Sind Sie mir jetzt böse?«

Ich glaubte, eine Perle kullerte in meiner Blutbahn, brachte kleine, unmögliche und vergnügliche Gedanken. Ich stellte mir vor: Ein junges Mädchen wird einen in die Jahre gekommenen Mann dazu bringen, Unüberlegtes zu tun, wird ihn an den Rand des Ruins bringen, wird ihn manchmal albern erscheinen lassen und ihn immer wieder alles verkehrt machen lassen. Er wird niemals davon loskommen und auch von ihr nicht. Sie wird alles gewinnen, er wird alles verlieren und wird damit sogar zufrieden sein, weil er in vollen Zügen genossen hat.

Ich schaute sie mir an und mußte fast mit Schreck feststellen: So könnte es durchaus sein!

In diesem Moment sah ich alles in ihrem Gesicht: Frivoles, Sex, Traurigkeit, Schönheit, Jugend und klare, weite Sehnsucht. Sie hatte gerade jenen Gesichtsausdruck, wenn junge Mädchen albern sein möchten, aber aus unverständlichen Gründen Traurigkeit entwickeln. Irgendwie war doch ein bedrückender Moment entstanden. Ich überließ ihr das Reden.

»Ich weiß nicht, ob Sie das verstehen können, aber ich habe

soviel Unfreundliches in den letzten Tagen erlebt, daß ich einfach weit weg möchte von dem Ort, der mir nichts zum Leben gegeben hat. Vor allen Dingen wollte ich weg von den Menschen, ich konnte sie einfach nicht mehr ertragen.«

»Sie waren häßlich zu Ihnen, nicht wahr?«

»Sie waren mies und ekelhaft. Ich habe sie gehaßt.«

»Warum haben Sie eigentlich dort gearbeitet? Ich meine, Sie hätten doch bestimmt woanders einen besseren Job haben können.«

»Mein Vater ist vor ein paar Monaten gestorben und da –«

Mir war es peinlich, sie soweit gebracht zu haben. Sogleich unterbrach ich sie.

»Das tut mir leid.«

»Lassen Sie nur.«

Sie fuhr fort:

»Meine Mutter ist daraufhin nach Hannover gezogen. Sie wollte nicht länger in Uelzen bleiben. Für mich war es aber immerhin der Ort, wo ich aufgewachsen war. Ich wollte nicht wegziehen. Der Wirt dieses Lokales war ein Freund meines Vaters. Er fühlte sich irgendwie verpflichtet und bot mir eine Stellung als Serviererin in seiner Gaststätte an. Ich hatte Vertrauen zu ihm und nahm sein Angebot an. Mutter zog also nach Hannover, ich blieb in Uelzen.«

»Sie haben in Uelzen Ihre Schulzeit verlebt?«

»Acht Jahre lang. Als die Schulzeit vorüber war, versuchte ich eine Lehre als Bankkaufmann. Es war einfach zu langweilig, ich wollte unter Menschen sein. Ich gab die Lehre wieder auf und arbeitete hin und wieder als Bedienung in Restaurants und Cafés, es machte mir Spaß.«

»Aber in einer Bank haben Sie doch auch den Kontakt zu Menschen«, widersprach ich ihr.

Sie schüttelte den Kopf. Zum ersten Mal flogen blonde Locken in alle Richtungen.

»Nein«, sagte sie entschlossen, »es ist der widerliche Kontakt von Mensch zu Menschen, die nur über das Geld zu reden haben, und das macht sie so unerträglich, die Kunden weit mehr als die Angestellten. Haben Sie schon mal erlebt, wenn ein Kunde hunderttausend Mark abhebt?«

»Nein.«

»Er achtet zuerst darauf, daß viele Leute es mitbekommen. Er kostet die Auszahlung aus. Mindestens zweimal muß man ihm das Geld vorzählen, aber das passiert sowieso der Form halber. Dann wird er noch von sich geben, daß seine Geschäfte blendend gehen und er in Wirklichkeit von Geld doch nichts hält. Wissen Sie überhaupt, wie unerbittlich die Banken gegenüber ihren Kunden sind?«

»Auch das weiß ich nicht.«

Meine neue Bekanntschaft schlackerte entrüstet mit der rechten Hand, so, als gäbe es nichts Schlimmeres auf der Welt als Banken.

»Es kann sein, daß Sie bei einem Kredit mit zwei Monatsrückzahlungen ins Hintertreffen geraten, und die Herren fordern die ganze Kreditsumme zurück. Von Großzügigkeit keine Rede – unerbittlich sind sie. Jeder Mensch wird heutzutage ein Bankkonto haben, und jeder wird so seine Erfahrungen gemacht haben. Sie doch auch, oder?«

Ich mußte innerlich lächeln und konnte ihr nicht mal beipflichten. Wenn ich so an meine Bank dachte, wie großzügig die war – fast vergeßlich erschien sie mir. Mein Konto blieb stets weitab von einem »Haben«, und man meldete sich nicht mal. Es mußte auch freundliche Banken auf der Welt geben. Ich schien so eine erwischt zu haben.

»Ich habe es, glaube ich, etwas besser angetroffen. Ich darf sogar noch nach Kassenschluß mein Konto überziehen. Niemand nimmt es mir übel. Man ist sogar freundlich zu mir«, sagte ich.

Sie lächelte.

»Das sind die schlimmsten Banken. Eines Tages werden Sie sich ihnen ergeben müssen.«

»Bis dahin muß ich eine wohlhabende Frau geheiratet haben.«

Sie war fast entrüstet.

»Wirklich, eine vorbildliche Lösung.«

»Das würde ich auch sagen.«

»Sie würden so etwas tun?«

»Warum denn nicht?«

»Ist es nicht zu einfach?«

»Im Gegenteil, es ist schwer. Finden Sie mal eine wohlhabende Frau, die Schulden übernehmen will und einen schlampigen und egoistischen Mann.«

46

»Sie sind beides?«

»Ich fürchte, ja.«

»Wie kann man nur so ehrlich sein. Sie erschrecken mich.«

»Einer meiner großen Fehler.«

Sie legte sich weit in ihrem Sitz zurück.

»O, wie sonderbar Sie sind, aber ein fantastischer Plauderer. Das sind Sie wirklich. Mike heißen Sie, nicht wahr?«

Ganz kurz schenkte ich ihr einen Blick, kurz nur darum, weil der Straßenverkehr dichter geworden war.

»Genau, so heiße ich.«

»In der Gaststätte wird man jetzt nichts Gutes von Ihnen erzählen.«

Ich schaltete kurz in den vierten Gang und überholte zügig einen trägen Laster.

»Wie konnten Sie es überhaupt unter diesen Menschen aushalten?« fragte ich, wobei der Laster mir ein freundliches Lichthupenzeichen gab, die Bestätigung dafür, daß ich einscheren konnte.

»Am Anfang waren sie alle recht freundlich zu mir, auch der Wirt. Erst als ich auf seine eindeutigen Angebote nicht einging, zeigte er seinen wahren Charakter.«

»Wollen Sie noch immer nicht zu Ihrer Mutter zurück?«

Meine Beifahrerin griff verlegen an den Kragen ihrer weißen Bluse, sie drückte den weichen Stoff zwischen ihren Fingerspitzen.

»Wir haben uns nie gut verstanden. Sie hat auch nie Verständnis für mich gezeigt.«

»Sie hielten mehr zu Ihrem Vater?«

»Ja! Er war wie ein guter Freund. Mit allem konnte ich zu ihm kommen.«

»An was ist Ihr Vater gestorben?«

»Vater hielt nicht viel vom Leben, jedenfalls nicht in den letzten Jahren. Manchmal erschien es ihm unerträglich. Er konnte nicht verstehen und auch nicht verarbeiten, daß das Unrecht in der Welt profitierte und Menschen leiden mußten. Er hat sich das Leben genommen.«

Die Stimmung von vorhin war wieder da. Immer tiefer schien ich sie – ungewollt – in eine Melancholie zu führen. Ich mußte das Thema wechseln, ich mußte sie einfach wieder aufmuntern! Was in aller Welt könnte ich ihr jetzt erzählen? Ich hatte heute morgen nicht mal die Zeitung gelesen, sonst hätte ich irgendwelche Schlagzeilen aufgreifen und sie gerade in diesem Moment anbringen können. Was war nun gerade in der Welt passiert, wovon ich wußte und woraus ich irgend etwas verwerten könnte? Hatten die Kommunisten nicht schon wieder versucht, in irgendeiner Botschaft in Moskau eine Wanze anzubringen? Wäre doch ein Aufhänger. Aber wie war von ihrem Vater in die Botschaft nach Moskau zu gelangen? Schwer – schwer – schwer – meine Güte, über was könnte man sich sonst noch unterhalten? Zu allem Übel wußte ich noch nicht einmal, was gestern in der Zeitung gestanden hatte. Ach, sie verwirrt mich einfach! Sie braucht nur kurz ihre Hand auszustrecken, und ich stell mir schon vor, wie es sein könnte, wenn diese Hand irgendein Körperteil von mir als Ziel haben könnte. Ich brauche sie nur einen Augenblick länger anzuschauen, und ich weiß nichts mehr – schrecklich!

Wenn die beiden Radfahrer da vorne sich noch lange in der Fahrbahnmitte bewegen, kann ich für deren Hinterteil nicht garantieren. Wie hieß sie noch mal schnell? Marlin, nicht wahr? Warum sagt sie eigentlich nichts mehr? Quatsch, warum sage ich nichts? Es ist keine Zeitungsüberschrift zu finden, und ein genialer, winziger Einfall liegt so fern. Was ist bloß mit mir los? Früher konnte ich eine ganze Damenhandballmannschaft unterhalten. Von neunzehn Mädchen, die Ersatzspielerinnen eingeschlossen, fanden mich neun umwerfend, vier hielten mich einer Sünde wert, nochmals vier bezeichneten mich als interessant, und nur für zwei war ich langweilig. Und heute? Heute komm ich nicht mal bei einem Mädchen einen Schritt weiter. Hier muß ich zuerst an einem Entwurf basteln. Ich schloß einfach wieder beim alten Thema an.

»Könnten Sie nicht bei Freunden bleiben?« sagte ich. »Ich könnte mir vorstellen, daß Sie viele Freunde haben.«

Sie hielt noch immer den Kragenrand ihrer Bluse in ihren Händen und bemerkte dann, daß der oberste Knopf nur noch durch einen dünnen Faden hielt. Sie drehte den Knopf ab und legte ihn behutsam in ihren Schoß. Ich sah, wie sie mich genau musterte. Sie blickte auf meine braune Cordhose, sah mir zu, wie ich die Armaturen bediente, und hielt sich dann kurz am Haltegriff fest, der unbedingt fester geschraubt werden mußte.

Sie sagte: »Es ist manchmal seltsam mit den Freunden. Man glaubt, sie gefunden zu haben, und dann sind es doch keine. Sie werden es nicht glauben, ich weiß nicht, was ein Freund ist. Wissen Sie es?«

»O doch, ich weiß es. Man muß es eher fühlen, vertrauen sollte man später erst.«

»Haben Sie viele Freunde?«

»Das kann man nicht gerade sagen.«

»Sie schließen nicht schnell Freundschaften, oder?«

»Richtig, ich bin meistens etwas vorsichtig.«

»Wie sieht er eigentlich aus, der Norden, von dem Sie sprechen, und das Ziel, das Sie mir nicht verraten wollen?«

»Ich werde es Ihnen doch verraten.«

»Und wo ist es?«

»In Schweden. Waren Sie schon mal in Schweden?«

»Nein, noch nie.«

»Es ist ein weites Land, das viel zu bieten hat. Würde jedes Land seine Luft verkaufen können, ich glaube, die schwedische wäre mit die teuerste. Sie wachen morgens auf, atmen tief durch, und es ist, als hätten Sie eine Lebensspritze von tausend Volt erhalten.«

»Sie lieben dieses Land, nicht wahr?«

»Mehr als das.«

»Waren Sie schon mal am Polarkreis?«

»Am Polarkreis? Ach, der ist sogar mein Freund. Fast jedes Jahr berühre ich ihn, nicht auf der Landkarte. Nein, seine Wälder, seine Flüsse und seine Seen – alles in voller Wirklichkeit. Nicht immer fahre ich so weit nördlich. Manchmal fahre ich morgens los und weiß nicht, wo ich abends nächtigen werde. Ich kenne den Ort nicht und weiß nicht, ob es ein Fluß oder ob es ein komfortables Hotel sein wird.«

»Machen Sie es immer so?«

»Ich liebe es, so zu reisen.«

»So möchte ich auch leben.«

»O, das ist nicht immer so. Auch ich habe einen Beruf.«

»Und was ist Ihr Beruf?«

»Ich habe die Angewohnheit, den Leuten irgendwelche alkoholischen Getränke zusammenzuschütten. Ich bin Barmixer!«

Sie war entzückt.

»Dann haben wir beide ja schon eine Gemeinsamkeit. Wir leben beide von Trinkgeldern – ist Ihnen das schon aufgefallen?«

Ich lachte. »Nein.«

Ein abgefallener Ast auf der Fahrbahn, gerade im letzten Augenblick bemerkt, veranlaßte mich, das Steuer zur linken Seite zu reißen und gleichzeitig die Zuverlässigkeit der Bremsen zu prüfen. Der Wagen schaukelte merkwürdig, und man hatte das Gefühl, da schob noch jemand von hinten. Der Kater flüchtete erschreckt unter die Vordersitze meiner Beifahrerin. Sie selbst rückte unversehens ein Stück näher, und ihr blondes Haar berührte zum erstenmal, sicher ungewollt, mein Gesicht. Sie lächelte.

»O, Entschuldigung!«

Wenn sie nur meine Gedanken lesen könnte! Oder lieber doch nicht. Ich wünschte mir, die Welt wäre so voller Kurven und die Straßen nur so übersät von herabfallendem Geäst – man kommt sich dabei so herrlich nahe –.

III.

Neun Tage mit Marlin

Der erste Tag

Marlin! Ich flüstere diesen Namen. Ich öffne den Mund, und die ersten drei Buchstaben sind auf der Zunge. Beim »L« tippt sie gegen den Gaumen. Beim »N« habe ich ihn ausgesprochen. Was für ein seltener Name – Marlin –, ich mochte ihn. Wie jung mag sie sein? Sicherlich noch keine zwanzig. Irgendwann werde ich sie danach fragen. Wie hübsch sie doch aussieht! Ich sehe ihr gerade beim Schlafen zu, sie hat an und für sich ein Gesicht ohne Kummer. Mit Efeu umrankt, würde ich es für eine Himmelsantwort halten.

Es ist ein Morgen, die Sonne küßt gerade den Tau von den Blättern einer feuchten Nacht. Es war viel zu kühl gewesen. Immerhin ist es Ende Juni, und man glaubt, eine Aprilnacht erlebt zu haben. Wir hatten an einem Fluß unser Nachtlager aufgeschlagen. Auf der anderen Seite des gemächlich dahinfließenden Wassers grasten Kühe und Pferde. Ein früher Bussard zog langsam seine aufmerksame Bahn, aufgeregte Eichelhäher stritten sich um irgendwelche Beute. Im Dunst des Morgennebels flogen große Vögel, Krähen oder Dohlen. Schiefstehende Holzgatter sahen aus wie nicht angekleidete Figuren, etwas Dunkles war da, ohne irgendwelchen Charakter. Ich war aufgestanden, hatte den Gaskocher mit nach draußen genommen und die Bratpfanne aufs Feuer gelegt. Der Appetit nach Spiegeleiern mit knusprigem Speck hatte sich eingestellt.

Als ich schon längst bei der Arbeit war, als der Speck brutzelte und die Eier einen dunkelbraunen Rand bekamen, rief sie etwas nach draußen. Vielleicht hatte der Duft sie wachgemacht.

»Mike, sind Sie schon wach?« rief sie.

Ich antwortete ihr:»Schon lange.«

»Wie spät ist es denn?«

»O, Sie können ruhig noch schlafen. Ich bereite inzwischen unser Frühstück vor.«

»Was gibt es denn?«

»Wenn Sie mögen, Spiegeleier mit Speck.«

»Kroß gebraten?«

»Ganz kroß.«

Sie kam aus dem Wohnmobil, wischte sich den Schlaf aus den

Augen und reckte sich kurz. Selbst mit diesen Augen, die noch längst nicht die große, runde Form der Ausgeschlafenheit hatten, erschien sie mir der übrigen Mädchenwelt weit voraus. Sie gehörte gewiß zur Schöpfung dramatischster Form. Sie könnte jeden Morgen verschönern, auch den verbittersten. Sie blickte andächtig über die weiten Wiesen.

»Was für ein Morgen«, sagte sie dann.

Ich konnte plötzlich gar nicht verstehen, daß sie die ganze Nacht neben mir gelegen hatte und ich mich der Whiskyflasche zugewandt hatte. Na ja, wahrscheinlich wußte ich in dem Verwirrspiel meiner Gedanken gar nicht, was nun klug war, was dumm war und wie das mit den Gefühlen war. Ich mußte den Whisky einfach als meine Rettung betrachten. Was soll's, das war gestern gewesen.

Ich wendete die Eier in der Pfanne und konnte trotzdem noch immer nicht begreifen, daß ich den Whisky vorgezogen hatte. Ich befürchtete, ich hatte noch nicht mal den kleinsten Versuch unternommen. Vielleicht sollte ich mich auch schämen. So ein junges Mädchen, und ich alter Knacker! Es war schon ganz gut so. Schließlich könnte es sogar meine Annäherung als albern und ungehörig betrachten. Das mit dem Whisky war doch gut. Sie kam zu mir und kniete sich neben mich.

»Wie haben Sie geschlafen?« fragte sie in heiterem, heiserem Ton. Die Spiegeleier ließ ich nicht aus den Augen.

»Gut«, antwortete ich, »ich befürchte sogar, ich muß geschnarcht haben. Haben Sie das bemerkt?«

Sie tat keineswegs überrascht.

»Wie könnte ich. Ich war selber viel zu müde, um irgend etwas wahrzunehmen. Wie spät ist es überhaupt?«

Mit einem Spiegelei konnte ich mich überhaupt nicht anfreunden, es war schon halb verbrannt. Ich warf es einfach aus der Pfanne.

»Normalerweise für ein Frühstück viel zu spät. Es ist bereits kurz nach elf.«

Erschrocken legte sie ihre rechte Hand vor den Mund.

»Ach du meine Güte, so spät? Warum haben Sie mich nicht geweckt?«

»Warum sollte ich? Sie haben so tief und fest geschlafen, das hätte ich einfach nicht übers Herz gebracht.«

54

»Habe ich Ihnen viel Platz weggenommen?«

»Ich glaube, das Bett ist groß genug für zwei. Speiker hat Sie besucht. Hat er Sie belästigt?«

»Nein.«

»Er hat die ganze Nacht bei Ihnen geschlafen.«

»Wo denn?«

»Am Fußende.«

Sie schmunzelte. »Ich befürchte, wir haben schnell Freundschaft geschlossen.«

»Die gleiche Befürchtung habe ich auch.«

In der linken Hand hielt ich die Pfanne über das Feuer, das heute recht kläglich loderte. In der Rechten hielt ich eine altertümliche Gabel, die verbeult und abgenutzt aussah, aber noch immer ihren Zweck erfüllte. Zum Beispiel verbrannte Eier einfach aus dem Gefahrenbereich zu schleudern. Manchmal hatte ich aber auch wirklich keinen Anstand. Ich mußte mich daran gewöhnen, daß ich nicht alleine war. Wäre ich alleine, hätte ich die ganze Pfanne ins Gras geschleudert, denn mittlerweile waren schon fast alle Eier von einer dunkelbraunen Farbe befallen. Es ist wohl nicht zu fassen, ein kärgliches Feuer und die Eier verbrennen sich den Hintern. Wo bin ich mit meinen Gedanken? Ich wollte schon das Feuer des Gaskochers löschen, als sich Mädchenarme unter meine Achseln schoben. Eine Stimme hauchte:

»Bereuen Sie, daß ich mitgekommen bin?«

Da ich ihr nicht gleich antwortete, sagte sie es nochmals in etwas anderer Form:

»Bereuen Sie, daß Sie mich mitgenommen haben?«

Sie hätte es gar nicht wiederholen müssen – ich fand ihre Worte ungewohnt einprägsam. Ungewohnt vielleicht auch, weil ich noch nicht viele Worte von ihr kannte. Gehorsam deshalb, weil es eine Frage sein mochte, die später sowieso mal gestellt werden müßte. Jedes Mädchen, das zu einem Fahrzeughalter in den Wagen steigt, wird sich mal auf diese Frage einlassen. Sie war, gelinde gesagt, früh dran.

Die Pfanne hatte ich bereits vom Feuer entfernt, doch ich wußte nicht: für die Eier zuerst einen Teller suchen oder zuerst eine Sachlage klären? Was sind junge Mädchen aber auch schnell mit Worten. Ich glaube, ich werde mich auf vieles einstellen müssen. Ich glaube, Marlin wird meine Gedankenträgheit gewaltig aufmöbeln. Am Anfang sollte man Mädchen an und für sich nie zeigen, daß man sie mag. Gerade dann, wenn sie soviel jünger sind. Ich werde mich einfach nicht sonderlich interessiert ihr gegenüber geben.

»O, Sie belasten mich nicht«, sagte ich und merkte, daß es auch nicht die richtige Formulierung war. Sacht entfernten sich ihre Hände unter meinen Achseln. In der gleichen Geschwindigkeit, wie sie sich genähert hatten, nahm sie sie zurück. Sie zog einen Grashalm aus der kühlen Morgenerde und blickte hinüber zum anderen Flußufer.

»Wo sind wir eigentlich hier?«

»In einem kleinen Nest in der Nähe von Lüneburg«, sagte ich. Ich war ganz sicher, sie wollte zuerst etwas anderes von sich geben, aber mein unüberlegter Satz hatte sie zu dieser unbedeutenden Frage gebracht. Dabei war ich ganz sicher, daß ich ihr bereits gestern Abend mitgeteilt hatte, wo wir uns befanden.Ich beließ es aber dabei, als wüßte ich es nicht.

»Soll ich es Ihnen auf der Karte zeigen?«

Sie schob sich ihr Haar aus dem Gesicht.

»Ach nein, so wichtig ist es wiederum auch nicht.«

»Wie gefällt Ihnen eigentlich so ein Leben auf der Wiese? Immerhin ist es jetzt schon eine Nacht und einen Morgen!« Sie kniete noch immer neben mir und wischte sich kurz über den Mund.

»Es gefällt mir. Kann es sein, daß nachts ein Kauz geschrien hat?«

Ich war begeistert, es ihr erklären zu können.

»Eulen und Käuze hört man nachts sehr viel. Es sind Nachttiere. Sie jagen zu dieser Zeit. Erschrecken Sie nicht, wenn Sie bei Dunkelheit allerhand Geräusche hören. Auch die Nacht lebt. Es gibt auch Tiere, die das Licht anlockt. Sie kommen dann ganz nahe ans Wohnmobil. Manchmal sind es sogar Marder.«

»Haben Sie keine Angst, wenn Sie nachts so einsam campen?«

»Vor wem sollte ich Angst haben? Diese Nachtbewohner werden mir nichts tun. Ich könnte höchstens mal auf eine giftige Kreuzotter treten. Das ist die einzige Furcht, die ich habe. Schlangen mag ich einfach nicht.«

»Und sonst?«

56

»Wie sonst?«

»Wie ist es mit den Menschen?«

»Ich habe einen Revolver und ein Messer.«

»Haben Sie denn vor nichts Angst?«

»Vor etwas hätte ich schon Angst.«

»Und das wäre?«

»Vor einer Zeit, die bereits da ist. Die mir den Spaß verderben würde.«

»Wie meinen Sie das?«

»Wie soll ich Ihnen das erklären? Sagen wir, da ist ein schon welkes Blatt, das immer grün sein möchte. Der Herbst ist schon anwesend, aber man denkt noch immer an den Frühling. Es ist diese blöde Zeitrechnung. Sie wissen, was ich meine. Je länger etwas dauert, desto älter wird es. Meistens ist es nicht von Vorteil.«

»Sie meinen sicher Ihr Alter.«

»O nein, o nein.«

»Was denn?«

»Ja, wissen Sie ...«

»Sie meinen nicht Ihr Alter?«

»Aber nein doch.«

»Und was sonst?«

»Nun ja, es ist. Sie haben mich mißverstanden.«

Ach du meine Güte. Was hatte ich jetzt angestellt? Ich wollte den ganz Starken markieren, den nichts aus der Ruhe bringen kann. Der über alles erhaben ist, und nun dieses ... Ich sollte meine Sätze doch besser überlegen. Ach, sie verwirrt mich immer wieder! Nun könnte sie mich sogar bemitleiden. Aber nein, bloß das nicht. Ich werde ihr alles verraten haben, und sie wird alles bemerkt haben.

»Mein Alter erfülle ich aber mit Eifer und Wonne, nicht mit Niedergeschlagenheit«, sagte ich, um zu retten, was zu retten war.

Sie sah mich fragend an.

»Nehmen Sie es nicht so ernst«, sagte ich weiter. »Wie wär's mit Kaffee?«

Sie lächelte. »Fein!«

»Können Sie die Tassen aus dem Wagen holen? Sie befinden sich rechts oben in dem kleinen Hängeschrank. Das Schloß geht etwas schwer, am besten Sie hauen kräftig dagegen.

Wenn Sie Zucker mögen, dann bringen Sie sich auch die Tüte mit dem Würfelzucker mit, Dosensahne steht schon auf dem Tisch. Mögen Sie Ketchup zu den Eiern?«

»Das muß nicht sein.«

»Die Amerikaner essen so ihre Eier, schrecklich, nicht wahr?« Sie erhob sich und schnürte nochmals ihren weiten Morgenmantel enger. Sie sagte nichts. Sie blickte nur auf mich herab, und ein wunderschönes Lächeln breitete sich auf ihrem Gesicht aus. Für einen Moment stand sie ganz stumm da, und ich befürchtete fast, mein Satz von vorhin hatte sie doch ganz nachdenklich gemacht. Sie wird doch nicht letztendlich so etwas wie Mitleid für mich hegen? Ach, dieser Satz ärgerte mich jetzt.

»Was ist denn?« fragte ich sie einfach, als sie noch immer nicht ihre Haltung aufgeben wollte. Ihr Morgenlächeln wurde nochmals größer.

»Ach nichts.«

Dann lief sie ins Wohnmobil zurück. Seltsames Mädchen, dachte ich bei mir.

Gelber Ginster blühte uns entgegen, fast bis ans Wohnmobil. Weiter weg dann Rhododendronsträucher. Fernab Kornfelder. In sanften Winden flog ein Schwarm Sperlinge. Und ganz nah wippte eine zierliche Bachstelze mit ihrem langen, schwarzweißen Schwanz. Was für ein wundervoller Morgen! Es war Ende Juni, jene Zeit, da der Herbst weit weg ist, und man sich deshalb noch auf weitere Sommermonate freuen kann. An einem Tag wie dem heutigen mochte man ewig leben wollen. Es mußte nicht mal als Mensch sein. Ich könnte eine Maus sein, die in einer riesigen Kornkammer lebt. Ich könnte ein Vogel sein, der mit den lauen Winden fliegt, oder ein Marder sein, der im Gebüsch seine Herzallerliebste sucht. Wer kann schon wissen, wie sie alle leben? Vielleicht ist ihr Leben in Wonne und Unbekümmertheit dem des Menschen überlegen. Ich habe von diesen Gedanken getrunken, gerade jetzt, in diesem Augenblick – nein, ich möchte doch lieber ein Mensch sein. Wer kann schon mehr erobern und besitzen als der Mensch?

Gegen Mittag verließen wir den Platz am Fluß und fuhren, Lüneburg hinter uns lassend, in Richtung Lübeck. Jener Stadt entgegen, in der ich meine Kindheit verbrachte. 1945, kurz vor Kriegsende, waren wir hier aus dem Osten eingetroffen. Acht wunderschöne Jahre erlebte ich hier. In meiner Erinnerung blieben sie erhalten, als wären sie ein wertvolles Goldstück in einer Schatulle. Hin und wieder öffnete man die Schatulle, und wunderbare Dinge erschienen. Wie gut doch, daß man sich erinnern kann. Durch die kleinsten Schlupfwinkel erreicht mich Vergangenes. Ich sehe mich als Kind, lege meinen Eltern gefälschte Schulnoten vor, streite mich mit einem Jungen um das Pausenbrot (seins sah besser aus, ich wollte es einfach vertauschen), und ich vergieße die ersten Tränen um ein Mädchen, es wurde nicht versetzt. Später flossen nochmals Tränen wegen ihr. Es hatte sich für einen anderen entschieden, weil er ein Fahrrad besaß. Als ich dann auch ein Fahrrad besaß, fuhr er bereits ein Auto. Damals glaubte ich sowieso, daß ich bei allem immer einen Schritt hinterherhinkte. Wenn andere schon einen Kugelschreiber besaßen, schrieb ich noch immer mit Tinte. Wenn andere beim Spicken auf der Schulbank die neuesten Tricks anbrachten, versuchte ich es immer noch mit der herkömmlichen Art und wurde stets erwischt. Aber, es liegt in der Natur des Menschen zu lernen, und ich lernte auch, nur immer etwas später!

Wir näherten uns den Lauenburgischen Seen. Wir passierten dabei kleine Tümpel, die so verträumt dalagen, als wären es blaubunte Aquarelle. Storchennester auf alten Bauernhäusern lagen in unserem Blickfeld. Auf den engen Dorfstraßen mit dem alten Kopfsteinpflaster wuchs dichtes, grünes Gras zwischen den Ritzen. Schattige Alleen mit Pappelbäumen ließen uns träumen. Wir sahen alte Menschen vor ihren Häusern in die Mittagssonne blinzeln. Kinder spielten am Straßenrand und wußten sicherlich noch nicht, wie schön ihr Dasein in diesen Jahren war. Die anheimelnde Welt der kleinen Dörfer. Wer mochte eigentlich glücklicher sein, der Weltreisende oder der Dorfbewohner? Er, der nur gerade die nächste Kreisstadt kannte, weil er dort schon mal auf irgendein Amt mußte. Er, im Gegensatz zu mir. Ich küßte sogar Polynesenmädchen mit Hibiskusblüten im Haar, deren Haut nach süßem Mango roch. Ich wußte, daß es Muscheln gab, die Perlen, groß wie Pfirsichsteine, in sich verborgen hielten. Ich sah Delphine im warmen Pazifikwasser schwimmen, die verspielter waren als junge Dackel, und ich wußte auch, wo die weißen Seehunde zu finden waren. Die große Welt gesehen zu haben, und doch immer Sehnsucht nach Stille und Heimatlichem zu haben? Für nichts konnte ich mich entscheiden. Manchmal fühlte ich mich wie ein Ligusterschwärmer, der stets eine Blüte sucht und gleichzeitig immer im Wind segeln möchte.

Die kleine Dorfidylle, hier hatte ich sie wieder. Der Schlachter kannte den Gärtner, beide den Bäcker und alle den Schornsteinfeger. Alle mußten höflich zum Pfarrer sein und jeder sich gutstellen mit dem Bürgermeister. Und keiner sollte über den Schuster schimpfen, der ins Dorf gezogen war und ein Geschäft eröffnet hatte, denn niemand brauchte mehr in den Nebenort zu reisen, um dort seine Schuhe besohlen zu lassen. Hatte man wirklich mal Streit miteinander, dann fügte der Schützenverein alle wieder zusammen.

Lübeck, die Stadt meiner Kindertage, mußte ich immer wieder aufsuchen, ich mußte dort verweilen, mich einlullen lassen von ihrer romantischen Trägheit und mich verleiten lassen, einfach unterwürfig zu sein. Selbst wenn es nur ein einziger Tag im Jahr war, es mußte sein.

In Moisling, einem Stadtteil, mit mehr ländlichen Charakter, war ich aufgewachsen. Ein Haus, völlig aus roten Backsteinen und umgeben von dichten Rosenhecken, war der Ausgangspunkt meiner ausgedehnten Streifzüge in die nahen Wiesen und Felder. Ich wußte, wo roter und grüner Farn wuchs, und ich kannte auch die Plätze, wo die dunkelroten kleinen Walderdbeeren zu finden waren. Ich hatte sie mir eingeprägt, aber den Erwachsenen nie verraten. Die Felder des Löwenzahns waren schnell zu finden. Er hatte sich überall in die Wiesen geschmuggelt und schien kein eigenes Zuhause zu haben. Die Zeit, wenn er verblüht war, liebten wir Kinder besonders. Aus dem Löwenzahn war eine Pusteblume geworden. Wir spitzten unseren Mund, holten tief Luft, und unser Atem bekam die Kraft eines Windes. Die Samen flogen sanft davon. Ein für uns Kinder bewegender Moment. Wir suchten nach der nächsten Pusteblume, und das gleiche Spielchen begann aufs neue. Überall flogen Löwenzahnsamen in der Luft. Sie senkten sich leicht und immer blieb ein hagerer, nackter Stiel

60

zurück. Wir fanden ihn so häßlich, daß wir ihn vernichteten.
Ich besaß etwas in meiner Jugend, um das mich jeder benei-
dete, etwas, worauf ich besonders stolz war und das mich zu
vielen Freundschaften führte, bei Kindern ebenso wie bei Erwachsenen – mein Waschbär »Skraffy«. Wer in aller Welt
hatte schon einen Waschbär? Ich hatte einen.
Er war ein putzmunterer Bursche. Ein amerikanischer Soldat
hatte ihn durch den Zoll in Frankfurt geschmuggelt und ihn
dann an eine Familie in Hanau verkauft. Sie wollte ihrem elf-
jährigen Sohn zum Geburtstag eine besondere Freude bereiten. Dieser mochte aber den munteren Gesellen aus Amerika
nicht besonders, so verkauften sie den Waschbär an einen
Touristen aus Oldesloe. Der wiederum bekam wegen des
neuen Untermieters Krach mit seiner Frau, und Skraffy
landete endlich bei mir.
Später fragte ich mich immer wieder, wie man ihn überhaupt
durch den Zoll hatte schmuggeln können. Entweder hatte der
Waschbär geschlafen oder die Zöllner waren alle ohrenkrank
gewesen, denn ein Waschbär gibt Geräusche von sich, die ein
Mittelding sind zwischen einem Trecker und einer Klapper-
schlange. Und mein Skraffy war diesbezüglich besonders
laut.
In dieser Zeit liebte ich nichts mehr auf der Welt als meinen
Waschbär. Am Anfang folgte er mir nicht besonders, und ich
mußte ihn an die Leine nehmen, was für einen Waschbär bestimmt kein Vergnügen war. Später, als wir über die grünen
Sommerwiesen liefen und ich ihn vom Halsband befreite,
merkte ich zu meinem Erstaunen, daß er mir brav hinterher
lief. Er lief auch manchmal weit voraus, war im hohen Gras
nicht mehr zu entdecken und erschien ganz plötzlich wieder
vor mir. Er machte dann Männchen und gab sein klapperndes
Knurren von sich, das nur Waschbären an sich haben. Ich
brachte ihn mit in die Schule, und jeder konnte ihn bestaunen. Die Jungs aus meiner Klasse waren aus dem Häuschen,
als ich mit meinem Waschbär durch die Tür kam. Jeder wollte
ihn streicheln oder zumindest mal anfassen. Sein weiches Fell
bewunderten sie besonders. Aber sein schwarzgeringelter
buschiger Schwanz schien den Jungs doch am meisten zu gefallen. Der bekam die meisten Streicheleinheiten. Das schien
mit Abstand doch Skraffys beliebtester Körperteil zu sein.

Mein Waschbär war ein bißchen nervös. Soviel Menschen dicht gedrängt hatte er noch nie gesehen, und alle kamen so verdächtig nahe. Trotzdem ließ er alles geduldig über sich ergehen, sogar als der dicke Hubert ihn am Schwanz zog. Er knurrte nur kurz. Er war eben ein gutmütiger Bursche. Anschließend hielt unser Biologielehrer eine Vortragsstunde über Waschbären. Ich konnte so allerhand über meinen Freund erfahren. Auch daß er nicht nur Vegetarier ist, sondern auch kleine Tiere frißt, war nichts Überraschendes für mich. Doch an einer Stelle bekam ich einen gewaltigen Schreck. Der Biologielehrer sagte nämlich: »Und im Winterhalbjahr halten die Waschbären einen Winterschlaf.«
Der Schreck fuhr mir in die Glieder. Sollte ich meinen kleinen Freund ein halbes Jahr nicht zu Gesicht bekommen, nur weil er schlief?
Nein, das konnte doch nicht wahr sein. Nach der Vortragsstunde blieb ich noch im Klassenzimmer, und zwischen Tafel und Schreibpult fragte ich meinen Biologielehrer:
»Ist das wirklich wahr?«
Der Lehrer meinte: »Was?«
Ich stotterte fast:
»Ich meine, ich meine, na ja, was Sie vorhin sagten.«
»Was war es denn?«
»Daß Waschbären einen Winterschlaf halten.«
Er blieb bei seiner Meinung.
»Waschbären halten einen Winterschlaf«, sagte er, ohne noch irgendwas hinzufügen.
Ich weiß es noch genau. Ich wandte mich ab, und dicke Tränen flossen über meine Wangen. Ich weinte in der Schule, auf dem Heimweg, und zu Hause nahm es auch kein Ende. Meine Eltern wußten gar nicht, um was es ging. Auf ihre Fragen antwortete ich gar nicht. Ich nahm meinen Waschbär und schloß mich in mein Zimmer ein. Immerhin war es schon Ende August. Ich wollte die letzten Wochen mit Skraffy alleine sein.
Wann würde er wohl müde werden?
Ich streichelte ihm über das Fell und überlegte, was ich wohl ohne ihn anfangen würde. Hatte unser Biologielehrer wirklich recht? Man sollte doch Mister Ken fragen, einen Engländer, der in Moisling eine kleine Tierhandlung betrieb.

Als ich in seiner unaufgeräumten Bude stand und ihm die so alles entscheidene Frage stellen wollte, hörte ich plötzlich mein Herz pochen – so deutlich wie nie zuvor. Und ich hätte wetten können, ich hatte rote Ohren bekommen, damals war es immer so, wenn ich besonders aufgeregt war. Ich hatte einfach Angst, er könnte meine Frage bejahen. Ich schoß einfach los:

»Mister Ken, halten Waschbären einen Winterschlaf?«

Zu meinem Erstaunen hatte er keine Antwort parat. Er fuhr nachdenklich über seinen rötlichen Vollbart und griff dann zu einem dicken, verstaubten Buch. Lange blätterte er, bis er schließlich die richtige Stelle hatte. Als er zu Ende gelesen hatte, nahm er seine leicht verbogene Brille von der Nase und legte mir seine breite Hand auf die Schulter. Einer der spannendsten Momente meines Lebens war gekommen. Er sagte einfach: »Waschbären halten keinen Winterschlaf.«

Ich hätte die ganze Welt umarmen können. Also konnte ich jeden weiteren Tag mit Skraffy gemeinsam verleben. »Gemeinsam«, was für ein herrliches Wort!

Ich weiß noch die Worte, die ich damals schrie. Ich weiß sie noch ganz genau: »O Mister Ken, Sie wissen gar nicht, wie glücklich ich bin. Ich bin unsagbar glücklich.«

Er sagte dann noch: »Komm, Michael, überzeug dich – lies selbst. Hier steht es.«

Aber das wollte ich gar nicht, ich wollte nur heim, heim zu meinem Waschbär. Mit meinem Biologielehrer sprach ich nie mehr ein Wort.

Unser begehrtester Spielplatz war unten am Fluß, kaum zehn Minuten von Zuhause entfernt. Seine Ufer waren dicht bewachsen. Pflanzen, Sträucher und Schilf umgaben ihn. Auf seinem Wasser schwammen Seerosen. In der Blütezeit sahen sie wie ein grün und lila wogender Teppich aus. Dazwischen schwammen Fischotter.

Die Stätte meiner Kindheit. Hierher kehrte ich immer gerne zurück. Wie sollte es auch anders sein. Doch immer wieder gab es einen Verlust zu beklagen. Die Erinnerungen blieben zwar, doch das Bild veränderte sich mehr und mehr. Wer hatte schon das Rückgrat, sich dagegen aufzulehnen, man mußte es hinnehmen. Mister Ken mußte seine Tierhandlung aufgeben, weil die Buslinie verlegt wurde. Neben der Eisen-

bahnbrücke wurden Schrebergärten errichtet. Auf den nahe-
liegenden Wiesen, wo sonst nur sattes Grün zuhause war,
stand mittlerweile ein häßliches, kantiges Hochhaus. Ganze
Hecken wurden aus der Erde gerissen und mußten Parkplätzen weichen.

Immer, wenn der Sommer gekommen war und ich mich jener
Gegend näherte, pochte mein Herz genauso laut wie damals,
als der Winterschlaf meines Waschbärs zur Diskussion stand.
So auch diesen Sommer. Wir suchten uns ein Plätzchen in der
Nähe meines Flusses. Noch immer betrachtete ich ihn als den
meinigen. Der Platz, den ich ausgesucht hatte, war umgeben
von Pfeilkraut und Fieberklee. Der Wiesenbärenklau wuchs
hier im Übermaß und auch die Goldtaubnessel. Unweit auch
Rotes Waldvögelein. Überwachsene Wege mit Radspuren,
vielleicht vor Tagen in die Erde gedrückt, sagten uns, daß wir
nicht unbedingt mit ewiger Stille zu rechnen hatten. Doch
weit herabhängende Zweige von Wiesensträuchern, teilweise
schon abgestorben, gaben uns einen natürlichen Schutz vor
unerwünschten Blicken. Vor uns ein einzelner, knorriger
Baum, dessen alte Wurzeln wie Krakenarme aus der Erde
ragten. Im Nachmittagsdunst flogen Stare. Nach dem Erscheinen eines Greifvogels waren sie schlagartig verschwunden.

Hier war ich über Wiesen und Felder mit meinem Waschbär
gewandert, hatte ihm beigebracht, nicht ewig den Kaninchen
hinterherzurennen und ihn dann mit weichgekochten Eiern
belohnt, die ich in einem ledernen Proviantbeutel immer bei
mir hatte. Er zeigte mir, wie herrlich es für einen Waschbär
sein muß, in einem Fluß zu baden und ließ mich in dem
Glauben: Das anschließende »Waschbärensommersonnen-
bad« muß das Schönste sein.

In jener Zeit spielte man in Kinderkreisen »Kippel Kappel«,
jenes Spiel, bei dem man sich ein Stückchen Holz mit zwei
Spitzen schnitzen mußte. Außerdem benötigte man einen
kräftigen Stock. Wenn man mit dem Stock auf das Stückchen
Holz mit den zwei Spitzen schlug, das heißt, auf eine der
beiden, dieses hochsprang und man es dann mit einem weiteren Schlag in die Ferne beförderte, begann man mit dem
Zählen. Man mußte nicht unbedingt von der Weite sprechen.
Wichtig war, daß man das Stückchen Holz so oft wie möglich

in der Luft berührte. Das Berühren des Holzes multiplizierte sich mit den Metern der Weite. Das Spiel meiner Jugendtage, ein einfaches Spiel. Nirgendwo konnte man es kaufen, in keinem Geschäft. Es bereitete uns viel Freude.

Wir spielten auch »Vier Ecken raten«. Ein Spiel, bei dem man etwas näher die Mädchen kennenlernen konnte. Jedem, der mitmachte, wurde eine Ecke zugesprochen. Das heißt: Sie gehörte ihm. Er selber war die Ecke.

Es sollten genauso viele Mädchen wie Jungs mitspielen.

»Und was machst du mit der ersten Ecke?« fragte jemand den Schiedsrichter, der immer zu bestimmen hatte. Der sagte dann:

»Die erste Ecke muß der dritten Ecke einen Kuß geben.«

Nehmen wir an, ich war die dritte Ecke, und die erste Ecke war ein hübsches Mädchen, dann gab es auf der ganzen Welt kein aufregenderes Spiel als »Vier Ecken raten«!

Mittlerweile hatte meine Begleiterin schon vieles über mich erfahren, vielleicht zu viel. Bei Fahrten über Landstraßen erzählt man zuweilen recht zügig. Meistens hat man über die Vergangenheit mehr zu berichten als über das gegenwärtige Leben.

Ich hatte etwas geträumt, am Nachmittag, bei einem Nickerchen. Wirres Zeug, unwirklich – könnte nie stattfinden! Ich hätte sie geheiratet. Ich mußte gestehen: allein mit Begeisterung für sie kam ich nicht mehr aus. Sie begann mich zu verzaubern. Ihre ungeheure Austrahlung ließ eine gewisse Unruhe in mir aufkommen, nicht mal die Marmelade am Frühstückstisch konnte ich ohne Zittern aufs Brot bringen. Sie ist so hübsch, daß ich mit ihr ein paarmal die Erde umrunden könnte, und sie ist so jung, daß ich dabei ganz schön albern aussehen täte.

Ich wollte in diesen Tagen vieles ändern, zwangsweise versteht sich. – Eingeengt, – aber ich mußte nun mal den besten Eindruck auf sie machen. Zuerst wollte ich nicht mehr mit Socken ins Bett gehen. Und dann dieses alberne Wattewachs aus den Ohren nehmen. Auch ohne es wird man ungestört schlafen können, nichts weiter als eine blöde Angewohnheit. Und ich wollte mein Schnarchen einschränken. Wie sollte das bloß geschehen?

Sie kannte sich schon gut aus im Wohnmobil. Mein Vorschlag, im Freien eine Tasse Tee zu trinken, erfreute sie.

»Ich hole das Geschirr und decke den Tisch, während Sie nach dem Kater schauen können. Er ist nämlich verschwunden«, sagte sie einfach.

Sofort wehrte ich ab. »Um den brauchen Sie sich keine Sorgen zu machen. Der kommt bestimmt wieder.«

»So etwas wie Heimweh kennt der wohl nicht?«

»Das ist nur eine schlechte Angewohnheit, die er nicht kennt.«

Ich sah ihr zu, wie behende sie aus dem Wagen sprang, wie schnell sie den Tisch gedeckt hatte und wie schnell sie den Tee gefunden hatte, der nämlich in einer Kakaodose versteckt war. Weit hinten, wo Mehl und Gries verstaut waren. Ich hätte schon längst etwas anderes machen können, denn es gab noch viel zu tun. Den Ölstand des Motors prüfen, bei einem Liegestuhl das Tuch spannen, bei der Hechtangel die Schnur wechseln oder gar die Leisten an der Decke des Wohnwagens neu bekleben. Ich sah ihr lieber zu … .

Sie sah an und für sich ganz anders aus als in der Gaststätte, wo sie bedient hatte. Selbstverständlich war ihr Aussehen das gleiche geblieben, ich meine nur … Irgendwie erschien sie mir doch anders. Ich hatte es! Es war ihre Kleidung. Ja, das war es! Gestern waren es eine solide weiße Bluse und ein schwarzer Rock, heute war ein Touch Anrüchigkeit vorhanden. Ihr süßer Popo; sie hatte sich gerade gebückt! Ich werde jetzt wegschauen und dann sogleich wieder hinschauen. Wie eine Schwesternschülerin sah sie nun wirklich nicht aus. Ich sollte sie mal beschreiben. Also, da wären … Fangen wir anders an. Da sind Jeans, die enger nicht anliegen konnten. Sie klebten fast auf der Haut. Ihr Hemd war blaugelb kariert, gab deutlich die Konturen einer wohlgeformten Brust preis, und ihr Halstuch sollte nicht so kurz sein. Der Zipfel hing nur bis zum Brustansatz, und ganze drei Knöpfe waren geöffnet … .

Die Schuhe mit den hohen Absätzen und der Knöchelschnalle paßten großartig zu ihr, aber es war kein Schuhwerk für die Prärie. Der nächste Sumpf, und sie wird steckenbleiben. Sie hatte gerade die Teekanne auf den Tisch gestellt und zugleich das Tischtuch korrigiert.

»It's tea-time« sagte sie lächelnd.

Mein Gott, wie bezaubernd ich sie fand.

66

Lange, lange mußte ich sie anblicken, bevor ich ihr antworten konnte. Endlich wagte ich es:

»Etwas Vorzügliches, was wir von den Engländern übernommen haben. Trinken Sie auch gerne Tee?«

Nach einem Seufzer schien sie in sich zusammenzusinken.

»Hin und wieder mal«, sagte sie.

»Nehmen Sie auch Kandis?«

»Ja bitte.«

Ich reichte ihr die Kandisdose.

»Hoffentlich werden wir keinen Regen bekommen«, sagte ich dann. »Der Himmel sieht hinter den Hügeln gar nicht mehr so freundlich aus.«

»Meinen Sie?«

»Mit der Zeit bekommt man auch ein Gespür dafür.«

»Für was?«

»Zu wissen, wann es regnen wird.«

»Mir ist das egal. Ich mag die Welt auch im Regenschauer. Sie sieht lediglich nicht mehr so freundlich aus. Man sollte sich aber hüten, sie deshalb abzuwerten.«

»Zieht es Sie nie in Gegenden, wo die Sonne scheint?«

»Sicherlich, und trotzdem nehme ich keinen großen Unterschied wahr. Einen klaren Standpunkt kann es auch gar nicht geben. Ich muß es bezweifeln, wenn sich jemand deutlich für das eine entscheidet. Haben Sie schon mal Regentropfen an beschlagenen Herbstscheiben betrachtet? Wie sie munter in eine Richtung laufen und nur so darauf warten, gezählt zu werden? Ich zähle sie immer. Wenn man Regentropfen an Fensterscheiben zählt, soll man unliebsame Gedanken zudecken können. Ich kann es sogar. Übrigens, Erinnerungen kommen bei Regen viel mehr zum Vorschein. Haben Sie es auch schon bemerkt?«

Ich war überrascht, so köstliche, so erfrischende Worte zu hören.

»Nein.«

»Sie sollten darauf achten. Ich glaube, Sie werden mir recht geben.«

Wie erheiternd sie war. Ich könnte wetten, sie haßte Discos. Wir setzten uns an den Klapptisch, und mir war es fast peinlich, noch unrasiert zu sein. Ich hatte es nicht vergessen, aber ich war zu faul gewesen.

»Haben Sie Ihre Meinung noch immer nicht geändert?«
fragte ich sie plötzlich und bekam fast einen Schreck, weil es
sehr unüberlegt war. Die Frage kam aus der Überlegung
heraus, daß sie unbesonnen in mein altes Gefährt gestiegen
war und bereits nach einer Nacht ihre Tat für überstürzt
halten könnte. Sie wird vielleicht schon nach einer Ausrede
suchen.
»Über was sprechen Sie jetzt?« Sie war etwas verwirrt.
Ich ebenso!
»Ich meine ... ich meine ... also, meine Anwesenheit ... Sie
haben Ihre Meinung nicht geändert? Sie werden ... Sie
werden weiterhin die vorderen Sitze mit mir teilen?«
Sie sah mich fast entgeistert an.
»War doch abgemacht, oder?«
»Ich habe aber noch eine weite Strecke vor mir.«
Sie sah kurz zu mir. Eher ein halbherziger Blick.
»Ich liebe weite Strecken.«
»Es werden Tausende von Kilometern sein.«
»Auch gut.«
»Und Sie bleiben wirklich bei Ihrer Meinung?«
Sie biß in ein Brötchen, kräftig und lustvoll.
»Denke ich zu tun.«
»Aber was ist, wenn ...«
»Ach, Sie meinen die Finanzen?«
Sie griff in ihre Jeanshose und holte ein Bündel Hundert-
markscheine hervor, ein Gummibändchen hielt das Geld zu-
sammen. Sie zeigte es mir.
»Wir teilen uns alles, einverstanden?«
Sie nahm das runde Honigglas in die Hand, hielt aber inne.
»Nun. Was ist, wollen Sie?« Sie war fast ungeduldig. Die
Stille ihrer Augen von gestern und heute morgen war verschwunden, so etwas wie Unternehmungslust war in ihnen
zu lesen. Selbst ihre Körperbewegungen waren viel behender
geworden. Sie konnte sogar laufend die Lippen nach oben
pressen, vielleicht ein Ausdruck innerer Dynamik. Der Löffel
steckte noch immer im Honigglas, und ihr Blick war noch
immer so fragend. Diesen Blick wollte ich beenden, sie sollte
keine Fragen mehr haben.
»Ihr Geld muß ich leider abweisen«, sagte ich schnell und war
der Meinung, eine gute Tat begangen zu haben, selbstver-

ständlich für uns zwei. »Proviant habe ich reichlich im Wagen, es langt für eine Großfamilie mehrere Wochen. Und Übernachtungskosten werden wir nie kennenlernen. Über das Finanzielle machen Sie sich bitte keine Gedanken. Sie können solange bei mir bleiben, wie Sie wollen. Wenn es Ihnen irgendwo besonders gefällt, können Sie einfach aussteigen und dort bleiben. Und wenn Sie meine Gegenwart nerven sollte, dann nehmen Sie einfach einen Wagen in die Gegenrichtung. Wollen wir es so handhaben?«

Sie schmunzelte, als wäre Schmunzeln nichts weiter als ein lächelndes Fragezeichen.

»Ein fantastisches, faires Angebot«, meinte sie.

»Würde ich auch sagen.«

Ihren darauffolgenden kleinen Freudenschrei hätte ich fast gar nicht wahrgenommen. Sie beugte sich weit über den Tisch, und ihre weichen Lippen berührten vielleicht sogar ein wenig ungewollt meine Wangen, es war allein ihrer Begeisterung zuzuschreiben. Auf jeden Fall war es aber unser erster näherer Kontakt. Dann lehnte sie sich weit in ihrem Stuhl zurück und betrachtete mich einen Moment sehr eingehend, wobei sie ihre Hände kräftig in die Hüften stemmte.

»Wissen Sie eigentlich, wie Sie aussehen in diesem karierten Hemd?« fragte sie in gewissem Sinn recht albern und blickte dabei auf mein oberstes Textil. Ich konnte nichts Außergewöhnliches an mir feststellen.

»Wie wer soll ich aussehen?«

»Wissen Sie das wirklich nicht?«

»Nein, woher sollte ich?«

»Sie sehen aus wie James Stewart in seinen ersten Wildwestfilmen. Er trug damals so herrlich bunt karierte Hemden.«

»Sie scherzen.«

»Nein, wirklich.«

»Und wieso?«

»Sie haben auch so einen fast nicht vorhandenen Blick, der immer woanders zu sein scheint.«

»Sie meinen, ich schaue genauso?«

»Ich fürchte, ja.«

»Bob Hope bin ich aber nicht.«

»Nein.«

»Jetzt fällt mir ein Stein vom Herzen.«

Meine Begleiterin griff abermals zur Teekanne, schenkte mir noch eine Tasse Tee ein sowie einen mitleidigen Blick. Sie wird doch nicht gerade gelogen haben? Sodann wandte sie sich anderen Dingen zu.

»Schauen Sie mal, ich glaube, es wird tatsächlich regnen.« Sie hatte den dunklen Himmel im Visier.

Ich befürchtete, sie könnte recht haben. Von Westen her näherten sich dunkle, furchterregende Wolken.

»Für erste Urlaubstage benimmt sich das Wetter nicht gerade freundlich«, entgegnete ich mit einer Kleinigkeit Mißmut in der Stimme, »wird aber nur etwas Vorübergehendes sein. Wir sollten schon mal das Geschirr abräumen. Diese dunklen Wolken sind meistens schneller als der Flug einer Gewehrkugel. Ich bring den Gaskocher ins Innere.«

»Alles andere räum ich dann ab«, sie wollte sich auch um etwas bemühen.

»Wissen Sie denn, wo Sie alles verstauen müssen?«

»Habe ich mir schon eingeprägt.«

»Sie wissen auch, wo die Teesiebe hingehören?«

Wiederum hatte sie dieses Fragezeichenschmunzeln in ihrem Gesicht.

»Auch das.«

»Dann brauch ich Ihnen nichts mehr zu sagen.«

»Im Moment nicht.«

Mit einem Arm voll Geschirr verschwand sie im Wohnwagen. Keine drei Minuten später ergoß der Himmel sich über uns. Wir sammelten unseren Kater ein, der heute besonders unruhig war und begaben uns gemeinsam ins große, gemütliche Wageninnere. Hinter den dicken Glasscheiben sahen wir dann den dunklen, weiten Regen. Marlin war ganz nahe bei mir. Sie malte kleine Figuren auf die beschlagenen Fensterscheiben. Kaum hörbar fragte sie mich dann:

»Mögen Sie mich eigentlich, Mike?«

Bitte was? Was hatte sie da gerade gefragt? Ich war in Gedanken noch bei dem mißglückten Nachmittagstee. Meinte sie eben, ob ich sie mag? Wenn sie wüßte ... wenn sie wüßte ... Ich glaube, ein ganz entscheidender Moment war entstanden. Ich durfte mich nicht so geben, wie meine Gedanken waren, und auch nicht so abweisend sein, daß sie den Eindruck haben könnte, sie wäre mir gleichgültig.

Es langt schon, wenn ich bei ihr zwischen Hochachtung und Sympathie wandeln würde.

»Ich Sie mögen? Ja, wissen Sie, das ist so ...«

»Sie können es ruhig sagen. Oder warten Sie. Wenn Sie mich nicht mögen, dann sagen Sie einfach gar nichts. Ich bin Ihnen auch nicht böse. Eines Tages werden Sie mich doch mögen.«

Ich wurde ganz nachdenklich. Ich mußte überlegen ... überlegen ...

»Warum sagen Sie nichts, Mike?«

»Ich sage nichts? Ach so ...«

»Ich hätte nie gedacht, daß Sie so schüchtern sein können.«

»Das bin ich auch nicht.«

»Scheinbar aber doch.«

»Ich bin wirklich nicht schüchtern.«

»Und Sie sind sich dessen ganz sicher?«

Wie seltsam ihre Stimme klang. Plötzlich wurde mir bewußt, daß es dieser seltsame Klang war, wenn Mädchen Gewissen einstürzen lassen. Wenn sie etwas erwarten, wenn sie erobern wollen. Sie wandte ihren Kopf zu mir. Die Finger, mit welchen sie eben noch Figuren auf Fensterscheiben gemalt hatte, legten sich sachte auf meinen Mund. Ich spürte Feuchtigkeit und Kühle zugleich ...

»Sagen Sie jetzt gar nichts«, hauchte sie, »ich habe Angst, Sie könnten etwas Verkehrtes sagen. Sie brauchen wirklich nichts zu sagen.«

Ihre schlanken Hände legten sich um meinen Hals. Die linke Hand verweilte dort, die rechte führte hoch zu meinen Haaren. Die Fingerspitzen preßten sich in meine Kopfhaut. Der Duft ihres Parfüms war ganz nahe. Ihre vordersten blonden Locken berührten mein Gesicht, ich wollte nach ihnen greifen. Unsagbar langsam, fast wie in einem Ermüdungszustand, schloß sie ihre Augen. Ihre langen, wohlgeschwungenen Wimpern legten sich wie Jalousien davor. Dann spürte ich auch schon die Weichheit ihrer Lippen. Sie gingen auseinander wie eine Blüte, die gewillt war, sich in der Sonne zu öffnen. Die Trockenheit ihrer Lippen war noch gegenwärtig, aber nur für den Moment des Liebkosens. Dann spürte ich die Feuchtigkeit und die leichte Rauheit ihrer Zungenspitze. Ich ließ sie gewähren, einfach nur so – nichts Bestimmtes war da, und doch alles so süß ... Grenzenlose

Wonne hatte mich umhüllt. Ich spürte ihr Lippenwachs, ich glaube, es war Kirschgeschmack. Längst hatte ich die Augen geschlossen, ich war diesem wundervollen Augenblick erlegen.

Der zweite Tag

Ich mußte der Stadt meiner Jugendzeit noch Referenz erweisen. Ich glaube, das war ich ihr schuldig. Kein Zweifel – das würde ich mit großer Freude tun. Noch einmal durch die alten Gassen gehen, den Baum berühren, in den ich als Junge den Mädchennamen meiner ersten Liebe eingeritzt hatte, die grünen Ufer der Trave bewundern und bei George in seiner Kneipe beim Entenessen die Hände an der Tischdecke abwischen.

Tatsächlich, alles war dann auch wie früher. Der schon etwas vergilbte Schleier der Erinnerung lüftete sich wieder für einen Moment, erschienen war die Vergangenheit, süß, berauschend und schön. Lediglich die Zeit war weitergelaufen. Der Baum war schon sehr alt, aber den Namen von einst konnte man immer noch gut lesen. George stand noch immer in seiner Kneipe, und die Ufer der Trave waren immer noch so grün. Auch Lübecks Gassen hatten sich nicht verändert. Ich mußte tief einatmen und den Duft des Sommers in meinen Körper lassen.

Die Wakenitz lag da und lud zu einem Spaziergang ein. Unsere Fußabdrücke dort im Grasboden waren die letzten bleibenden Grüße an Lübeck. Gegen Abend verließen wir die Stadt und fuhren auf der Autobahn in Richtung Travemünde. Ich hatte vor, ein ungewöhnliches Ziel anzusteuern. Meine Begleiterin sollte nicht glauben, daß ein Klappstuhl meine ständige Sitzgelegenheit und der Gaskocher der ständige Wegbereiter meines Abendessens ist. Ich nahm fast an, daß die Enge eines Wohnwagens ihr gar nicht behagen würde. Schließlich wußte ich auch nicht, was sie sonst so gewöhnt war. Ich entschloß mich einfach, ihr bereits heute Abend etwas mehr Komfort zu bieten – es sollte ein Luxushotel sein. Und weil hierfür die Rechnung ganz schön schmerzen wird, sollte ein Spielcasino in der Nähe sein. Ich werde hingehen, meinen Paß vorzeigen und die Hotelrechnung von der Spielbankgesellschaft finanzieren lassen – ganz einfach. Möge es bloß so sein.

Das Hotel lag direkt am Wasser. Es stand an jenem Punkt, wo die Trave in die Ostsee mündete. Kein Wunder also, daß der Ort Travemünde hieß. Wir wohnten im vierzehnten Stock und hatten einen herrlichen Ausblick über das Meer. Die Fähren nach Schweden und Finnland passierten unser Blickfeld, und an der anderen Uferseite lag die »Passat«, das ehemalige Segelschulschiff der Bundesmarine.

In der Ferne hatte die untergehende Sonne den Himmel glutrot gefärbt, einzelne graue Wolken bekamen einen rötlichen Schimmer. Wenn man die Fenster öffnete, konnte man das Meer riechen.

Nun ja, es zog mich wieder mal in ein Spielcasino. Wenn ich doch bloß kein Spieler wäre. Aber immer wieder muß ich dahin. Und mit dem Zusehen ist es nicht getan, ich muß spielen, ich muß die Köstlichkeit des Gewinns ausschöpfen. Ich muß spüren, wie es ist, gewonnen zu haben. Und wenn es dann eingetreten ist, umarme ich alle: die Toilettenfrau, den Portier vor der Tür und den Taxichauffeur, der mich nach Haus bringt.

Was für ein Graus dann, wenn ich verloren habe. Ich kann nicht einschlafen. Ärgere mich, wieder ein Spielcasino besucht zu haben, und beschimpfe den Staat, der mit den Spielbankkonzessionen zu freigiebig umgeht. Allerdings hält mich das ganze Debakel auch zurück, in nächster Zeit dem Spiel zu frönen. Wenn der Kummer vergessen ist, die Finanzen aufgestockt sind und das Befinden wieder allgemein gut ist, schließt sich der Kreis. Ich gehe wieder hin, werde wahrscheinlich verlieren und nicht einschlafen können. Was für ein Jammer!

Kontrollieren kann ich nichts. Weder mich noch mein Laster. Im Kleiderschrank des Wohnmobils hing immer ein alter Flanellanzug. Ab und zu benutzte ich ihn, wenn die Etikette es erforderte. Auf dem Parkplatz wühlte ich ihn heraus und schmuggelte ihn in das Hotelzimmer. An dem war nichts mehr modern, weder die Farbe noch das Revers, noch der Schnitt. Ich zwängte mich wieder in ihn hinein und glaubte, er sei mit der Zeit eingelaufen, dabei stimmte es wahrlich nicht: Ich war mit der Zeit fülliger geworden. Marlin hatte ebenfalls Schwierigkeiten, die passende Garderobe für den Abend herauszufinden. Kein Wunder, bei der überhasteten Abreise in Uelzen hatte sie nicht viel Zeit gehabt, alle ihr gehörenden Dinge einzupacken. Ein schickes Pfeffer- und Salzkostüm schien dann doch ihr Bekleidungsproblem gelöst zu haben. Für Marlin würde es auf jeden Fall der erste Besuch in einem Spielcasino sein.

»Kann man dort auch gewinnen?« fragte sie dezent naiv.

Ich war gerade dabei, die breite Krawatte zum zweitenmal in die richtige Form zu bringen.

»Manchmal schon. Aber meistens geht es schief«, entgegnete ich und verzweifelte fast am dritten Krawattenversuch.

»Und warum gehen wir dort hin?«

»Weil wir heute gewinnen werden.«

»Und was ist, wenn wir verlieren werden?«

»Das wird heute einfach nicht möglich sein.«

»Woher weißt du das?«

Ich hatte endlich die Krawatte in die gewünschte Form gebracht. Jetzt suchte ich nach der passenden Kragenspange. Gewöhnlich lag sie in der gleichen Schachtel, in der ich meinen Schmuck untergebracht hatte.

»Hast du eventuell eine rote Schachtel gesehen?« fragte ich sie.

»Nein.«

»Wo mag denn nur das Ding sein?«

»Du meinst die rote Schachtel?«

»Ja.«

»Ich weiß es nicht. Erzähl mir lieber, woher du wissen willst, daß wir heute gewinnen werden. So etwas kann man doch nicht vorher wissen.«

»O doch, Marlin. Man hat so etwas im Gefühl. Ein Spieler weiß ganz genau, wann er das Casino aufsuchen kann und wann nicht. Es kann sein, er steht morgens auf und stolpert über den Papierkorb, dann will er den Mülleimer wegbringen und die Mülltonne ist voll. Er bricht vielleicht noch einen

Schlüssel im Schloß ab. Alle diese Mißgeschicke werden ihm andeuten, daß er heute zuhause bleiben soll. Ein Spieler würde meinen, diese Pechsträhne wird ihn bis ins Spielcasino begleiten. Ich dagegen habe heute Morgen sieben Schwalben auf einer Dachrinne gesehen. Das sicherste Zeichen, daß ich spielen sollte, und dann ist die Sieben auch noch meine Glückszahl.«

»Hast du die Schwalben wirklich gezählt, und es waren bestimmt sieben?«

»Jawohl, es waren sieben.«

»Aber du bist doch kein Spieler.«

»So sicher bin ich da nicht. Einmal oder auch mehrmals im Monat zieht es mich an den Ort des Lasters.«

»Wieviel Geld nimmst du mit?«

»Nicht mehr als fünfhundert Mark.«

»Ist das nicht ein bißchen viel?«

»Wenn man gewinnen will, muß man schon etwas wagen. Mit kleineren Beträgen größere Gewinne zu erzielen, ist fast unmöglich. Für uns soll es lediglich für eine Flasche Champagner reichen. Bist du zufrieden?«

»Nicht, daß wir letztendlich Brause trinken müssen.«

»Das wird nicht passieren, denke doch nur an die sieben Schwalben auf der Dachrinne.«

Ich nahm sie in die Arme und tanzte mit ihr ausgelassen durchs Hotelzimmer. Ich drehte sie im Kreise, schob sie von mir fort und zog sie dann wieder fest zu mir. Ihre Haare flogen nach allen Seiten, und sie bekam richtig glänzende Augen vor Aufregung. Mein Übermut war grenzenlos. Ich klopfte mir auf die Schenkel, machte extra aus meinem Haar eine häßliche Frisur und riß mein Oberhemd weit auf, als hätte ich vor, Tarzan zu spielen. Sie konnte mir gut folgen und machte alles mit. Ich sprach irgendwie unmögliche Dinge und war schon in der Verfassung, das Hotel zu kaufen. Gleich würde ich zur Rezeption laufen und denen einen ungedeckten Scheck über zwanzig Millionen überreichen. Erst als Marlin auf dem weichen Teppich fast ausrutschte und erschöpft in meinen Armen landete, waren Übermut und Ausgelassenheit plötzlich verschwunden. Ganz leise kam das Zärtliche. Ich saß in einem komfortablen Hotelsessel, und sie kniete zu meinen Füßen. Sie nahm meine Hände und führte beide zu ihrem Gesicht. Fast verschwand ihr Gesicht zwischen meinen Händen. Ganz leise sprach sie dann:

»Weißt du, daß das Leben mit dir richtig aufregend ist?« Ich mußte erstmal schauen, ob sie da war. Jawohl, sie kniete vor mir. Seltsam, wie junge Mädchen ältere Männer einschätzen können.

»Hattest du etwa gedacht, Männer in meinem Alter sind langweilig?« fragte ich und wollte an Ort und Stelle feststellen, daß schließlich mein Alter weder als jung noch als alt zu bewerten war. Sie aber hatte schon weitaus weiter gedacht. Das, was ich dachte, schob sie beiseite und schuf einfach einen weiteren zauberhaften Moment. Sie sagte:

»Wie kann ein junges Mädchen nur junge Männer lieben. Ich verstehe das einfach nicht. Ich mag auch deine markante Stimme. Männer in deinem Alter scheinen alle eine markante Stimme zu haben. Nur darf ich das keinem erzählen, daß du soviel älter bist. Sind das tatsächlich so viele Jahre? Ab heute möchte ich, daß du nie mehr darüber redest. Ich tue es auch nicht. Versprichst du es mir?«

Ich sah mich in unserem Hotelzimmer um und bemerkte, wie luxoriös es eingerichtet war. Auf dem Boden dicke Teppiche, an den Wänden Bilder, die ihren Preis haben werden, und das Mobiliar aus feinstem Rosenholz. Sogar ein Schreibtisch befand sich in der Ecke neben der Balkontür. An der Badezimmertür hingen Bademäntel. Hm, mögen wir im Spielcasino gewinnen, die Hotelrechnung wird saftig sein.

Heute hatten wir eben eine Welt in Luxus gemietet. Was soll's!

»Ich verspreche es dir«, sagte ich.

»Hattest du schon mal so ein junges Mädchen?«

Ich wollte sie ein bißchen ärgern.

»Ach, in deinem Alter hatte ich viele.«

»Waren sie hübsch?«

»Alle.«

»Du bist ein Playboy.«

»Das würde ich nicht unbedingt behaupten.«

»Hast du mit allen geschlafen?«

»Mit allen.«

»Wieviel waren es denn?«

»Ich kann sie beim besten Willen nicht zählen.«

»So viele waren es?«

»Traust du es mir nicht zu?«

»Doch.«

Sie sah zu mir hoch: Sollte sie glauben? Sollte sie zweifeln? Von jedem ein bißchen.

»Du liebtest sie alle, bevor du mich kanntest. Jetzt kennst du mich, und du mußt feststellen, daß sie alle albern und blöd waren. Sag, daß es so ist. Konnten sie so gut lieben wie ich?«

Ich trieb es wirklich auf die Spitze:

»Sie alle waren besser.«

Sie schaute pikiert zur Seite und hob eine Sicherheitsnadel vom Boden auf, die ein Zimmermädchen beim Reinigen übersehen haben mußte. Sie drehte sie kurz in ihren Händen und warf sie dann einfach aus der geöffneten Balkontür. Sie wandte sich wieder zu mir.

»Ich verstehe einfach nicht, wie Mädchen auf dich reinfallen können«, sagte sie dann mit einem gewissen Unterton weit hinten in der Stimme.

»Wie meinst du das?«

»Ich meine deine Unterhosen«, sagte sie.

»Meine Unterhosen?«

»Ja, sie sind nicht gerade anregend.«

Meine Unterhose als Gesprächsstoff zu wählen, erschien mir ungeheuerlich. Sie bemerkte meinen erschrockenen Blick und hielt sich entsetzt ihre Hand vor den Mund.

»Habe ich etwas Verkehrtes gesagt?«

Ich weiß es noch genau. Ich erhob mich und blickte zuerst auf den grünen Teppich, wo sich neben meinem rechten Schuh ein großer, runder Fleck befand, wahrscheinlich hatte irgendein Hotelgast mal ein Glas Rotwein verschüttet, dann drehten sich meine Schuhsohlen, und ich fühlte die ganze Weichheit des Teppichs.

Ich kannte sie erst drei Tage, und sie machte sich bereits lustig über mich. Entschieden zu früh, sagte ich mir. Ich ging auf sie zu. Sie hatte längst meine drohende und doch lockere Haltung bemerkt. Das Drohende konnte gar nicht glaubhaft zutage treten. Sie hielt beide Hände schützend vor sich und entfernte sich rückwärts zur Bettkante des breiten Doppelbettes.

»O nein, o nein, so meinte ich es nicht«, schrie sie fast flehend.

Ich blieb weiterhin stumm und machte nur einen kleinen Schritt in ihre Richtung.

»Kein Mann hat schönere Unterhosen als du«, sagte sie. Sie rollte die Augen, blickte nervös zur Tür, als würde sie gerade jetzt jemanden erwarten und hielt dann ganz plötzlich ihr Kostüm an den Schenkeln fest. Du meine Güte, sie wird doch jetzt nicht denken, daß ich ihr das vom Leibe reißen werde? Wäre eigentlich nett zu wissen, was sie heute darunter trägt. Habe heute morgen gar nicht darauf geachtet. Wie ist es eigentlich mit mir? Wie sieht denn meine unterirdische Verpackung aus? Ach ja, es ist die bundesdeutsche Flagge in greller Baumwolle. Nein, sie hatte wirklich recht, so etwas konnte nur geeignet sein für den Besuch einer Rentenstelle, wo man sicher sein durfte, daß Sex und Liebe weit entfernt waren. Ganz schnell gab ich ihr recht. Meine Oldtimer landen auf dem Müll, und von unten her wird neu eingekleidet. Ein ganz neues Sortiment muß her. Jetzt aber muß ich ihr erst zeigen, daß sie solche Späßchen nicht immer und überall treiben konnte. Schließlich war ich einiges älter. Quatsch, was hat das mit dem Alter zu tun. Sie hat einfach recht. Trotzdem sollte man es ihr nicht ganz zugestehen.

»Wenn du noch weiter rückwärts gehst, wirst du gleich aus dem Balkon fallen«, sagte ich und befürchtete fast, es könnte sich bewahrheiten. Die Balkontür befand sich kurz hinter ihr.

»Schubs mich runter, und du bist ein Mörder.«

»Spring freiwillig, und ich brauch mir keine Gedanken zu machen.«

»Wenn du mich liebst, mußt du mich zurückhalten.«

»Du würdest springen?«

»Warum nicht?«

Dann änderte sie plötzlich die Richtung, hielt sich kurz an der Gardine fest und tastete sich an einer Kommode weiter. Die daraufstehende Vase ging zu Bruch, und Blumenwasser saugte sich in den Teppichboden. Was für eine schöne Bescherung, die Hotelrechnung wird noch teurer! Sie hatte gerade das Bett erreicht.

»Kann es sein, wenn wir noch länger Katz und Maus spielen, daß du dann das ganze Zimmer demoliert hast?« fragte ich in diesem Moment.

Ich blickte in Marlins große Augen und wußte noch immer

nicht, wie sie alles bewerten würde: lustig, nachdenklich oder gar betroffen? Blöde Unterhosen, dachte ich. Die Frage, die ich ihr gerade gestellt hatte, beantwortete sie auf ihre Art. Sie ließ sich aufs Bett fallen, ließ sich durch die weiche Federung zwei-, dreimal sanft in die Höhe wippen und verschränkte dann ihre Arme weit nach hinten. Sie fand ein Kopfkissen, vergrub ihre Fingernägel darin und senkte ihre Wimpern.

»Gibt es vor dem Spielcasino noch etwas Zeit für etwas anderes?« hauchte sie und drehte ihren Körper weiter aufs Bett. Hotelbetten hatten schon immer etwas sehr Aufreizendes für mich. Ich glaube, in ihnen macht es doppelt Spaß.

Ich werde ihr gar nicht antworten. Ich werde ihrer Bereitschaft auch nichts entgegensetzen, bloß nicht. Ich werde nun einfach testen wollen, ob man als Spieler vor einem Casinobesuch bei der Liebe ans Roulette denken muß. Wenn nicht, dann bin ich noch längst kein Spieler.

Viel später als geplant trafen wir im Casino ein. Sehr viel später. Als wir dann die Treppen zum Spielsaal hochschritten, hatte ich das Gefühl, die Blicke der Leute verweilten länger auf uns als nötig. Sie wissen alles – sie waren dabei, sie haben uns beobachtet. Dabei wirkte ich nur ein wenig zerfahren: Ein Manschettenknopf war nicht festgeklemmt und gerade dabei, sich vom Hemdsärmel zu verabschieden. Beide Schnürsenkel waren viel zu locker gebunden, und ein Clip der Hosenträger machte ständig einen Satz in die höhere Region. An der Rezeption hatte ich statt meines Reisepasses eine Hülle mit einem Kreditantrag vorgelegt.

Nein, die Leute wissen nichts! Aber was war das für eine wunderbare Stunde gewesen … alles hat mich völlig konfus gemacht. Die Leute schauen mich an und sagen sich: Das da, das ist ein Glückspilz, ein großer Spieler und ein grandioser Liebhaber … Ich glaube, ich bin wieder ein Angeber! Nein, nur ein Gentleman, der wieder in Aktion ist.

Das Casino war gut besucht. An allen Spieltischen drängten sich die Leute und platzierten hektisch ihre Jetons. Jeder wollte dem Glück etwas abgewinnen. Eine Welt, die ich schon öfters in Freud und leichtem Kummer geteilt hatte, einmal war dies anwesend, einmal jenes. Da war der Sieger, der an der Bar Champagner trank und sich brüstete, wie genial er gespielt hatte, und da war auch der Verlierer, der sich kramphaft an den kommenden Tag klammerte, an dem das Glück ihn unbeschreiblich belohnen würde. Dieser Tag mußte nach seiner Meinung einfach kommen, denn soviel Pech konnte man doch gar nicht haben ... Einmal kommt dieser Tag, er muß kommen ... Jetzt aber überschlug er immer wieder seine Finanzen und mußte resignierend feststellen, daß er pleite war.

Der Glückwunsch dem Sieger und der Jammer dem Verlierer. Beide Spieler werden eines Tages wiederkommen, und vielleicht haben sie dann die Rollen getauscht. Möglich, daß es dann auch nur Verlierer geben wird.

Leute gingen an uns vorbei, gepudert und in eine Wolke von Parfüm eingehüllt. Angeber und Glücksritter standen oder saßen an den Spieltischen. In ihren Augen die Gier nach mehr, nach mehr Scheinen in der Tasche oder bereits der trostlose Blick, da alles schon vorbei war ... Man war bereits pleite. Es konnte auch gut sein, daß irgendein Abteilungsleiter unter ihnen war, der gerade die Kasse unterschlagen hatte. Es konnte auch der Geschäftsmann sein, der kurz vor dem Konkurs stand und dessen letzte Rettung die Spielbank war, das heißt, wenn ihm die Glücksgöttin besonders hold sein würde. Und da war auch noch der Rentner, dem es zuhause einfach zu langweilig geworden war. Das kleine Mädchen wäre da schon zufrieden, wenn sich die zwanzig Mark in ihrer Hand verdoppeln würden. Sie waren elegant gekleidet oder auch leger. In Travemünde nahm man es nicht so genau. Wir gingen zu einem Spieltisch, der schräg zur Kasse stand und der Bar am nächsten war. Hier waren auch die meisten Leute anwesend. Ich blickte über die Schultern der Leute und kannte sofort den Grund hierfür. An diesem Tisch wurde besonders hoch gespielt, und das zog immer Zuschauer an ... Zehn Sitzplätze befanden sich an dem Spieltisch, auf denen sich außer einer Dunkelhäutigen nur ältere Leute befanden. Dazu eine Traube von Stehenden, zum Teil sicherlich auch Nichtspieler, die aber alle erregt und fasziniert das Spiel verfolgten. Ich ging mit Marlin zu einem weiteren Tisch. Staunend blickte sie zur Decke, wo die schweren Leuchter hingen. Dann zog sie mich plötzlich am Ärmel.

»Warum ist es so merkwürdig leise hier?«

»Das sind die Zocker.«
»Was ist das, Zocker?«
»Das sind die Spieler.«
»Nennt man die so?«
»Ja.«
»Und warum sagen die nichts?«
»Du mußt mal darauf achten. Wenn die Kugel läuft, dann starren die nur auf dieses runde Elfenbeinding. Du hörst nur den Lauf der Kugel. Deshalb ist es jetzt so still hier. Es sind gerade zwei Tische, an denen die Kugel läuft, der neben uns und der dahinter.«
»Und warum ist es so spannend?«
»Nun, es ist der Moment, der entscheidet über Glück und Verlust.«
»Mich könnte das nicht begeistern.«
»Du spielst auch nicht.«
An einem weiteren Tisch angekommen, entschloß ich mich, ins Spiel einzusteigen. Der Croupier sagte gerade: »Nichts geht mehr«, als ich ihm sechs Jetons zuwarf. »Carré der Sechsundzwanzig«, rief ich und war froh, daß er noch meinen Einsatz akzeptierte.
Dann sah ich ebenfalls der kleinen Elfenbeinkugel nach, wie die vielen anderen auch und war dann ebenso enttäuscht wie die vielen anderen auch.
»Zweiunddreißig – Rot – Pair – Passe«, die deutliche Aussprache des Croupiers.
Da waren sie also schon dahin, die ersten vierzig Mark. Ganz schön schnell, wie ich bemerkte. Hatte aber noch nichts zu bedeuten. Was sagte doch eine alte Spielerweisheit? Nach der Zweiunddreißig sollte man Zero-zwei-zwei spielen. Sollte man oder sollte man nicht? Wie war es doch mit den sieben Schwalben auf der Dachrinne? Es war ja schließlich kein Traum gewesen, ich hatte sie ja wirklich gesehen. Sieben Schwalben auf einer Dachrinne, und dann kein Glück haben, einfach lächerlich ...
Ich gab zügig die Order.
»Zero-zwei-zwei«, sagte ich.
»Was bedeutet das, was du jetzt gerade spielst«, fragte Marlin neugierig.
Ich fuhr über meinen nicht ganz so gut rasierten Bart und be-

obachtete nebenbei, wie ein Mann in einem weißen Sommeranzug von allen Seiten die Fünf bepflasterte.

»Ja, weißt du, das ist die Null mit ihren zwei Nachbarn. Das ist die Drei, die Sechsundzwanzig, die Zweiunddreißig und die Fünfzehn.«

Ich sagte ihr die Zahlen in der Reihenfolge, wie sie im Kessel neben der Zero lagen.

»Was ist, wenn eine von diesen Zahlen geworfen wird?«

»Nun, dann haben wir viel gewonnen.«

»Und wieviel bekommen wir?«

»Eine ganze Menge. Es ist immerhin das Fünfundreißigfache vom Einsatz. Die Verluststücke werden abgezogen.«

»Bitte, spiel nicht so hoch, Mike.«

»Ist doch nicht viel.«

»Aber du hast doch wieder fünfzig Mark gesetzt.«

»Etwas wagen muß man schon.«

Derweil wurden an diesem Tisch die Gewinne ausbezahlt. Da man nicht unbedingt während der Auszahlung neu setzen kann, wurden meine Jetons vorerst zur Seite gelegt, um dann nach der Auszahlung plaziert zu werden. Ein grauhaariger Herr im weißen Blazer hatte dabei sechstausend Mark gewonnen. Er hatte die Summe einfach auf Passe gesetzt, und Passe war gekommen. Was für ein Glückspilz!

An diesem Spieltisch schien keiner besondere Eile zu haben. Weder die Spieler beim Setzen noch die Croupiers beim Auszahlen; alles passierte in gleicher Gemächlichkeit. Dabei wurde gerade an diesem Spieltisch viel gesetzt. So konnte man getrost lange auf den nächsten Wurf des Drehcroupiers warten. Fast eine Zeit der Langeweile, derweil konnte man aber gut die Leute beobachten. Eine amüsante Beschäftigung: Da kaute ein Dicker Fingernägel. Der Spieler neben dem Kessel griff unaufhörlich zu einer gelben Zigarettendose. Nicht eine Zigarette wird die Glut bis zum Ende spüren. Ein Lehrertyp schrieb unaufhörlich Zahlen auf. Als man dann schließlich meine Annonce plazierte, wußte ich, daß es endlich spannender werden würde. Dringend erwartet, warf der Croupier wieder die weiße Elfenbeinkugel. Und ich wußte, daß ich nicht gewonnen hatte.

Die Zwei war gefallen.

Ich spielte und spielte ohne sichtbaren Erfolg. Manchmal

schob man mir einen kleinen Gewinn zu, und ich glaubte dann immer, das würde die Wende bedeuten, aber gleich darauf folgten Minus- auf Minuswürfe. Nach etwa einer Stunde hielt ich die letzten Jetons in meiner Hand. Sie wirkten fast ein wenig traurig in meiner Handfläche. Vor gar nicht so langer Zeit hatten sie noch ein anderes Gewicht. Weil es einfach mehrere gewesen waren. Wohin damit? fragte ich mich und sah resignierend über das Tableau. Am besten wieder einwechseln, dann hatte man sie schließlich noch gerettet vor dem Zugriff der gierigen Bank.

Ich muß wirklich einen bedauernswerten Eindruck gemacht haben, als ich da stand mit den letzten Chips in der Hand und fühlte, daß ich dieses Plastik plötzlich haßte, außerordentlich haßte. Es wird wohl nie einen Weg geben, daß man Plastikberge schnell und ordentlich in einer Spielbank anlegen könnte.

Wohin könnte die Kugel jetzt fallen?

Wie wunderbar müßte es sein, das einmal zu wissen. Nur ein einziges Mal! Es brauchte nur ein einziges Spiel sein und alles mit Maximum besetzen. Dann wäre es geschafft, dann wäre es erreicht. Aber was für ein wackeliger Traum. So etwas wird es nie geben. Es sei denn, der da oben mag einen. Ob ich wohl in Frage käme?

Als ich darüber nachdachte und nichts weiter wußte, als daß alles im Leben unheimlich schwer war, fühlte ich mich beobachtet. Ein älterer Herr in einem dunkelgrauen Anzug, der am anderen Ende des Tisches spielte, schaute unentwegt zu uns herüber. Aber keineswegs neugierig oder freundlich, sondern eher mitleidig. Als wir wieder Blickkontakt hatten und er eine Anzahl von Jetons gesetzt hatte, gab er mir ein Zeichen mit der Hand, welches ich aber nicht zu deuten vermochte. Dann schlängelte er sich sogleich durch die Menschentraube und stand plötzlich neben uns. Mit einer tiefen, markanten Stimme sagte er einfach:

»Ich würde es aufgeben. Fast alle verlieren hier und Sie bestimmt auch. Ist doch so, oder? Sie werden mir nicht sagen, daß es anders ist.«

Seine Worte sprach er, ohne mich groß anzusehen. Während seines Sprechens betätigte er sich sogar. Das untere Drittel auf dem Tableau schien sein besonderes Interesse hervorzurufen. Er setzte ziemlich viel dort hin, dann gab er noch eine weitere Annonce.

»Cheval der Siebzehn«, sagte er.

Ich war ein wenig überrascht, so plötzlich angesprochen zu werden. Vielleicht war es auch ein Schnorrer, der hier herumwandelte und im nächsten Augenblick irgendeinen Spieler um ein paar Chips anbetteln würde. Die traf man in allen Spielcasinos.

»Sie interessieren sich für mein Spiel«, sagte ich. »Finde ich ein bißchen merkwürdig.«

Er hob etwas die Schultern an und zog die Stirn in Falten.

»Müssen schon entschuldigen, aber das ist manchmal meine Art.«

»Können Sie mir sagen, was Sie damit bezwecken?«

»Ich habe eine gewisse Schwäche für gewisse Leute. Das wird es sein. Vielleicht bin ich so etwas wie ein Samariter der glücklosen Spieler. Sie haben alles verloren, nicht wahr?«

»Fast alles.«

»Wieviel Chips haben Sie noch?«

»Vier, und die wollen Sie gerne haben.«

»O nein, ich bitte Sie.« Ein fast entrüstetes Lächeln erschien auf seinem Gesicht. »Spielen Sie einfach das Carre der Sechsundzwanzig, mehr wollte ich Ihnen nicht sagen.«

Ich glaubte, nicht richtig zu hören. Auf diesem Mistcarre hing ich die ganze Zeit, ohne daß Fortuna auch nur im geringsten an mich gedacht hatte. Ich sagte es diesem Besserwisser.

»Ist bestimmt keine Empfehlung. Ausgerechnet diese Zahl hat die ganze Zeit meine Mäuse geschluckt.«

»Könnte sich jetzt ändern«, flüsterte er seltsam ruhig.

Als er dann wieder einen Jeton plazierte, griff er weit über den grünen Tisch, und sein Jackenärmel gab sein rechtes Handgelenk frei – ein kleines Gold- und Diamantendepot. Das war kein Schnorrer, eher ein Berufsspieler. Das Gold wird er sich sicherlich am Spieltisch verdient haben. Er wollte sich schon umdrehen und den Spieltisch verlassen, als ich ihn am Ärmel festhielt.

»He, wo wollen Sie denn hin?«

»An die Bar, einen kleinen Drink nehmen«, sagte er.

»Aber Sie haben doch hier gesetzt.«

»Ach, das kann warten. Die Croupiers kennen mich. Die

wissen, was ich gesetzt habe. Sollte ich etwas gewinnen, dann werden sie es für mich aufbewahren.«

»Und was ist mit mir?«

»Wie, mit Ihnen?«

»Sie haben mir doch eben einen Tip gegeben.«

»Ach so. Sie meinen die Sechsundzwanzig. Spielen Sie sie einfach.«

Er kniff die Lippen zusammen, so als wäre das Kapitel für ihn abgeschlossen und er wünschte keine weitere Diskussion mehr. Dabei strahlte er einen merkwürdigen Charme aus. Ein letztes Mal lächelte er, dann verschwand er in Richtung Bar.

Mir schien, als würde er sich im Roulettespiel bestens auskennen. Wie lässig er seine Annonce gab, und wie kühl er über den Roulettetisch blickte. Sein Arbeitgeber konnte durchaus das Spielcasino sein, gut anzunehmen. Von ihnen gab es wenige, aber es gab sie. Was mußte das für ein Leben sein! Im Sommer in Monte Carlo. Im Winter in Seefeld. Und im Frühling vielleicht in Las Vegas.

»Welche Zahlen wirst du jetzt spielen?« fragte Marlin in meine Gedankengänge hinein.

»Ich weiß es nicht«, antwortete ich ihr mißmutig.

Sie schob ihre Hand unter meinen Arm, und dabei wären mir beinahe die letzten Jetons aus der Hand geglitten.

»Spiel doch die Sechsundzwanzig«, forderte sie mich auf.

»Du meinst, wir sollten auf ihn hören?«

»Ja, warum denn nicht?«

»Aber er ist doch kein Wahrsager.«

Sie schaute mich an.

»Ich habe einfach Vertrauen zu ihm.«

Ich schenkte ihr ein friedvolles Lächeln.

»Auf geht's, spielen wir seine Zahl. Dabei – was für ein Quatsch. Schließlich war es schon immer meine Zahl.«

»Du mußt dich beeilen. Mir scheint, gleich wird die Kugel geworfen.«

»Also gut.«

Im gleichen Moment, als der Drehcroupier zum Wurf der Kugel ansetzte, rief ich überlaut den Casinoangestellten zu:

»Das Carre der Sechsundzwanzig, bitte.«

Es war so laut gesprochen, daß neben mir eine Dame in grellem Grün förmlich zusammenzuckte. Ich sah dann, wie

meine Jetons elegant plaziert wurden und hörte andächtig
dem Geräusch der Kugel zu, die gleichmäßig Runde um
Runde ihre Bahn zog. Sie würde mit der Zeit langsamer
werden, gegen irgendeinen der Metallknöpfe stoßen,
dadurch zu trudeln anfangen und schließlich in einer der
Vertiefungen mit den Zahlen landen. Manchmal hatte ich die
Angewohnheit, vom Tableau wegzuschauen und abzuwar-
ten, bis die Kugel gefallen war. Mein Blick war dann immer
woanders. Vielleicht bei den Saaldienern oder beim strengen
Blick der Saalaufsicht. Diesmal erschien mir alles extrem
langsam. In dieser Zeit hätte man sich eine Tüte Pommes
frites besorgen können. Zwischendurch wagte ich einen Blick
und mußte feststellen, wie scheußlich es war, in diese Kugel
soviele Erwartungen zu setzen. Wer ihr total verfallen war,
mußte durch Wellen des Lebens gehen. Die fantastischen
Siege, wenn man oben war und gewonnen hatte. Und dann
die Tage der vernichtenden Niederlagen. Wie war ich froh,
daß es bei mir noch längst nicht soweit war.
Hatte ich nicht gerade die Stimme des Croupiers gehört?
Konnte es denn wahr sein? Er hatte doch eben wahrhaftig
»Sechsundzwanzig, Schwarz, Pair, Passe« gesagt.
Täuschte ich mich, war es nur eine Zahl, die gerade in meinen
Gedankengängen lag? Erst als das Tableau wieder ganz nackt
erschien, die verlorenen Chips alle abgezogen waren und nur
die Gewinne einsam und allein auf dem Tisch lagen, wußte
ich, daß wir gewonnen hatten. Die Sechsundzwanzig lag vor
uns, eingegrenzt mit den Jetons des Carre, das uns gehörte,
und im Plain und Cheval der anderen Gewinner.
Der Glückswurf hatte auch Marlin erreicht, fast ein wenig
spät. Erst als bereits die seitlichen Gewinne der Transversalen
ausbezahlt wurden, schlug sie beglückt die Hände vors
Gesicht. Durch die einzelnen Finger konnte ich ihre glückli-
chen Augen erblicken.
»Mike, Mike, wir haben gewonnen«, schrie sie überlaut und
hielt vor Entzücken noch immer die Hände vors Gesicht. Ich
glaube sogar, ihre Hautfarbe hatte gewechselt. Ihre Ohrläppchen auf jeden Fall bekamen die Farbe von Himbeerpudding.
»Ist denn das zu fassen? Wir haben tatsächlich gewonnen.
Mike, schau doch. Wir haben gewonnen.« Ihre Stimme überschlug sich fast.

»Ich weiß, Marlin.«

»Freust du dich denn gar nicht?«

»Natürlich tue ich das.«

»Woher wußte der alte Mann das?«

Ich strich über meinen Schnurrbart und bekam gerade eine Stelle zu fassen, wo sich die Barthaare etwas ineinander gewellt hatten. Ich hatte etwas, womit sich meine Finger beschäftigen konnten. Ja, woher konnte der alte Mann das wissen?

»Er wird es nicht gewußt haben«, versicherte ich meiner Begleiterin.

Gerade in diesem Moment bekamen wir unseren Gewinn zugeschoben. Die Glückseligkeit in ihren Augen breitete sich weiter aus.

»Gehört das alles uns?« fragte sie mich beim Anblick des Jetonhaufens.

Ich nickte: »Ja.«

Gleich darauf warf ich den Croupiers ein Zehnmarkjeton zu.

»Für die Angestellten«, rief ich.

Marlin zog mich kräftig am Ärmel.

»Mußt du denn gleich Geld verschenken?«

»Das gehört einfach dazu. Wenn man gut gewonnen hat, muß man den Angestellten ein Stück zukommen lassen«, flüsterte ich.

»Ist das immer so?«

»Hm, immer so.«

»Und wenn man das nicht tut?«

»Dann ist deren Blick nicht mehr so freundlich.«

»Das muß man alles wissen ...«

»Ich fürchte, ja.«

»Spielen wir weiter?« fragte sie, nachdem sie geschluckt hatte, daß man im Spielcasino Trinkgeld gab.

»Aber natürlich«, sagte ich.

»Und welche Zahlen spielen wir jetzt?«

»Wir lassen das Carre einfach stehen.«

»Meinst du, es könnte nochmals kommen?«

»Wir werden sehen.«

Es wurde eine lange Nacht, und wir gewannen weiterhin. Das Glück hatte sich zu uns gesellt. Nach der Sechsundzwanzig war die Dreiundzwanzig erschienen, es folgte die Neunundzwanzig, dann wieder die Sechsundzwanzig und noch einmal die Fünfundzwanzig. Erst die Sieben bereitete dieser gewaltigen Glückssträhne ein Ende. Unser Carre hatte uns fünfmal hintereinander Glück gebracht. Der Verlust von vorhin war längst wieder eingespielt worden, und hinzu kam ein stattlicher Gewinn von über tausend Mark. Wir schwebten in Wolken – überall Glitzersternchen. An der Bar trafen wir unseren Glückspropheten wieder.

»Na, gewonnen?« fragte er uns.

Marlin konnte sich in ihrer überschwenglichen Freude nicht zurückhalten. Sie drängelte sich einfach vor. Sie küßte ihn auf die Wange und zersauste ihm die Haare, wobei ich bemerkte, daß er so besser aussah als mit glattem Haar. Ohne etwas übelzunehmen, ordnete er wieder seine Haarpracht und griff zum Glas. Der Farbe nach zu urteilen, enthielt es Whisky.

»Ist die Sechsundzwanzig gekommen?« fragte er.

»Unglaublich, sie ist gekommen«, entgegnete Marlin entzückt und aufgeregt.

»Dann dürfte ich auch gewonnen haben«, murmelte er.

»Wieso denn Sie auch?« fragte ich erschrocken und glaubte schon, seine Empfehlung hätte tatsächlich ihren Preis, und er würde nun eine Gewinnbeteiligung fordern.

Er führte das Whiskyglas an seine Lippen.

»Ich habe das Cheval der Dreiundzwanzig gespielt. Eine Kleinigkeit gibt es auch für mich«, sagte er zufrieden lächelnd.

Ich war erleichtert, also doch ein ehrbarer Spieler.

»Wie oft spielen Sie eigentlich?« fragte ich neugierig. Seine Empfehlung ließ mich einfach nicht los.

Er drehte lässig das Whiskyglas in seiner Hand. Da es noch immer gut gefüllt war, schien bei einer besonderen Schrägstellung etwas Flüssigkeit über den Glasrand zu fließen.

»O, man kann sagen, fast jeden Tag«, antwortete er.

»Und Sie gewinnen fast immer?«

»Im Gegenteil. Ich verliere fast immer. Ich bin gerade dabei, mein zweites Haus zu verspielen.«

Marlin beugte sich weit vor und bekam riesige Kulleraugen.

»Sie wissen die Zahlen im voraus und verlieren dabei. Das kann doch gar nicht möglich sein.«

Der alternde Spieler nahm wieder einen Schluck aus seinem Whiskyglas.

»So ist es auch nicht«, sagte er etwas undeutlich.

»Wie ist es denn zu verstehen?« fragte Marlin.

»Natürlich konnte ich nicht wissen, welche Zahl kommen würde. Ich hatte lediglich die Permanenzen von diesem Tisch gelesen und bemerkt, daß die Sechsundzwanzig überhaupt noch nicht erschienen war. Diese Zahl hatte sozusagen einen starken Nachholbedarf. Es gibt Spieler, die achten darauf. Ich gab Ihnen lediglich einen Tip. Seien Sie glücklich, daß Sie gewonnen haben.«

»Können wir etwas für Sie tun?« erkundigte ich mich.

»Schließlich waren Sie derjenige, dem wir das Glück zu verdanken haben. Dürfen wir Sie zu einem Drink einladen?«

»Einen Drink möchte ich ablehnen, aber Sie könnten mir einen Gefallen tun.«

Ich nickte. »Gerne«

Der alternde Spieler reichte uns ganz langsam seine Hand, so langsam, als sei er noch unschlüssig, sie uns endgültig zu reichen. Dann tat er es doch.

»Versprechen Sie mir, nicht dem Glück im Spiel zu folgen, jedenfalls nicht in einem Spielcasino. Die Chancen stehen denkbar gut, trotzdem werden Sie verlieren. Das Casino produziert eine gewisse Gier. Sie werden sich ihrer annehmen und nicht kehrtmachen können. Fast immer steht der Verlust am Ende. Versuchen Sie, diesen Stätten auszuweichen.«

Ich preßte verlegen die Zähne auf meine Unterlippen.

»Ein seltsames Versprechen, das Sie da verlangen.«

»Bedenken Sie, auf die Dauer gewinnt nur die Bank.«

»Sie müßten es an und für sich wissen.«

Er nickte gütig: »Ich weiß es.«

Ich reichte ihm die Hand, aufrichtig und ehrlich. Nie mehr besuchte ich ein Spielcasino, ich hatte es ihm versprochen. Auch später brach ich dieses Versprechen nicht.

Der dritte Tag

Einen Abend lang genossen wir die elegante Welt. Sie war fast ein wenig aufdringlich, fand ich. Wir tranken Champagner aus herrlichen Champagnerschalen mit Blumendekor, aßen irischen Lachs und Kanapees mit Gänseleberpastete und sahen eine Show im Nachtclub. Ich versuchte es weltmännisch. Ich ließ mir eine sündhaft teure Zigarre servieren. Wollte einfach mal wissen, was an diesen Dingern nur so teuer war. Im Rauch und Geschmack war nichts festzustellen. Das letzte Stück sezierte ich dann – vielleicht war darin noch etwas Teures verborgen. Nichts fand ich!
Auf jeden Fall war ich für Minuten ein Mann von Welt.
Als dieser eigenartige Rausch am nächsten Morgen verflogen war und ich meine eigene, höchst normale Welt wieder betrachtete, war ich zufrieden, daß dieser Ausflug dazu gedient hatte, die allgemeine Lage finanziell etwas aufzubessern.
Der einzige, der an diesem Morgen wirklich munter war, war Speiker. Er lief unruhig umher, seinen buschigen Schweif stets in die Höhe gerichtet, und miaute in einer Tour, daß es kaum noch auszuhalten war. Das Hotelzimmer schien ihm nicht zu behagen. Wir hatten ihn nachts noch in unser Luxusdomizil getragen. Das Hotelfrühstück verpaßten wir knapp, so blieb uns noch ein Brunch zur Auswahl oder ein Mittagessen. Vor der endgültigen Entscheidung zeigte ich noch im Morgenmantel unserem Kater die Grünanlagen vor dem Hotel. Er wußte, was gemeint war …
Als ich Zimmernummer 717 wieder erreicht hatte, schlief Marlin noch immer. Ich legte mich im Morgenmantel einfach neben sie und beobachtete sie im Schlaf. Wie zufrieden sie doch aussah!
Bemerkenswerter Zauber ging von ihr aus. Man mochte sie irgendwo erblicken, auf der Straße, in einem Lokal, in der Straßenbahn – Herzschläge würden stärker werden! Man würde sich fragen: Wo mag sie wohnen, wird sie geliebt, warum ist sie so wunderschön? Und dann noch: Wann gab es Tage, wo man Vergleichbares den Augen offerieren konnte?
Wie mag sie nun wirklich zu mir stehen? Ihre Zuneigung zu mir als Liebe zu erklären, wäre eigentlich zu früh. Ich erschrak fast, als es mir in den Sinn kam, daß sie eigentlich nie

richtig von Liebe gesprochen hatte. Konnte es sein, daß sie nur zu stolz dazu war, es zuzugeben? Oder war es so, daß sie nur das Sexuelle bevorzugte? Nein, nein – das erstere wird es sein. Sie wird mich lieben, aber es einfach nicht zugeben können. Was denke ich da eigentlich? Kann es sein, daß ich morgens aufstehe und sie plötzlich gar nicht mehr anwesend ist? Ein Mädchen, das man gerade drei Tage kennt, ist für das Schicksal noch gar nicht relevant, oder? Sie könnte mich heute lieben, morgen langweilig finden und übermorgen bereits an meine Lebensversicherung denken. Marlin, was bist du jetzt für mich? Mein Schicksal? Oder nur eine Sommerliebe? Du solltest nicht so lange schlafen, die Fähre wird nicht wegen uns Stunden später auslaufen. Als hätte sie meine Worte vernommen, öffnete sie unendlich langsam die Augen.

»Guten Morgen, Mike«, murmelte sie verschlafen.

Ich drehte mich ganz zu ihr hin, und meine sonderbaren Gedanken tauchten in dem Klang ihrer Stimme unter.

»Hallo, Marlin«, sagte ich.

»Warum bist du denn schon auf?« hauchte sie.

»Das Wort ›schon‹ würde ich nicht gebrauchen, immerhin ist es für ein Frühstück bereits zu spät.«

Sie wischte sich mit zwei Fingern den Schlaf aus den Augen.

»Wie spät ist es denn?«

»Bereits nach elf Uhr.«

»Wieso habe ich denn so lange geschlafen?«

Ich drehte mich zu ihr, und zwischen Kopfkissen und Bettdecke war ihr Gesicht ganz nah. Mein Gott, selbst verschlafen sah sie wunderschön aus.

»Es wird der Alkohol gewesen sein. Immerhin haben wir viel Champagner getrunken«, sagte ich und war mir nicht im klaren, ob es richtig war, es ihr so beizubringen.

Sie lächelte dann aber. »Ich weiß.«

»Und wir haben viel Geld gewonnen.«

»Auch das weiß ich.«

»Du weißt auch, wieviel?«

»Es waren über tausend Mark, nicht wahr?«

»Richtig.«

Zufrieden gab sie einen kräftigen Seufzer von sich, so als wäre gestern etwas Einmaliges passiert, was nie wiederkommen würde.

»Kaum zu glauben, nicht wahr?« sagte sie.

Ich war zufrieden, sie so verschlafen glücklich zu sehen.

»Es ist wahrlich passiert, und es könnte sogar wiederkommen.«

Entrüstet sagte sie: »Du hast doch dem alten Mann versprochen, nie mehr zu spielen.«

»Ich werde es auch nicht tun. Ich muß dir aber leider mitteilen, daß wir bald auf die Fähre müssen. Schiffe haben die schreckliche Angewohnheit, auf niemanden zu warten, auch nicht auf zwei Glücksspieler, die gewonnen haben.«

»Wann läuft die Fähre aus?«

»Um halb Vier, aber wir müssen mindestens eine Stunde vorher an Bord sein. Es wird sowieso gleich die Hotelrezeption anrufen und uns bitten, das Zimmer zu räumen. Die Hotels mögen keine Langschläfer.«

»Sie haben einfach kein Verständnis für Jungverliebte, nicht wahr?«

»Nein, das haben sie nicht.«

Seltsam, ich glaubte sie noch immer nicht ganz verstehen zu können. Sie sprach zwar im allgemeinen von der Liebe, von unserer Liebe, aber in unseren direkten Gesprächen ließ sie die gewissen Worte aus. Wollte sie es nicht, schämte sie sich, oder war es einfach nicht ihr Stil? Konnte es auch sein, daß sie es einfach für überflüssig hielt? Wenn es so war, dann mußte man sich einfach nur daran gewöhnen.

Man sollte doch jetzt endlich das Zimmer räumen. Zimmermädchen mit Etagenwagen zu erblicken, die dann mit aller Gewalt zum Aufbruch auffordern, das wäre doch nicht des Vormittags gute Lösung. Im Eilverfahren wollte ich das Hotelzimmer auch nicht räumen, zumindest mußte in aller Ruhe noch ein Shower drin sein. Der Übernachtungspreis verlangte das einfach. Ich brachte es tatsächlich fertig, meine Uelzenbekanntschaft sanft aus dem Bett zu bringen, fast so sanft wie man Porree aus der Erde zieht, man tut der Erde nicht weh, und dem Porree nicht. Es kam mir auch vor, als würde sie das Hotelleben mögen.

Wir nahmen einen Brunch zu uns, beobachteten, wie ein Filmteam anreiste und wählten den Poststempel von Travemünde für ein paar Kartengrüße an Freunde. Das anschließende Kofferschleppen überließen wir den Hoteldienern. Dann langte es schließlich noch für einen Spaziergang im Sonnenschein. Wir schlenderten über die Strandpromenade, sahen Urlauber in den Strandkörben liegen, waren dabei, als imposante Segelschiffe in den Hafen einliefen und beobachteten Fischer, die mit kräftiger Stimme ihren Fang anpriesen. Über allem ein freundlicher, heller Sommerhimmel. Am Ende der Strandpromenade tranken wir in einem kleinen Hotel, dessen Außenterrasse mit den vielen bunten Sonnenschirmen uns förmlich dazu einlud einzukehren, noch einen Campari Soda, bevor wir uns endgültig mit den Gedanken der Einschiffung beschäftigen mußten. Noch ehe heute die Sonne untergehen wird, werden wir in Schweden sein.

Als ich dann wieder am Steuer saß, mußte ich an unseren Glücksspieler im Spielcasino denken. Was wird er jetzt wohl gerade machen? Roulettespieler schlafen gewöhnlich lange, und er wird es nicht anders handhaben. Ein eigenartiger Spieler! Dank seiner Hilfe oder auch Empfehlung, wie immer man es nennen mochte, waren wir nun tausend Mark reicher. Ob er heute wieder im Casino sein wird?

Er wird es sein. Er wird wieder Leute antreffen, die auf die Straße der Verlierer geraten sind und wird ihnen ebenfalls einen Tip geben. Es wird nicht immer zu einem Treffer reichen, aber seine Erfahrung wird vielen Glücklosen doch eine freundliche Stunde bescheren. Ich war nicht ganz so sicher, letztendlich mochte es doch Glück sein.

Travemünde hat manche Eigenart, auch daß die Straßen plötzlich breiter werden, sich in Einbahnstraßen verlaufen und dann wieder wie Stadtautobahnen aussehen. Wenn man Richtung Lübeck fährt, genießt man einen Hafen, den Strand, kleine Einkaufsstraßen und enge Häuser, die zweihundert Jahre alt sind. Zwischen dichtgepflanzten Bäumen sehen sie fast wie Spielzeug aus. Gepflegte Gärten geben dem Ganzen ein anheimelndes Gepräge. Irgendwann hat man den Stadtkern verlassen, passiert eine Tankstelle und fährt auf einer alleeartigen Straße den Fährschiffen entgegen. Wenig später dann sieht man sie liegen. Imposant, irgendwie schwerfällig und träge, so daß man glauben könnte, sie würden nie schwimmen können. Und doch können sie es. Sie liegen da – erhaben und stolz – und warten auf ihre Abfahrt nach Dänemark, Schweden, Finnland oder Polen. Unser Schiff, die Peter Pan, lag hinter der riesigen Finnenfähre, der Finnjet. Wir hielten neben einem Verladeschuppen.

Die Peter Pan mußte gerade angekommen sein, unaufhörlich spuckte sie Autos aus ihrem Bug. Wie Fliegen aus einer geöffneten Schnauze krabbelten sie heraus. Wenig später sollten wir an Bord fahren. Ich suchte nach den Zahlungsmitteln und unseren Tickets: für zwei Personen und ein Wohnmobil. Mein Kater Speiker würde jedem verheimlicht bleiben und auf keiner Passagiersliste erscheinen. Ein blinder Passagier würde mit an Bord gehen, denn ich wußte nicht, wie man mit ihm verfahren würde. Sicher ist sicher ... Wahrscheinlich müßte er erst in Quarantäne, und das würde bestimmt länger dauern als unser Aufenthalt in Schweden. Also wird er erstmal verborgen bleiben. Unter der Geschirrspüle, wo sich Plastikschüssel und Putzmittel den Platz teilten mit Besen und Kehrschaufel, befand sich noch ein kleiner geflochtener Korb, in dem sonst schmutzige Wäsche landete. Er diente nun als Schmuggelplatz für einen lieben Kater.

Vielleicht müßte er auch gar nicht in Quarantäne. Eines Tages werde ich mich erkundigen müssen. Was soll auch schon sein, wenn ein europäischer Kater mal eine europäische Grenze passiert, um dann Tage später doch wieder daheim zu landen.

Wir mußten noch über eine halbe Stunde in einer Autoschlange verbringen, dann ging es Schlag auf Schlag. Auto auf Auto befuhr die Rampe zur Fähre. Stoßstange an Stoßstange, in bestens geordnetem Zustand, dafür sorgte die Schiffsbesatzung, schoben sich die Fahrzeuge dem riesigen geöffneten Maul entgegen. Auf den Autodecks selber handelte man nicht großzügig mit dem Platz, er war genau vermessen und knapp. Es herrschte eine anstrengende Enge. Wenn man die Autotüren öffnete, mußte man aufpassen, nicht das Gefährt eines anderen zu beschädigen.

In ungeheurer Eile wurden die Parkdecks mit den Blechreihen gefüllt. Leute in Uniformen, aber auch Matrosen wiesen die Passagiere zu ihren vorgesehenen Standplätzen. Dazwischen immer das laute Rattern, wenn die Rampe befahren wurde. Jeder, der seinen Platz eingenommen hatte, war endlich froh, seinen Wagen abzuschließen und weiter oben an die frische Luft gehen zu können.

Wir waren da nicht anders. Vorher warfen wir noch einen letzten Blick auf Speiker, er schlief friedlich. Ein lebhaftes Treiben herrschte auf den Decks. Viele, die noch nie auf einem Schiff gewesen waren, mußten alles bestaunen. Sie kannten die Schiffswelt nicht, und selbst der Steward an der Gangway wurde eingehend betrachtet. Wie sonderbar fremd sah alles aus – die Uniformen der verschiedenen Besatzungsmitglieder, die Streifen der Offiziere auf den Schulterklappen, die schmucken Mützen mit den goldfarbenen Zeichen und dieses imposante Weiß der Hosen .... Sie alle begegneten einer anderen, besonderen Welt, der Seefahrt!

Die Neugierigen wanderten über die Decks, wollten alles erforschen und platzten fast vor Wißbegier. Nichts war vor ihnen sicher, sogar die Rettungsringe wurden untersucht. Wie mochten die wohl im Gestänge befestigt sein? An Bord herrschte wirklich ein buntes Treiben. Junge Leute – es mochte sie die Abenteuerlust gen Norden treiben – arbeiteten sich mit prallgefüllten Seesäcken die Gangway hoch. In ihren Gesichtern einerseits die Mühsal des Tragens, andererseits die Erwartung der kommenden Abenteuer. Ein Kegelclub, alles Männer, sang irgend etwas über eine Stadt im Ruhrgebiet. Kein besonderer Genuß für feine Ohren. Einer der Gesangsbrüder sang gar nicht, er murmelte eher nur. Man nahm ihn in die Mitte und riß sein grünes Käppi vom Kopf. Gleich darauf diente es als Wulst gegen eine nicht zu ertragende Stimme. Auf dem Hauptdeck zog eine hochschwangere Frau einen Kinderwagen. An der rechten Hand führte sie ein kleines Mädchen mit rötlich gelockten Haaren. Das Mädchen hatte Tränen in den Augen. Es fragte die Mutter, wie lange Vati wegbleiben würde. Die Mutter nahm das kleine Mädchen auf den Arm und ging mit ihr zu den großen Fensterscheiben, wo man auf die Pier herunterschauen konnte.

»Dort unten ist Papi«, sagte sie.

Das kleine Mädchen tippte mit beiden Zeigefingern gegen die Scheibe.

»Was macht er da?«

»Er schaut zu uns hoch«, entgegnete ihre Mama.

»Ist er fröhlich, lacht er? Oder hat er ein ernstes Gesicht?«

»Hm, Papi lacht.«
»So wie zuhause auch?«
»Genau so.«

Was ich jetzt erst bemerkte, das kleine Mädchen war blind. Ein herzergreifender Moment.

Die Peter Pan war ein schönes Schiff mit erheblichem Komfort. Mit Restaurant, Cafeteria, Bar, mehreren Einkaufsläden und einem kleinen Schwimmbad auf dem Sonnendeck. Trotzdem erschien sie mir als ein in die Jahre gekommenes Schiff. Das fröhliche Weiß, das alles so jung erscheinen ließ, hatte auch seine Schönheitsfehler. Es gab Stellen, da ließ sich das Alter dieses schwimmenden Hotels nicht verheimlichen. Auch das mehrfache Auftragen der Farben hatte nicht verhindern können, daß sich Rost bildete. Man tippte dagegen, und feine Blätter brüchiger Farbe fielen zu Boden. Die Decks knarrten, als ginge man in einem alten Haus spazieren. Man munkelte, daß die Nachfolgerin bereits auf Kiel gelegt worden war.

Trotz Rost und Farbproblemen, es war ein schönes Schiff, es gefiel mir. In der Wechselstube, in der Nähe der Gangway besorgten wir uns schwedisches Geld. Hellblaue, graue und gelbliche Scheine wechselten in unser Portemonnaie. Dann bummelten wir über die verschiedenen Decks und landeten schließlich ganz oben. Zwei Schornsteine hatten wir plötzlich als Nachbarn. Wie klein die Menschen an der Pier von hier oben aussahen.

Nach etwa zwanzig Minuten kam der Aufruf, daß alle Besucher das Schiff zu verlassen hätten, da man bereit zum Auslaufen sei. Als Bekannter oder Verwandter eines Passagiers sollte man sich nun schnell verabschieden, sonst konnte man schnell zum »Blinden Passagier« werden. Der Aufruf erfolgte alle paar Minuten. Als dann wohl alle Besucher das Schiff verlassen hatten, wurde die Gangway eingezogen und die Schiffsbesatzung zu den Ablegemanövern aufgefordert. Kurz darauf zogen emsige Matrosen schwere Taue an Bord. Bullige Poller an der Pier hatten sie bislang festgehalten. Die meisten Passagiere strömten zur Landseite, um das Ablegen des Schiffes miterleben zu können.

Die schweren Taue wurden weiterhin zügig an Bord gezogen. Es mußte eine mühselige Arbeit sein, denn die Matrosen keuchten und fluchten. Einer von ihnen verlor sogar sein Käppi. Der Wind schleuderte es einfach ein Deck tiefer. Überall winkende Menschen und am Kai ein einzelner, winselnder Hund, der aufgeregt hin und her lief und immer bellte. Man hörte dann deutlich die Schiffsschraube arbeiten und fühlte, wie sich das Schiff bewegte. Als die Schiffsschraube immer stärker wurde, vibrierte der ganze Schiffskörper. Gleich darauf – man bemerkte es zum erstenmal – bewegte sich das Schiff vollends. Kaum wahrnehmbar hatte es sich von der Pier gelöst. Endlich, wir waren auf dem Weg gen Schweden. In einigen Stunden wird man eine neue Küste entdecken, und es wird Schweden sein.

Immer weiter entfernten wir uns vom Land, und die Konturen von Travemünde wurden kleiner und undeutlicher. Der Hochbau unseres Übernachtungshotels war der letzte Gruß der Küste. Dann war nur noch Wasser um uns und über uns die Seevögel. Ich mußte Marlin anschauen und überlegen, wie anders es in diesem Sommer war. Fast jedes Jahr beantragte ich heitere Sommertage weit oben im Norden, stets als Alleinreisender. Schnellen Anschluß, nette Ausblicke und freundliche Gespräche gab es dann überall. O Schreck, nun hatte ich abgerüstet, ich fuhr nicht mehr allein!

»Du bist so nachdenklich«, sagte Marlin leise.

Ich konnte ihr doch nicht meine Gedanken beichten, jedenfalls nicht so, wie sie gerade meinen Kopf durchschwirrten. Sie lächelte, als wäre es ihr peinlich, mich so gedankenverloren vorgefunden zu haben.

»Du warst ganz abwesend. Es müssen ergreifende Gedanken gewesen sein.«

»Ja, weißt du, Marlin ...«

»Waren es sündhafte Gedanken? Betrafen sie mich?«

Weit neigte ich den Kopf zur Seite, um zu überlegen, ob ich mich für eine Lüge entscheiden sollte. Ich tat es.

»Es waren belanglose Gedanken.«

»Du wirst sie mir auch nicht anvertrauen wollen. Laß es nur.«

Fast war ich froh, daß dieses Thema damit beendet war.

»Wollen wir an der Bar etwas trinken gehen?« fragte ich.

»Fein, können wir an der Bar auch tanzen? Wenn eine Kapelle dort spielt, dann möchte ich mit dir tanzen. Kannst du tanzen?«

Wie schön! Sie zauberte aus einer leichten Beklommenheit eine andere, fröhliche Situation. Sodann drehte sie sich zwei-, dreimal, als wäre sie auf einer Modenschau und wollte dem Publikum neue Kleider vorführen. Ihr langes Haar flog in alle Richtungen und verdeckte danach ihre Augen. Ein Drehen im Wind, durcheinandergewirbelte Haare, Ausgelassenheit, wie einfach sie sich doch gab.

»Ich kann nicht tanzen«, sagte ich.

»Wieso nicht?«

»Ich habe es nie gelernt und mich auch nie dafür interessiert.«

»Ach, macht auch nichts. Wir bleiben hier an Deck. Mike, erzähl mir etwas aus deinem Leben. Ich weiß so wenig von dir. Warum bist du eigentlich nicht verheiratet?«

Ich sah sie etwas verwundert an und wußte sofort, daß sie eine detaillierte Antwort haben wollte. Große und kleine Locken spielten noch immer im Wind, auch ohne daß sie sich drehte. Manchmal entstand eine kleine Pause, wenn der Wind es auch tat. Gleich darauf begann ein neues, freches Wind- und Lockenspiel.

»Genau weiß ich das eigentlich selber nicht«, begann ich. »Ich konnte mich einfach nicht für diesen Schritt begeistern. Komisch, nicht wahr? – Dabei mag es der Sinn des Lebens sein: Heiraten und Kinder zu bekommen.«

Ich legte nach diesem Wortschwall erst mal eine Pause ein, um zu überlegen, ob das, was ich gesagt hatte, auch wirklich meiner Überzeugung entsprach. Ich fuhr fort:

»Vielleicht hat mich die Liebe auch nie so gepackt, daß ich alle schönen, losen Beziehungen einfach kappen wollte. Die Einöde einer Ehe hat mich immer abgeschreckt.«

»Bist du nie richtig verliebt gewesen?«

Eine Seeschwalbe hatte sich auf eines der Rettungsboote niedergelassen und schien sich vom Flug ausruhen zu wollen. Ich beobachtete kurz, wie sie ihr Gefieder putzte, dann wandte ich mich wieder Marlin zu.

»Ooch, doch; aber das Biest nahm es mit der Treue nicht so ernst.«

»Hast du ihr denn nicht verziehen?«

»Das erste Mal ja.«

»Sie tat es mehrere Male?«

»Die Männer umschwärmten sie wie Motten das Licht. Wir

konnten keinen Abend ausgehen, ohne daß nicht jemand versuchte, sie anzusprechen. In einem Abendlokal war ich nur kurz im Waschraum verschwunden. Nach meiner Rückkehr saßen sage und schreibe vier fremde Männer an unserem Tisch. Die Zeit mit ihr war wirklich aufregend. Damals hatte ich so etwas wie Heiratsgefühle. Wie gut, daß es nur Gefühle waren.«

»Warum das?«

»Hätte ich sie geheiratet, säße ich heute im Gefängnis.«

»Weshalb?«

»Sie hätte mich bestimmt weiterhin betrogen. Ich hätte zuerst die Männer umgebracht, anschließend sie.«

»Das hättest du getan?«

»Bestimmt.«

»Aber wenn man jemanden umbringt, dann muß man ihn auch hassen.«

»Haß und Liebe leben immer nebeneinander.«

Entgeistert sah sie mich an. So etwas Ungewöhnliches hatte sie wahrscheinlich noch nie vernommen. Das Schiff kreuzte einen schmalen Küstenstreifen. Möwen in großer Zahl begleiteten uns weiterhin. Auf der Bugseite vor uns tauchten Gänsesäger nach Fischen. Sie sahen recht lustig aus. Am braunen oder auch grünen Hinterkopf hatten sie ein zerzaustes Gefieder, wie Fransen. Sie waren sehr fleißig. Unaufhörlich tauchte der Kopf unter Wasser, und ständig holten sie Beute an die Oberfläche. Rotschenkel mit ihren roten, langen Beinen überflogen uns, auch Austernfischer. Silbermöwen holten sich Eßbares direkt aus der ausgestreckten Menschenhand. Viele der Vögel standen im Wind über dem Schiff. Wenn dann die Sonne durch ihr ausgebreitetes Gefieder schien, war es jedesmal ein majestätischer Anblick. So wie Marlin die See betrachtete, mußte sie auch über die See nachgedacht haben. Ich hatte ihr auch mal erzählt, daß Luv und Leeseiten viele Jahre die Bedeutung von links und rechts für mich hatten.

»Du kennst die Weite des Meeres, Mike. Wo bist du überall gewesen?«

»Außer Asien und Australien überall«, sagte ich.

»Sag mir, wo war es am schönsten?«

»Ja weißt du, das ist schwer zu sagen. Die sonnigen Inseln der Karibik, die rauhen Täler auf Island, das bunte Afrika. Ich weiß es gar nicht. Du könntest mich jetzt fragen: Gibt es eine Gegend, wo du bleiben möchtest? Dann könnte ich durchaus antworten: Arizona!«

»Liegt Arizona nicht im Südwesten der USA?«

»Richtig. Meine Schwester lebt dort.«

»Deshalb wirst du Arizona aber nicht lieben.«

»Nein, sicherlich nicht. Aber Arizona ist etwas Besonderes. Wenn du den Kaktuswren hast brüten sehen, wenn du die roten Felsen von Sedona gesehen hast und in der ewigen Präriesonne eine Herde wilder Pferde, wird es dich schon beeindruckt haben. Wenn dir dann der Clown der Wüste begegnet, der Roadrunner – ein Vogel, der zu faul zum Fliegen ist, und du bei der ›happy hour‹ die Arizonamargaritas genossen hast, möchtest du ewig bleiben.«

»Lebt deine Schwester schon lange dort?«

»Schon dreiundzwanzig Jahre. Sie ist mit einem Amerikaner verheiratet. Er ist Flugkapitän und Ausbilder bei einer amerikanischen Fluggesellschaft. Meine Schwester ist schon eine richtige Amerikanerin geworden. Ihre deutsche Aussprache hat schon das breite Rollen angenommen, und sie liebt über alles Rindersteaks mit Idahoekartoffeln, ganz zu schweigen von den Hamburgern mit Tomatenketchup. Die Steaks in Arizona solltest du mal probieren, die sind wirklich gut, man grillt sie über Mesquiteholz. Die Hopiindianer bereiten darauf ihr Büffelfleisch vor. Dann solltest du mal die riesigen Saguarokakteen sehen. Wenn sie alt und morsch werden, brüten die Wüstenvögel darin.«

Marlin wehrte ab, so als wäre sie fast traurig, Arizona nicht zu kennen.

»Wie sollte ich sie jemals gesehen haben? Ich bin über Neheim-Hüsten nie hinausgekommen. Dort wohnt ein Onkel von mir. Und wenn er nicht gerade Mumps gehabt hätte und mich unbedingt hätte sehen wollen, dann wäre es lediglich Sylt gewesen. Weiter bin ich in diese Welt nicht vorgestoßen.«

Sie hatte aus Versehen ihre Handtasche geöffnet, und so etwas wie Puderdose und Wimpernstift fiel auf den Schiffsboden. Es machte ihr keine Mühe, beides wieder an den alten Platz zu befördern. Sie war ein bißchen verlegen und hatte Angst, man könnte über sie lachen. Aber gerade in diesem

Augenblick wußte man: Ihr Zauber würde nie einen Niedergang erfahren. So war sie einfach, würde sie weniger bieten – es wäre immer noch viel.

»Verzeih, Mike, vielleicht bin ich etwas ungeschickt«, sagte sie überflüssigerweise.

Sollte ich ihr etwa antworten, daß sie wahrhaftig ungeschickt war?

»Erzähl mir mehr von Arizona«, bat sie. »Ist deine Schwester glücklich?«

»Ich glaube schon.«

»Sie liebt also ihren Mann?«

»Es scheint in ihrer Ehe keine besonderen Komplikationen zu geben. In den ersten Jahren hatte sie furchtbares Heimweh. Sie weinte tagelang in ihr Kopfkissen. Heute möchte sie nie wieder nach Europa zurück. Drei Kinder hat sie, die gleiche Anzahl Katzen und einen Hund. Alle vertragen sich, außer die Kinder untereinander. Richtige Nervensägen sind das.«

»Ich könnte mir gut vorstellen, in Amerika zu leben. Muß doch ein faszinierendes Land sein.«

»Das ist es auch.«

Sie drehte sich wieder, genauso wie vorhin. Nur erschien sie mir dieses Mal noch kindlicher, noch unbeschwerter. Ihre Stimme hatte auch wieder die Ausgelassenheit von vorhin.

»Ach, was soll's! Wenn dieser Tag vergeht und ich keinen weiteren Traum gehabt habe, dann sollte ich schon zufrieden sein. Erzähl mir aber nicht zuviel von diesem Land, sonst könntest du mich allzu neugierig machen.«

»Ich höre jetzt auf.«

Wir verließen das Schornsteindeck, denn es kam Wind auf. Der Himmel bewölkte sich zusehends. Gleich darauf verschwand der noch einzig anwesende dünne Sonnenstreifen. Die meisten Passagiere verließen eiligst die freiliegenden Decks.

In einem der vielen Restaurants tranken wir eine Tasse Kaffee und sahen belustigt zu, wie eine Großfamilie alle Hände voll zu tun hatte, den zahlreichen Nachwuchs zu ordnen und in die Schranken zu weisen. Einer der Kleinsten verschwand immer wieder unter den runden Tischen.

Der Kaffee schmeckte fürchterlich und wurde zudem noch lauwarm serviert. Zum Reklamieren war keine Zeit mehr, denn über die Bordlautsprecher kam die Benachrichtigung, daß man sich der schwedischen Küste nähere. Als wir schließlich in Trelleborg einliefen, schien sogar wieder die Sonne. Das Schlechtwettergebiet hatten wir hinter uns. Der Himmel war wieder frei, weit und unsagbar blau.

Es erfolgten auch schon die Festmachkommandos der Schiffsbesatzung. Matrosen mit hellblauen Käppis und hellen Marinehemden liefen über die Decks und folgten den Anweisungen der Offiziere. Die Shops schlossen bereits, und in den Salons und Restaurants begannen die Stewards mit den Aufräumarbeiten und Vorbereitungen für die Reise in die entgegengesetzte Richtung. Eine ungewöhnliche Eile war überall entstanden. Wir schauten noch einmal raus. Aus einem schmalen Küstenstreifen war eine nahe Pier geworden, mit parkenden Autos, Verladeschuppen, Kränen und wartenden, winkenden Menschen. Wieder fielen Taue ins Wasser, wurden von den Pierarbeitern mühsam an Land gezogen und schließlich an den Plocks festgemacht. Die Taue spannten sich, und das Schiff machte einen kleinen Schwenker zur Seeseite.

Zu dieser Zeit befanden sich schon viele Passagiere bei ihren Fahrzeugen auf dem Wagendeck. Als dann das Schiff leicht gegen die Piermauer stieß, war alles nur noch Formsache. Riesige Taue hielten einen Koloß fest, und aus ihm schlüpften Menschen und Autos.

Wir begaben uns zu unserem Wohnmobil und bemerkten zufrieden, daß Kater Speiker ruhig schlief. Er hatte sich in seinem Korb zusammengerollt und mußte vorher noch gut gefuttert haben. Sein Napf war leergefressen. Als wir den schwedischen Zoll passierten, winkte man uns einfach durch. Nichts geschah, Wohnmobil und Kater passierten unbehelligt die schwedische Grenze.

Das Land weit oben im Norden hatte uns aufgenommen und begrüßte uns mit einem freundlichen Abend. Wir waren als Fremde gekommen. Keiner schüttelte uns die Hand, niemand erwartete uns, keiner überreichte uns eine Blume. Und doch – es war so, als hatte man längst Ausschau nach uns gehalten. Man überreichte uns doch so viel: Sommerluft und Duft – made in Schweden.

Bei der Ausfahrt aus dem Hafenbereich parkten wir kurz und

sahen uns die Straßenkarten an. Die Strecke Richtung Stockholm an der Ostküste entlang kannte ich noch sehr gut. Ebenso den Weg in das weite Seengebiet mit den Städten Jönköpping und Linköping, wo man an den Seeufern die Fische mit bloßen Händen greifen konnte. Diesmal sollten es die weiten Sandstrände im Südwesten von Schweden sein. Selbstverständlich nicht nur. Irgendwann dann, vielleicht, wenn es Regentage geben sollte, würde wir uns weiter treiben lassen. Norwegen könnte dann unser Ziel sein.

Wir befanden uns in der Nähe der Europastraße sechs, die knapp an der drittgrößten Stadt Schwedens, Malmö, vorbeiführte und sich dann viele Meilen an der Küste entlang hinzog. Sie berührte in nördlicher Richtung die Städte Halmstad, Varberg, Göteborg und Uddevalla. In Halden war man bereits auf norwegischem Gebiet. Die Stadt Helsingborg hatten wir schon hinter uns gelassen. Immer wieder hatten wir die Küste berührt und das Meer betrachten können, und immer wieder führte uns die Bundesstraße ins Landesinnere. Dann waren es wieder viele Kilometer, wo Wälder uns begleiteten und man meinen konnte, daß wir die Ostsee verlassen hätten. Aber in Wirklichkeit ließ uns das Meer nie los. Es erschien nach einer Kurve, bewegte sich zwischen einer Häuserfront oder lag nach einer Hügelkette tief unten.

An einer Stelle, wo sich vor uns gänzlich flaches Land ausbreitete, verließen wir die Bundesstraße sechs und fuhren auf matschigen Feldwegen dem Wasser entgegen. Die Sonne stand schon ziemlich tief. Auf einer Wiese, auf der Moosbeere und Weißdorn blühten, parkten wir unser Wohnmobil. Holundersträucher zierten einen Gartenweg. Ein Kleiber turnte flink an einem dicken Baumstamm herum. Ich stellte den Motor ab und legte für einen Moment beide Hände auf das abgegriffene Lederlenkrad. Ich bemerkte, daß das Armaturenbrett mal geputzt werden sollte, die Chromteile sahen ziemlich matt aus. Das Handschuhfach wollte ich gar nicht erst öffnen. Ich könnte wetten, daß es mit Bonbonpapier vollgestopft war. Seitdem ich sie kenne, bin ich unordentlich geworden ...

Sie – Marlin, wie hübsch sie doch aussah. Die Sommersonne hatte ihre Haut leicht gebräunt. Oberhalb der Augenlider und auf der Nase hatte sich ein leichtes Rot breitgemacht. Vielleicht morgen oder übermorgen wird ihr ganzes Gesicht braun sein. Vielleicht wird sie dann noch hübscher aussehen. Kann das überhaupt möglich sein?

Ich legte meine Hände um ihre Schultern. Die Knöpfe ihrer Khakibluse waren nicht ganz geschlossen, so daß ein Teil ihres Busens sichtbar wurde. Ich wollte nicht wegschauen, aber auch nicht zum intensiven Betrachter werden. Seltsam, dabei kamen so ganz andere Gedanken auf. Ich werde sie in meinem Leben wohl nicht halten können. Viele, viele Männer werden sie bedrängen, ganz sicher! Einige von ihnen werde ich fernhalten können, aber irgendwelche Kerle werden es doch fertigkriegen, ihre Aufmerksamkeit zu erringen. Sie wird sich eines Tages wieder von mir wenden, und ich werde in die Robe des verlassenen Liebhabers schlüpfen müssen.

»Was ist, Mike, du schaust so seltsam?«

»Ich? O, ich habe nur über etwas nachgedacht.«

»Was war es?«

Eine Sitkafichte mit ihren sehr dünnen und spitzen Nadeln gab mir Veranlassung zu lügen.

»Ich muß daran denken, was für seltene Bäume hier stehen; dort drüben eine Sitkafichte, ihre Zapfen sind auffallend kleinschuppig.«

Sie glaubte mir nicht.

»Ist es das gewesen?«

Nochmals log ich.

»Ich habe schon lange keine Sitkafichte mehr gesehen.«

Ich küßte sie einfach. Das Interieur des Wagens hatte mich dazu nicht veranlaßt; es war ihr Blick. Am Horizont ging die Sonne unter, eine Eule schrie in der Nähe.

»Wollen wir nicht ein bißchen spazierengehen?« fragte ich sie.

Sie horchte auf den Schrei der Eule. »Möchtest du?«

»Bald wird es dunkel. Auch die nordischen Sommer haben ihre Nacht. Nur in der Mittsommernacht geht die Sonne niemals unter, allerdings auch nicht in den kurzen Zeitspannen davor und danach. Sind Sie bereit, die Sümpfe zu durchschreiten, kleines Fräulein?«

Sie lächelte sanft. »Ich kann es gar nicht erwarten!«

»Dann kommen Sie, mein Fräulein.«

Unser erster Landgang in Schweden. Wir stiegen aus dem Wagen und gingen durch ein Feld grüner Kapuzinerkresse.

Man kann sie essen, roh schmeckt sie wie milder Meerrettich.
Marlin hatte ihren Kopf an meine Schulter gelegt, und ihre
beiden Hände umschlossen fest meinen linken Oberarm, so
als hätte sie Angst, ich könnte ihr weglaufen. Ich roch ihr
Parfüm und hörte ihren Atem. Zwei winzige Vögel umflogen
uns kurz, und irgendwo auf den Wiesen wieherten Pferde.
Ihre Stimme klang ganz zart:
»Weißt du Mike, ich liebe dich!«
Ich hatte bestimmt nicht erwartet, daß sie es gerade jetzt zu
mir sagen würde; eigentlich hatte sie es noch nie zu mir
gesagt. Ich war ganz sicher, sie hatte es noch nie gesagt. Zum
ersten Mal war mir im Spielcasino aufgefallen, daß sie diesen
Satz noch nie gebraucht hatte.
Eigenartige Stille herrschte dann. Ich hörte nur das Zirpen
der Grillen und dachte: Herrlich, herrlich – es ist Sommer! Es
mochte auch sein, daß Sonnenstrahlen auf Seide tanzten und
beide mein Herz umwickelt hatten. Ich mußte an ein Gedicht
von Jacob Haringer denken:
> Und im Herz blühen Mohn und Lärchen.
> Und du lachst so wunderbar,
> Kind, mit deinem alten Märchen
> Täusche nicht mein graues Haar.

Du Fremdling aus schönen Welten, was stellst du mit mir an?
Weißt du, daß ich ganz schwindelig geworden bin? Hast du
eben etwas gesagt? Nein, ich brauch' dich nicht danach zu
fragen. Du hast es tatsächlich gesagt. Das Leben hat mich jetzt
gerade voll auf der Überholspur erwischt – in diesem
Moment.
Mag ich bislang ein Schmetterling gewesen sein, Sorte Trau-
ermantel – ungeöffnet mit häßlichen Aschenfarben, nun öffne
ich die Sametflügel, da erscheinen diese wundervollen
Farben in Violett und Lila. So ist das.
Ich legte eine Locke ihres blonden Haares zur Seite; ich wollte
ihre Augen sehen! Noch im Gehen küßte ich sie. Ihr Körper
vibrierte. Sie griff nach meinem Hinterkopf und zog mich fest
an sich. Ich hörte nun auch keine Grillen mehr, und Jacob Ha-
ringers Verse waren so weit weg … Hinfort mit den Dichtern.
Liebe, ich komme!
Alt und ehrwürdig stand dort die Eiche. Sie zeigte stolz ihre
Kraft und war von unvorstellbarer Größe. Zu ihren Füßen

setzten wir uns. Und als wir uns gegen sie lehnten, fielen Teile der morschen Borke neben uns ins Gras. Ein Gartenrotschwänzchen flog aufgeregt davon. Unwillkürlich mußte ich an die Vögel im Winter denken. Wenn sie frierend auf den Zweigen saßen, davonflogen und von den Zweigen feine Wölkchen von Schnee zur Erde fielen. Ein Augenblick, den ich besonders liebte.

Was sollte ich ihr nun antworten? Zu entgegnen, daß ich es auch so hielt, daß ich sie auch liebte? Ich sah das Gold der Buchen in der Abendsonne und ebenso das Rot der Ebereschen, dann antwortete ich ihr:

»Hast du schon an mein Alter gedacht?«

Sie wurde fast wütend. Ihre runden Bäckchen füllten sich mit Luft und wurden ganz breit.

»Wir wollten doch nie mehr darüber sprechen. Hast du das vergessen? Für mich bist du der jüngste Prinz, der mich je geküßt hat. Und wenn du ein paar Falten auf der Stirn hast – sie gefallen mir. Ich muß dir noch sagen: Ohne Falten könntest du häßlich aussehen.«

Ich sah sie erschrocken an. »Bestimmt?«

Sie nickte. »Ganz sicher.«

»Seit wann hast du das bemerkt?«

»Vom ersten Tag an, seit ich dich gesehen habe. Ich habe mir dich vorgestellt, wie du ohne Falten aussehen würdest; vielleicht zehn Jahre jünger. Ich muß dir sagen, du würdest dann Gefahr laufen, daß ich dich gar nicht anschauen würde. Was sagt schon Alter? Doch lediglich, daß du ein paar Jahre länger auf der Welt bist. Praktisch tauschst du ein paar Falten für schöne Jahre des Erlebens. Ich würde sagen: fast eine faire Angelegenheit.«

Wenn ich es auch so betrachten würde, hatte sie unbedingt recht. Ob sie mich wirklich so mit den Falten liebte? Sie waren bestimmt nicht zu übersehen. Daß sie häßlich wirkten, konnte ich selber auch nicht bemerken. Man konnte durchaus mit ihnen leben – vielleicht wirkten sie auf Frauen wahrlich interessant …

»Und du meinst es ganz bestimmt so?« wollte ich nochmals wissen.

Ihr Kopf neigte sich zur Bestätigung vor. »Ganz gewiß doch.«

Gerade jetzt wollte ich in einen Spiegel schauen. Ich – der

immer noch verlangt wird, der ständig ein Frauentyp bleibt, mit zwanzig, mit vierzig, jetzt und auch mit sechzig. Nein, nein – völlig übertrieben. Wer mag mich noch mit sechzig haben wollen?

Die Zeit wird eng. Ich blieb bei der Vorstellung: Falten haben mich männlich gemacht! Ich drehte mich um und küßte sie noch einmal, weniger als vorhin, mehr als heute morgen.

»Ich liebe dich auch«, hauchte ich. Ich zog an der untersten Locke ihres Haares, die sich aber sofort wieder in ihre alte Form zurückrollte. Marlin kuschelte sich fest an mich und zog ein paar Grashalme aus der Erde, an denen sie kurz roch und daran herumknabberte.

»Hast du schon mal den Eisvogel gesehen, Mike?«

Ich bemerkte, wie schnell die Wolken am Himmel zogen und wie eine kräftige Brise vom Meer her durch die Büsche und Sträucher zog.

»Nein, ich habe noch nie einen gesehen.«

Mir war, es als wollte sie über etwas sprechen, was sie immer schon bedrängt hatte. Jetzt schien der Moment gekommen zu sein.

»Sie sind sehr selten, nicht wahr? Hier in Schweden soll es aber viele geben. Sie leben an Seen und Flußläufen. Ihr Gefieder ist von eigenartiger Schönheit. Überwiegend ein schillerndes Blau ist es, mit glänzenden gelben und grünlichen Farben. Je nach Lichteinfall glänzt es auch smaragdgrün oder türkis. Sie haben einen sehr langen Schnabel.«

»Du weißt viel über sie.«

»Ich habe über sie gelesen. Man sagt: Er ist der Vogel, der nicht weiß, daß Leben nur Fliegen ist und gerade deshalb glaubt, daß Fliegen weit mehr als Leben ist. Meinst du, wir werden in Schweden einen zu Gesicht bekommen?«

»Wenn er den Menschen mag, wird er vielleicht seine Nähe suchen.«

»In unserer Schulklasse behaupteten die Mädchen, der Eisvogel würde einem Glück bringen. Wenn man einen gesehen hat, soll man die Gedanken, die man gerade gehabt hat, nie verschwenden. Besonders, wenn es ein Wunsch gewesen ist. Man soll ihn in sich tragen und niemandem davon erzählen. Das Gewünschte wird eines Tages in Erfüllung gehen.«

»Wieviele Mädchen haben daran geglaubt?«

Marlin entrüstet: »Alle!«

»Und wie viele haben den Eisvogel gesehen?«

»Wahrscheinlich niemand.«

»Schade.«

»Warum?«

»Ich hätte gerne gewußt, was sich junge Mädchen wünschen.«

»Aber sie würden es nie verraten.«

»Auch mir nicht? Wenn ich Ihnen sagen würde, wo er zu finden ist?«

»Weißt du es denn?«

»Heute nacht werden seltene Winde es mir verraten.«

»Was sind das für seltene Winde?«

»Ja, weißt du, ich kann mit ihnen sprechen, und sie sagen mir auch etwas. Ihre Sprache ist sehr undeutlich, aber wenn du gut zuhören kannst, wirst du die Winde verstehen können. Große Geheimnisse kannst du dann erfahren.«

»O Mike, du großer Märchenerzähler. Wie schön, dir begegnet zu sein, wie herrlich du erzählen kannst. Ich könnte glauben, daß du mit dem Wind reden kannst.«

»Ich kann es wirklich.«

»O, du ungeheurer Schwindler.«

In größerer Entfernung flog ein Schwarm Wildgänse in ein Schilfgebiet. Das Rauschen ihrer Flügelschwingen drang bis zu uns herüber. Irgendwo im Norden mag ihre Kinderstube liegen, etwas südlicher werden sie die Wärme genießen wollen. Wildgänse ... in dem Namen liegt soviel Weite.

Wir erhoben uns von dem Moosboden neben der alten Eiche. Marlin preßte sich ganz fest an mich. Sie suchte meine Hand und sah hinaus aufs Meer. Sie stellte sich dann auf die Zehenspitzen und versuchte meine Hinterkopfhaare zu erreichen.

»Mike, dein Mund ist immer so weit entfernt. Ich glaube, ich muß noch etwas wachsen. Komm, bück dich! Bitte ... bitte ...«

Erst jetzt bemerkte ich, wie klein sie war.

Der vierte Tag

Morgens kam der Biber zu Besuch, ein prächtiger Bursche. Viel größer, als ich mir Biber vorgestellt hatte. Er mußte gerade aus dem Wasser gekommen sein, denn auf seinem Fell tanzten die Wassertropfen im Sonnenlicht.

Er sagte uns so etwas wie »Herzlich willkommen« oder auch nur ein »Guten Morgen«. Beides kann es gewesen sein, aber wer versteht schon die Bibersprache. Den morschen Birkenbaum zu bearbeiten, schien ihm ungeheure Freude zu bereiten. Unaufhörlich gruben sich seine mächtigen Beißer in das Holz, so laut, daß man ihn auch im Wohnwagen hören konnte. Unsere Neugierde war einfach zu groß. Wir wollten ihn aus nächster Nähe beobachten. Aber unser Freund konnte es nicht so verstehn; er stoppte seine Tätigkeit bei unserem Näherkommen. Knurrend ließ er sein angeknabbertes Kunstwerk zurück und lief zum Wasser. Unter einem Teppich von Seerosen und einem Gebüsch von Beinwellpflanzen tauchte er weg. Auf Marlin mußte er einen mächtigen Eindruck gemacht haben. Aus diesem Grund lief sie ihm noch lange nach. Wo sie seine Tauchstrecke vermutete, folgte sie ihm. Wie schön, der Biber ließ sich noch einmal blicken. Er tauchte auf, blickte sich leidvoll nach seinem Arbeitsplatz um und ließ seinen Kopf dabei in alle Richtungen kreisen. Wieder glänzte sein Fell prachtvoll in der Sonne. Schließlich tauchte er weg. Einen Wellenring über dem bislang stillen Wasser überließ er uns als letzten Gruß.

Wir waren noch nicht lange in Schweden, und es beschenkte uns schon so reich.

Unsere Wiese, auf der sich das Wohnmobil befand, war ein Bett voller Blüten und Sträucher. Es reichte bis ans Meer. Eine Steilküste beendete dann das Land. Vereinzelte Silberweiden dienten als Wegweiser eines letzten, trockenen Bodens. Es war eine ungewöhnliche Landschaft, sumpfiges Gelände grenzte fast bis zum Salzwasser des Meeres, und die Süßwasserpflanzen gediehen ebenso prächtig wie der seeluftverwöhnte Strandhafer. Es gab sogar Pilze. In der Nähe von gerodeten Bäumen fanden wir ein weites Beet, Hallimasch und Pfifferlinge friedlich nebeneinander. Der Pfifferling deutlich zu erkennen an der sanften Mulde in der Hutmitte. An und für sich war jetzt noch keine Zeit für Pilze. Vor allem der Hallimasch ließ sich vorher selten blicken. Sogar der Fichtenreizker lud ein, geschnitten zu werden. Richtig – schneiden! Pilze soll man nie aus der Erde reißen. Man soll sie mit einem Messer vom Stiel trennen, ich wußte es. Und nächstes Jahr, wenn man die Stelle noch immer weiß, kann man wieder schneiden ...

Der süßliche Duft von Holundersträuchern lag schwer in der Luft, der Duft meiner Jugendtage. Es muß die Zeit am Fluß gewesen sein, als ein putzmunterer Geselle mit ungewöhnlich holprigem Gang an meiner Seite sich bemühte die Menschengeschwindigkeit einzuhalten – mein Waschbär Skraffy. Ich atmete den Duft nochmals ein, und Erinnerungen waren ganz nah. Ich sah den Fluß, hatte einen Einblick in seine Biegung und sah die Angler dort sitzen. In ihren Körben Barsche und Schleie. Ich sah die vollen Stachelbeersträucher und glaubte das Nest des Neuntöters wiederfinden zu können.

Was blühende Holundersträucher alles anrichten können ...

Der schwarze Holunder. Sein Blatt besteht meistens aus fünf Fliedern. Er liebt feuchte Wälder und Wegränder. Seine Blütezeit ist Juni bis August. Die jungen Zweige sind graubraun, glatt und mit zahlreichen Korkwarzen versehen. Die Fliederbeeren selbst sind glänzend und schwarzrot und gesund für den Menschen. Man macht aus ihnen Saft, Wein, eine köstliche Suppe oder einen fiebersenkenden Tee. Über nichts wußte ich mehr Bescheid als über den schwarzen Holunder – kein Wunder. Wenn die Beeren reif waren und so richtig dunkelrot, benutzen wir sie als Munition für unser Blasrohr, wenn Nachbarskinder wieder mal allzu frech wurden. Wenn dann rotbraune Flecken auf deren Haut uns die Treffer anzeigten, waren wir so richtig glücklich. Holunderbeeren, zu was die alles zu gebrauchen waren ...

Wir entschlossen uns, nicht zu frühstücken, sondern gleich in die nächste Stadt zu fahren, und das war Halmstad. Die Gegend, in der wir uns befanden, nennen die Schweden Halland. Halmstadt, eine ihrer Städte, mochte etwa fünfzigtausend Einwohner haben. Es war eine typische schwedische Stadt, ein bißchen Altertum, ein bißchen moderne Architektur und viel Kopfsteinpflaster. Die Häuser sahen schlicht und einfach aus. Sie waren meistens aus Holz gebaut, welches man großzügig mit Farben versah. Vielleicht, damit sie in den langen, dunklen Winternächten etwas freundlicher in die Welt blickten.

Es war gerade Markttag in Halmstad. Wir wanderten an den verschiedenen Ständen mit Obst, Gemüse, Fisch und Fleisch vorbei. Hier gab es Fische zu bestaunen, die ich in meinem Leben noch nie gesehen hatte, mit breiten, klobigen Köpfen und riesigen Flossen. Sie sahen recht unappetitlich aus, sollten aber sehr köstlich schmecken. Sie alle lagen in großen und weniger großen Holzkisten und waren der Frische wegen mit vielen, kleinen Eisstückchen belegt. Hummer und Langusten lachten einen nur so an. Wir verließen den Marktplatz und schlenderten weiter ins Zentrum. Die Stadt war sicherlich nichts Aufregendes, aber sie wirkte sauber und gemütlich. In einem Fischladen, der eher wie ein Bistro aussah, aßen wir ein paar belegte Brötchen mit gepökeltem Lachs. Der reichliche Dill auf der Oberfläche veranlaßte uns zu einer weiteren Bestellung.

Dann gerieten wir in eine Straße, wo es statt Fischbrötchen etwas anderes gab, ein Geschäft mit einer erlesenen Dekoration ... Ich lehnte es immer ab, in Schaufenster dieser Art zu blicken. Ich dachte immer, es schickt sich nicht. Dabei, was für eine wonnevoller Anblick. Wie schön man Frauen verpacken kann ...

Ein elegantes Geschäft. Eine feine Holzfassade und ovale Fenster gaben ihm harmonisches Äußeres, zwei Blumenkästen mit Grünpflanzen den Touch von Vertrauen. Sogar Stühle zum Ausruhen waren da. An der Eingangstür ein Schild, daß man auch Englisch, Französisch und Deutsch sprach. Eine Unmenge von Kreditkarten akzeptierte man. Die Auslagen, ich mochte nicht hinschauen ...

Dieses Geschäft beherbergte nämlich die Bekleidung der Damen unter der Bekleidung. Also, da gab es ... das gab es wirklich: winzige Höschen, im Schritt offen. Slips mit Rüschen an den Seiten, dazu gänzlich durchsichtig; andere waren nichts weiter als ein kleines Dreieck mit einem Gummibändchen; Strapse in allen Farben und Formen; Strumpfhosen, die hinten und vorne keine mehr waren; Büstenhalter, die man als solche gar nicht mehr bezeichnen durfte. Frauen

111

in dieser Prachtentfaltung zu erleben, muß kein Mißvergnügen sein.

Marlin hatte das gleiche Auge für diese zarten Verführungen aus Stoff und Seide wie ich. Nein, sie mehr ... Ich wollte mich endlich abwenden, sie hielt mich am Arm fest.

»Hiergeblieben.«

»Bitte was?«

»Was hältst du von Strapsen?«

»Ja ... ja ...«

»Du fragst mich gar nicht, ob ich welche habe.«

»Hast du denn ... denn welche?«

»Nein, aber bald ...«

Sie ergriff sofort meine rechte Hand und ehe ich mich versah, stand ich in diesem pikanten Geschäft.

»Was soll ich denn hier? Du könntest doch bestimmt den Einkauf selber tätigen«, versuchte ich zu entkommen, denn noch waren wir allein. Von einer Verkäuferin weit und breit nichts zu sehen.

»Still«, zischte sie, »schließlich brauche ich deine fachmännische Zustimmung.«

»Warum denn gerade meine?«

»Es muß sein.«

Wie seltsam sie mich anblickte. Wie eigenartig ihr Lächeln aus den Augenwinkeln kam. Wie ihre Wangen sich wölbten. Mir schien es, als machte diese Situation ihr riesengroßen Spaß.

»Ich gehe.« Mein letzter Fluchtversuch in Richtung Tür. Zu spät – zwei hübsche Verkäuferinnen versperrten mir den Weg. Wo kamen die denn so plötzlich her? Konnten die nicht häßlich sein, dann wäre alles noch einfacher zu ertragen. Eine bildhübsche Begleiterin, zwei hübsche Verkäuferinnen, Damenunterwäsche und ich ... Nein, und alles so plötzlich! So nahm alles seinen Gang, ich konnte nichts dagegen tun. Ich hatte mich derweil auch schon meinem Schicksal ergeben. Also, was wird Madame denn nun kaufen?

»God dag«, sagte eine der anwesenden Verkäuferinnen, die andere blieb stumm. Wir antworteten ebenfalls in schwedisch.

»God dag.«

Einige Worte Schwedisch konnte ich ja. Bei der nächsten

Frage der Verkäuferin mußte ich allerdings passen.

»Vad önskar ni?«

Keine Ahnung, wie das heißen konnte, ich wollte mich sowieso im Hintergrund halten. Die andere Verkäuferin wandte sich eindeutig an Marlin, wahrscheinlich sah sie in ihr die wirkliche Kundin.

»Vad söker ni?«

Ja, was nun? Wenn ich geglaubt hätte, Marlin würde in der Situation nicht weiter wissen, so hatte ich mich getäuscht. Sie warf einen kurzen Blick auf die Auslagen im Geschäft und auf eine Fensterpuppe, die unangezogen neben einer Kommode stand und den rechten Arm verloren hatte und sagte spontan:

»Ich möchte gerne Strapse kaufen, verstehen Sie, Strapse?«

Eine weitere Überraschung. Die Verkäuferin antwortete in einem einwandfreien Deutsch.

»Selbstverständlich. Und an welche Farben hatten Sie gedacht?«

Beiläufig fügte sie hinzu: »Sie sind doch Deutsche, nicht wahr?«

Marlin antwortete: »Ja.«

Die Verkäuferin fuhr in ihrer deutlichen Aussprache fort.

»Nun, wir haben eine große Auswahl. Haben Sie schon etwas gesehen, was Ihnen zusagen würde? Ach so, wie war das mit der Farbe?«

»Wenn möglich, sollte es eine dunkle Farbe sein.«

»Da hätten wir etwas sehr Apartes. Es ist in schwarzer Farbe gehalten, mit kleinen weißen und lila Rüschen versehen. Es fällt ins Auge und ist trotzdem dezent. So erscheint es mir jedenfalls.«

Sie ging zum Verkaufspult, zog eine Schublade auf und holte eine flache Schachtel hervor. Mit Eleganz entfernte sie den Deckel, und aus knisterndem Seidenpapier wühlte sie den geschmackvollen Inhalt hervor.

»Direkt aus Frankreich«, sagte sie. »Wir beziehen viele unserer Modelle aus dem Ausland. Aber Sie brauchen keine Angst zu haben, sie sind im Preis der schwedischen Wäsche etwa gleich. Sie können auch etwas aus Deutschland haben, wollen Sie?«

Sie hatte eine piepsige Stimme und war unaufhörlich freundlich. Die andere Verkäuferin hörte nur interessiert zu, vielleicht faszinierte sie die ausländische Sprache. Marlin war unschlüssig. Sie nahm den Inhalt der Schachtel selbst in die Hände und hielt ihn hoch, betrachtete ihn im Lichtschein von allen Seiten und wippte mit dem Kopf, als hätte sie nichts weiter als Pflaumen gekauft und müßte sich nun entscheiden zwischen einem Pfund und einem Korb.

»Gefällt es dir, Mike?« fragte sie mich munter drauflos.

Ich hätte in die Erde versinken können. Beide Verkäuferinnen blickten mich an. Ich nickte schüchtern.

»Ja, ganz gut.« Mehr bekam ich nicht heraus.

Lieber zusagen. Die Verkäuferinnen packen den Kram ein, und man ist wieder verschwunden. Nur nicht noch mehr aus den Schachteln kommen lassen, dachte ich.

Marlin war unschlüssig und einen Moment ganz nachdenklich. Dann sagte sie:

»Ich weiß nicht, Mike, die Rüschen gefallen mir nicht so, und auch das Lila sagt mir nicht zu.«

Ich drängte auf eine schnelle Entscheidung.

»Ich kannte mal eine Frau, die trug lila Lederhandschuhe, die sahen nicht mal schlecht aus.«

»Du kannst Lederhandschuhe nicht mit Damenunterwäsche vergleichen.«

Ich sah es nicht ein. »Sind doch beides Bekleidungsstücke, oder?«

»Wirkt das Lila nicht ein bißchen ordinär?«

»Das macht die Sache vielleicht erst richtig interessant.«

»Ach Mike, ich weiß nicht.«

»Also, mir gefallen sie gut.«

»Soll ich sie denn kaufen?«

»Meine Zustimmung hast du.«

Marlin schüttelte entschieden den Kopf. Sie konnte dem Dessous doch nicht ihre Zustimmung geben. Irgend etwas gefiel ihr daran nicht, letztlich mochte es nur die Farbe sein. Sie wandte sich wieder an die Verkäuferin, die noch immer die leere Schachtel in ihren Händen hielt und auf eine Entscheidung wartete.

»Was haben Sie sonst noch in dieser Art?« fragte meine Begleiterin die Schwedin.

»O, Sie können etwas ganz Reizvolles haben. Ich nehme es je-

denfalls an, daß es reizvoll ist. Darf ich es Ihnen zeigen?«
piepste sie.

»Natürlich.«

Dann tat die Verkäuferin so geheimnisvoll, als würde sie etwas Verbotenes verkaufen. Man flüsterte sich sogar gegenseitig ins Ohr. Marlin hielt sich daraufhin aufgeregt die Hand vor den Mund und begann zu juchzen. Gleichzeitig hüpfte sie mit beiden Beinen auf dem weichen Holzboden herum, daß er fast zu beben begann. Dann verschwanden die beiden für die nächsten Minuten hinter einem grünen Vorhang und wurden vorerst nicht wieder gesehen. Nach einer Weile kamen beide wieder zurück.

Ich war viel aufgeregter als Marlin. »Was hast du gekauft?« fragte ich sie und stellte mir vor, was es sein könnte.

Sie hob nur keß den rechten Zeigefinger und tippte, gerade als ich neben ihr an der Kasse stand, kurz auf meine Nasenspitze.

Sie sagte nichts weiter als: »Du wirst es sehen, vielleicht gleich im Fahrstuhl.«

Ich stotterte: »Im Fahrstuhl? Wo ist denn hier ein Fahrstuhl?«

Sie deutete in eine Richtung. Als ich dorthin sah und mich fragte, ob der Fahrstuhl nun von Bedeutung sein könnte oder ob es nur ein Beförderungsmittel nach oben wäre, kam aus ihrem Mund ein Bömbchen mit Wörtern in weichem Verpakkungsmaterial.

»Dort drüben ist einer«, sagte sie, »wir werden ihn gleich benutzen.«

»Gleich benutzen ...? Zu was denn? Wir bezahlen und sind verschwunden.«

Sie tat unverschämt selbstbewußt.

»Dieses Haus hat vier wunderschöne Etagen, und der Fahrstuhl hat auch eine Stoptaste. Man muß damit nicht unbedingt Alarm auslösen, aber kein Mensch kann dann den Fahrstuhl benutzen. Eine sehr nützliche Einrichtung. Ich habe mit den Verkäuferinnen bereits gesprochen ...«

»Marlin ...«

»Was hast du eigentlich? Ich möchte bloß wissen, welche Großmütterchen du immer geliebt hast. Einfälle hatten sie wohl alle nicht, oder?«

Es war Zeit, an den Proviant zu denken. Die Stadt mit all ihren kleinen Geschäften und Märkten gab uns Möglichkeit genug, unser Vorhaben baldigst zu erledigen. In einem Supermarkt, der direkt im Zentrum lag, fanden wir alles, was wir benötigten, sogar Handwerkszeug und Campingausrüstungsdinge. Ich brauchte nämlich auch unbedingt einen neuen Spaten und ein Sortiment Schraubenschlüssel sowie Zangen. Das Vordach vom Zelt mußte ausgebessert werden, und der Gaskocher war auch nicht mehr das Wahre. Der Herd wackelte, und der Sonnenschirm hatte die Angewohnheit, sich immer zu einer Seite zu neigen. Vorrang hatte aber der Proviant.

In erster Linie deckten wir uns mit eingemachtem Fisch ein, auch mit Rauchaal und getrocknetem Stockfisch, der aber früher nie meine Zustimmung gefunden hatte. Wir kauften Gemüse ein und nahmen frisches Obst mit. Die Tomaten waren kräftig rot und von besonderem Aroma. Beim Biß in einen Apfel lief stets frischer Saft an den Mundecken hinunter, so sommerfrisch waren sie. Selbst die Himbeeren hatten ein anderes, intensiveres Aroma. Schwedens Bauern mußten alle Obstexperten sein. Wie hier wohl im Spätsommer die Pflaumen aussehen und schmecken?

Nach dem Einkauf fragten wir nach den berühmten weiten Badestränden Südwestschwedens, die erst nördlich von Varberg in steinige Küsten übergingen. Nach den Worten der Befragten schien ein Überangebot zu existieren. Die Leute von Halland behaupten sowieso, die schönsten Küstenstriche mit den weitesten Stränden gäbe es in ihrem Gebiet. Nach einer Ausfahrtstraße, einem Kreisverkehr und einer Landstraße mit dichten Bäumen erreichten wir unser Ziel. Wir fanden eine wunderschöne Dünenlandschaft vor. Zwischen den Dünen lagen einzelne bunte Häuschen, so versteckt, als sollte man sie gar nicht finden. Neben einem kleinen Parkplatz gab es lediglich noch einen alten Schuppen, der Fahrräder verlieh. An einem kaum ausgetretenen Weg lag ein kleines Restaurant. Dort verfügte man sogar über Fremdenzimmer. Das Angebot der Speisekarte war allerdings spärlich. Der Glaskasten, in dem sie hing, war mit frischen Blumen ausgelegt, und man zeigte alte Fotos. Man wollte dokumentieren, wie die Vorgängergeneration schon den Kochlöffel schwang. Am Eingang gab es einen fantastisch unaufgeräumten Kramladen. Man verkaufte Zuckerstangen in Form von Spazierstöcken, kleine Spielzeugrentiere mit echtem Fell und Holzgeweih. Puppen mit Kulleraugen baten nur so, mitgenommen zu werden. Die Erwachsenen hatte man keineswegs vergessen. Man konnte Fischköder kaufen, teure Angeln und Gummistiefel. Auch Anglerwesten und Fangkörbe waren im Angebot. Der Inhaber des Geschäfts erwartete offensichtlich den Eisbärjäger genauso wie den australischen Touristen. Man konnte da noch Badepantoffeln kaufen, japanische Uhren und Eismeerjacken. Auch Porzellan und Gläser gab es, und den Popcornbeutel für den weitgereisten Amerikaner.

Die kleinen Häuschen in den Dünen hatten meistens eine blaue oder weiße Farbe. Keine Dünen ohne sie und keine kleinen Strandhäuser ohne den Sand.

Der alte Schuppen mit dem Fahrradverleih stand sicher schon seit einigen Generationen dort. An einer Stelle des Daches fehlten ein paar Ziegeln. Und die rechte Giebelseite schien geradezu im Dünensand zu versinken.

Der Mann, der die Fahrräder verlieh, war sicher genauso alt wie der Schuppen selbst. Er war total ergraut, ging tief gebückt, und hinter seiner dicken Hornbrille blickten ein paar Augen, die Güte ausstrahlten. Im tiefen Blau des heiteren Nachmittags flogen Seeregenpfeifer. Eine Uferschnepfe mit ihrem Nachwuchs suchte im seichten Wasser nach Nahrung. Säbelschnäbler wanderten über dichtem Gestrüpp. Im Schilf schnatterten Brandgänse. Hecht und Heftpflaster-Schwedensommer!

Längst waren wir nicht mehr allein am Strand. Pärchen, die sich im abgelegenen Dünensand mehr zu sagen hatten als Entschlüsse zu fassen, ließen sich von der Sonne verwöhnen. Ein Liebespärchen ging Hand in Hand am Wasser entlang. Wie sie es mochten, wie sie es empfanden; es war die Verbundenheit mit dem Norden. Sie war älter als er. Ich mußte daran denken: Bei uns war es umgekehrt! Ob sie ihm auch seinen Tee kocht? Bei all den Gedanken, die Erde taumelte irgendwie leicht. Alles ist so schön wie die Flockenblume. Die Luft ist die Sinfonie des Sommers, und ich kann sogar mit einem Kartoffelfeld plaudern. Kalender, bleib doch einfach stehn!

Ich weiß, das kannst du nicht.

»Mike«; eine Stimme, die jetzt einfach anwesend sein mußte.

»Was ist?«

»Den Eisvogel wird es hier wohl nicht geben, oder?« Jene Stimme unter zwanzig.

»Du möchtest ihn schrecklich gern sehen, nicht wahr?«

Sie legte ihren Kopf an meinen rechten Oberarm und spielte verträumt mit einer Kordel ihrer Bluse. Sie tat es lange. Ebenso lange sah sie nicht auf.

»Werden wir ihn finden?«

»Du meinst den Eisvogel?«

»Ja.«

»Wer weiß?«

»Ich könnte wetten, er ist stets in unserer Nähe, und immer wenn wir nach ihm fragen, fliegt er einfach davon.«

»Meinst du?«

»Was soll's! Eines Tages werden wir ihn sowieso sehen. Glaubst du, daß er uns so suchen könnte wie wir ihn?«

»Wäre schon möglich. Vielleicht mag er nur die grelle Farbe deiner gelben Bluse nicht.«

»Welche Farbe würdest du denn vorschlagen?«

»Dezent muß sie sein, ganz dezent.«

Irgendwie fühlte ich: Die Zeit war wie Marzipan, süß und duftend. Eine Verführung zum Kosten; zum unendlich langen Kosten.

Der fünfte Tag

Ich sah Marlin im Schlafe zu. Hübsch sah sie aus. Richtig verwuschelt die Locken und Löckchen. Im Schlaf kuschelte sie sich immer tief unter die Bettdecke. Vielleicht hatte sie ihr Kopfkissen auch als Hut benutzt.

Ruhig schlief sie nie. Jetzt aber träumte sie wohl. Ihre Augenlider zuckten unaufhörlich, und ihre Lippen bewegten sich. Sie gab keinen Laut von sich. Dann aber fühlte sie sich beobachtet. Sie drehte sich schnell auf die andere Seite und vergrub ihr Gesicht tief zwischen zwei Kopfkissen.

»Ist es schon Morgen?«

»Du wirst es nicht glauben, er ist schon da«, antwortete ich.

»Ich mag ihn heute aber nicht.«

»Dann vergiß ihn einfach.«

»Mike, wie großzügig du bist. Ich liebe dich! Nur dann, wenn ich weiterschlafen kann, nur dann ...«

Sie liebäugelte mit meiner Gutmütigkeit, allzu sehr wollte sie nicht aufwachen. Bislang war es immer so.

»Du kannst weiterschlafen«, sagte ich einfach und vernahm nur noch das Geräusch sich zusammenpressender Kopfkissen. Zufrieden wandte ich mich ab. Ich rasierte mich und verließ unbemerkt im Morgenmantel das Wohnmobil. Ein friedlicher, frischer Morgen stand über uns. Der Duft von Seetang war überall, irgendwo Möwengeschrei, der Ruf der Krickente aber ganz nah. Im nächsten Jahr werde ich wiederkommen und hier am Strand eine Würstchenbude eröffnen. Wenn ich am Tage zehn Würstchen verkaufe, wird es für meinen Lebensunterhalt langen. Knapp, aber ich darf dann bleiben. Mein Herz zerspringt, und ich möchte dem Himmel einen Antrag stellen, mich zweihundert Jahre leben zu lassen. Nicht alt und mit langem Bart, sondern ganz einfach in den derzeitigen Lebensjahren. Nicht mehr ganz jung, aber noch weit vom Greis entfernt. Wo steht man Mitte vierzig eigentlich wirklich? Kein Thema, ich schaute lieber dem Surfer zu, der meinem menschenleeren Morgen doch einen Fleck verpaßte. Mit seinem Surfbrett hatte der Wellenpaddler ganz schöne Schwierigkeiten. Mehrmals landete er im kühlen Naß. Ich setzte mich für einen Moment zwischen Strandhafer und Strandaster. Was das Meer für einen Ton hat, wenn es aus tiefer Seele singt. Seine tiefen, so bequemen Wellenübergängen – wie berauschten sie mich. Außer der Liebe wird mich nur Meeresrauschen verführen können. Gut: zuerst Marlin – dann das Meer.

Meine Gedanken wurden nur von einer Mücke gestört, die ständig um mich herumflog. Nach ihr zu schlagen, war ich nicht in der Lage, eher nicht in der Laune. Sie genoß den Sommer vielleicht genauso wie ich. Ihr lautes Siumm, Siumm, Siumm mochte der Beweis dafür sein. Vielleicht, wenn der Tag vergangen ist, das Siumm aufgehört hat und sie den Platz der Nacht gefunden hat, wird sie daran denken, was für ein satter Tag es wieder geworden war.

Meine Güte, der Surfer war schon wieder im Wasser gelandet! Kurz darauf stürzte ich mich in die Fluten der Ostsee. Unfreundliche Fluten, viel zu kalt und rauh. Man mußte Umwege schwimmen, um nicht häßlichen Quallen zu begegnen. Wohltuend bemerkte ich aber, wie die Kälte des Wassers mir die Müdigkeit der Nacht wegschwemmte.

Als ich keinen Grund mehr unter mir spürte, war es ein Gefühl, als trügen mich die Wellen von alleine. Sie waren einfach unter mir, hoben mich sachte nach oben und führten mich sanft in die flachen Wellentäler zurück. Wenn die Wellen übermächtig erschienen und ich Furcht vor ihnen haben mußte, waren sie es auch, die alles in eine wundervoll tragende Grube verwandelten. Ich hatte nie gewußt, daß Ostseewellen so liebkosen können.

Als Wolken am Himmel aufzogen, entstieg ich dem Meer und lief schleunigst unserer Schlafstelle entgegen. Marlin schlief noch immer, und auch Kater machte keine Anzeichen, den Tag beginnen zu wollen. Da sage noch einer, Katzen seien Frühaufsteher. Zudem begann der Bursche zu fusseln. Man glaubt es gar nicht, wieviel Haare Katzen besitzen, die sie gar nicht benötigen. Ich folgte dem Nichtstun der beiden und schwang mich nochmals ins Bett. Zwei weitere Stunden waren die Ausbeute. Als ich schließlich wieder aufwachte und feststellen mußte, daß das Mädchen aus Uelzen noch immer schlief und auch Speiker keine Anstalten machte, sich dem Tag zu ergeben, wurde es mir doch zu bunt. Dem Kater hielt ich eine Mettwurst vor die Nase, Marlin zog ich die Bettdecke weg. Sie rekelte sich ein paarmal und gähnte nach allen Seiten.

»Ein gefühlvoller Mensch bist du aber nicht«, murrte sie.

Sie blickte ungläubig auf einen kleinen Wecker, der vor ihr auf dem Fußboden lag und so unwahr aussah, so unfreundlich. Dabei hatte er nicht mal das Wecken übernommen. Speiker tat dagegen schon, als hätte er nie geschlafen. Was für eine Freude, die Familie wurde wach.

Der bewölkte Himmel gab uns den Tip, im Wagen zu frühstücken. Von dem Einkauf in Halmstad hatten wir reichlich

Proviant, und das bekam der alte Klapptisch zu spüren. Er wölbte sich fast unter der ungeheuren Frühstückslast. Der Fisch dominierte: in Tomatensauce, in Dillsahne, geräuchert und süßsauer eingelegt. Ich liebte zudem auch die Sardellenpastete und die Krabbencreme. Marlin aß gern Tomatenbrote, mit viel Pfeffer und Salz und geschnittenen Radieschen, auch gehacktem Schnittlauch. Vielleicht noch Crème fraîche oben drauf. Lustvolle Vitaminberge waren das immer, die sie verschlang. Als zierliche Person immerhin. Speiker, der große Bettler, liebte natürlich auch den Fisch. Er saß neben uns und wartete darauf, bedacht zu werden. Sein winzig kleines Näschen ging von links nach rechts und umgekehrt. Es gab Momente, da glaubte ich, er müsse ein Kugelgelenk in der Nase haben. Wenn es besondere Leckerbissen gab, wurde er richtig unruhig. Er sprang einem auf den Schoß, hob seinen buschigen Schweif in die Höhe und strich einem mit seinem ganzen Katzenkörper an der Brust entlang. Dabei schnurrte er, als hätte er ein Motorchen in sich eingebaut.

Nachdem er seine Ration erbettelt hatte, entließen wir ihn ins Freie, wo er sofort Riesensätze machte und in den Dünen verschwand. Der Dünenstreifen war nicht allzu breit. Dahinter erstreckte sich eine kleine Wiese mit allerhand bunten Blumen.

Hier wuchs auch die Wasserfeder, die häufig an Seeufern zu finden ist. Sie sah aus wie ein zu groß geratenes Buschwindröschen. Kein großer Unterschied in ihren Blüten – dem Weiß der Blütenblätter und dem Gelb der Blumenmitte, aber ihre Stiele waren übergroß. An ihrer Aufgeschossenheit schließlich konnte man erkennen, daß es keine Buschwindröschen waren. Strandnelke und Strandaster wuchsen hier in Nachbarschaft zum Schillergras. Auf den Sanddünen wuchs vereinzelt der Hornklee. Die gelben Spitzen berührten den Sand, als wären sie zu träge in die Höhe zu wachsen. Selbst den Stinkenden Hainsalat konnte man erblicken, der sonst oft an Waldbächen vorkommt. Seine gesägten Blätter neigten sich fast immer zu tief. Manchmal ragten Schwertlilien aus dem Boden. Im seichten Wasser suchten Austernfischer nach Nahrung. Irgendwo schrien Brandseeschwalben.

Geschenke über Geschenke! Wenn das Leben schon einzigartig ist, wie ist es mit diesem Überfluß hier? Wie ein bunter Vagabund kam mir die Zeit vor. Und ich war auch ein Vagabund, schlief im Heu und ließ mich von Vogelstimmen wecken. Den Zauber des Erlebten werden meine Gedanken vielleicht später gar nicht mehr exakt wiedergeben können. Ein Stück wird immer zurückbleiben. Welch ein Jammer, daß man vergessen kann! An den lilaroten Blüten des Meersenfs tranken Hummeln und Schmetterlinge. Ich glaube, es waren Stachelbeerspanner. Im Licht des hellen Morgens flogen Rothalstaucher und Bläßgänse. Berstendes, bebendes Leben, gib mir einen Wink, wie ich alles behalten kann.

Eigentlich wollten wir die freundliche Küste von Halmstad wieder verlassen und weiter gen Norden fahren, als ein lauter Knall die Stille zerriß. Es mußte der Schuß aus einem Gewehr oder einer Büchse gewesen sein. Marlin und ich sahen uns entsetzt an. Wir wollten gerade einen letzten Spaziergang wagen. Den Schützen konnte man nicht ausmachen, aber er mußte in der Nähe weilen. Den Zweck seines Schießens konnte man aber schon ausmachen, es trudelte als lebloses Wesen vom Himmel, eine Wildente. Nicht mal zwanzig Meter von uns entfernt schlug sie im weichen Dünensand auf. Kein Geräusch des Aufschlagens war zu hören. Nichts regte sich mehr in dem Tier. Nach dem bunten Gefieder zu urteilen, mußte es ein Erpel sein. So wie ich der toten Kreatur mein Mitleid schenkte, so wütend war ich auf den Schützen. Sicherlich wieder so ein gelangweilter Jäger, dem nichts Besseres einfiel, als Enten vom Himmel zu holen. Hinter einem Dünenhang erschien ein Hüne von Mensch. Seinen breiten Kopf umgab ein hellgrauer Vollbart, der bis zu den Schläfen reichte. Sogar bis unter die Augen reichte er. Dadurch erschien seine Nase viel kleiner, als sie war. Ohren hatte er, die jedem Sturm standhalten könnten. Er trug eine braune Wildlederjacke und eine gleichfarbene Kordhose, die in riesigen Gummistiefeln steckte. Das Hemd hatte er weit geöffnet, so daß man seine dichtbehaarte Brust sehen konnte. In der rechten Hand, die leicht wippte, hielt er die Flinte. In seinen hellen Augen glänzte die Aufmerksamkeit. Er stand einen Moment regungslos auf dem Dünenhang und schaute auf das darunterliegende Erdreich. Er war fast erstaunt, als er uns entdeckte. Trotz der Entfernung war das deutlich zu erkennen. Sicherlich hatte er hier keine Menschen erwartet. Er knickte den Lauf seines Gewehrs und entfernte die verbrauchten Patronen. Erschreckend schnell kam er uns entgegen. Das Gewehr hielt er lässig in den Händen. Als er knapp einen Steinwurf von uns entfernt war, rief er barsch in schwedischer Sprache – er hielt uns offenbar für seine Landsleute: »Vad heter du?«

Ich glaubte, er meine: Wie heißt du?

Noch ehe ich überlegen konnte, daß es eigentlich zu früh war, um Namen zu nennen, hatte ich meinen schon ausgesprochen.

»Mitt namn är Mike.«

Seiner folgte sogleich.

»Mitt namn är Olle.«

Seine kräftige Stimme fiel mir auf, sie klang sehr tief.

»Varifrån kommer ni?«, fuhr der Entenjäger in unbekümmerter Lässigkeit fort, nachdem er zu uns gelaufen kam. Ein Baum von einem Mann stand vor uns. Auf seine Frage, woher wir kamen, antworteten wir, daß wir Deutsche wären.

»Vi är tyskar.«

Er nickte.

»Är ni ensama här?«

Er meinte, ob wir allein hier wären. Vielleicht befürchtete er, es könne noch mehr Zeugen seines frevelhaften Tuns geben. Ich könnte mir vorstellen, daß es jetzt nicht die Zeit war, auf Wildenten zu schießen, eher im Herbst. Auch in Schweden wird man so etwas bestrafen.

»Visst« (selbstverständlich), sagte ich.

»So, dann seid ihr also Deutsche«, sagte er in einwandfreiem Deutsch, eher zu spät, denn schon den letzten Satz in schwedisch hätte er sich sparen können. Ein Schwede, der ein astreines Deutsch sprach. Dann reichte er uns die Hand.

»Willkommen am Strand«, sagte er kurz. »Ich bin Olle Gunnarsson.«

Als er mir die Hand drückte, wollte ich schon aufschreien, da merkte ich, daß alles noch beim alten war. Er hatte sie nicht einfach fortgedrückt. Sein Händeschütteln bei Damen mochte sanfter sein, Marlin zeigte keine Regung. Als sie ihren Namen sagte, lächelte sie sogar. So wie der Mann sich vorgestellt hatte, konnte man keine Abneigung gegen ihn empfinden. Wenn er nicht gerade in der verkehrten Jahreszeit auf Entenjagd gehen würde. Er nahm seine Flinte in die andere Hand und beobachtete ziehende Wolken. Dann versuchte er es wieder in unserer Sprache, hatte aber ganz plötzlich mit Schwierigkeiten zu kämpfen. Er schluckte erst ein paarmal. Vielleicht um sich die Zeit zum Ordnen seiner Deutschkenntnisse zu nehmen, dann hatte er es urplötzlich.

»Ihr seid also deutsche Touristen«, sagte er zügig.

»Ja«, entgegnete ich.

Der Schwede transportierte sein Gewehr abermals auf die andere Körperseite.

»Es scheint ein schöner Sommer zu werden. Und wenn nicht, dann habt ihr ihn jetzt schon genossen. Wo wollt ihr hin? Weiter in den Norden?«

Ich nickte: »Wahrscheinlich.«

Er faßte sich kurz ans Knie.

»Schweden ist überall schön. Hier im Süden ist es etwas wärmer. Woher kennen Sie diese Gegend hier?«

Ich sagte: »Wir kennen sie gar nicht. Irgendwelche Leute aus Halmstad haben uns hierher geschickt.«

»Sie kannten sich dann gut aus.«

»Wir begrüßen es, daß sie so gut Bescheid wußten.«

Marlin kam dann zum Kern der Sache. Schon längst lagen ihr Worte auf der Zunge, die sie unbedingt loswerden wollte. Zuvor musterte sie den Schweden genauestens. Dann sagte sie: »Warum schießen Sie eigentlich Wildenten, Mister Gunnarsson? Bringt es Vergnügen, sie zu töten?«

Der Schwede grinste halb verlegen, halb erhaben. Lächeln konnte man das eigentlich nicht nennen. Er blickte für einen kurzen Moment aufs Meer, so als hätte er damit zu tun. Ein Fischer war er aber sicherlich nicht.

»Es ist nur mein Abendessen«, sagte er kurz, die Frage des Tötens außer acht lassend. Marlin wollte mehr wissen.

»So etwas kann man doch im Lebensmittelgeschäft kaufen, oder?«

Er sträubte sich gegen irgend etwas.

»Warum kaufen, wenn man es umsonst haben kann?«

»Machen Sie das öfter?«

»Nicht so oft.«

»Ist es denn erlaubt?«

»Für mich zu keiner Zeit. Ich habe keinen Jagdschein. Die

anderen dürfen es das halbe Jahr über. Mit einem Stück Papier in der Tasche sind sie legitime Mörder. Ich bin nur Mörder.«

Eine weitere Frage oder Antwort blieb daraufhin aus. Man schwieg. Marlin sah mich für einen Moment sogar richtig unbeholfen an. An irgend etwas zweifelte sie plötzlich. Sie war total verwirrt. Der Schwede stellte uns das Erschießen von Enten in einer Form vor, daß man glauben mußte, nur sie zu überfahren sei humaner. Und nur das konnte straffrei sein, nur das!

Aber ich merkte, er wollte von diesem Thema ganz weg.

»Sie machen also Urlaub hier. Ist das richtig?« wollte er uns auf eine andere Gesprächsebene lotsen. Ich half ihm dabei und sagte:

»Ja! Seit gestern.«

»Sie waren schon öfter in Schweden?«

»Meine Partnerin besucht zum erstenmal dieses Land. Ich bin schon öfter hier gewesen.«

»Der Mädchen wegen?«

»Der Natur wegen.«

»Ein berauschendes Land, nicht wahr?«

»So möchte ich es auch ausdrücken.«

Irgendwie kam mir dieser Olle Gunnarsson ungewöhnlich vor. Mochte es sein Aussehen sein, seine holprige Aussprache oder seine Kleidung. Ich war sicher, er war kein gewöhnlicher Mensch. Bestimmt hat er sein Vermögen unter der Matratze verborgen, schon mal sein Bierglas als Zahnbecher benutzt, und sollte die Toilette weit entfernt sein, pinkelt er auch schon mal ins Waschbecken. Und sollte er nicht verheiratet sein, dann klebt er die Löcher in seinen Hosentaschen mit Kaugummi zu. So erschien er mir in diesem Moment.

Auf dem Kopf trug er einen Hut, den man in Afrika und auch in Australien trägt, mit breiten Rändern und vorne weit in die Stirn geknickt. Die linke Seite des Hutes zierte eine breite, bunte Feder. Ungewöhnlich oft war unter seinen Augen ein Zucken zu beobachten. Manchmal nur für einen Moment, manchmal laufend. Sein riesiges goldenes Halskettchen glitzerte in der Sonne. Während seine strahlend weißen Zähne einem die Frage aufdrängten, ob sie wohl echt sein mochten. Warum sprach er eigentlich so gut deutsch? Ich frage ihn einfach danach.

»Wir sollten die Ente holen«, kam er mir zuvor.

»Lebten Sie mal in Deutschland?« hatte ich es eilig mit meiner Frage.

»Auch das«, brummte er.

Wir machten uns auf den Weg zu der erlegten Wildente. Ihr Blut hatte einen Teil des Dünensandes rot gefärbt, eine Menge loser Federn lagen herum. Ich bemerkte noch immer Marlins Unwohlsein. Ihr Blick gab mir zu verstehen, daß sie dem Jäger noch immer keine Sympathie schenkte. Der Jäger hob einfach seine Beute aus dem Sand, schüttelte sie kurz und stecke sie dann ohne etwas zu sagen in eine der übergroßen Seitentaschen seiner Wildlederjacke. Marlin stieß ihren rechten Schuh in den Boden, der Schwung ließ eine richtige kleine Mulde zurück. Der Schwede war davon nicht beeindruckt. Zumal er ja den Grund ihres Handelns nicht kannte. Gegenüber ihr war ich schon weiter fortgeschritten. Ich mochte den Schweden. Er zündete sich eine Zigarette an und warf das leergewordene Feuerzeug in seinen Stiefelschaft, ganz lässig.

»Sie wollen also wissen, wieso ich so gut deutsch spreche«, sagte er weiter. »Eure Sprache ist wirklich schwer zu lernen. Ich hatte es da aber etwas einfacher, meine Mutter ist nämlich Deutsche. Geboren bin ich allerdings in Rußland. Mein Vater war Offizier in der Zarenarmee und meine Mutter Lehrerin an einer deutschen Schule in Leningrad. Sie lernten sich sieben Jahre vor dem Ersten Weltkrieg kennen. Mein Vater wurde nach Lettland versetzt. Er desertierte, und beide flohen über Finnland nach Schweden. Wenige Jahre später wurde ich geboren.«

Er lächelte dann ganz breit, so als freute er sich, verschiedenes Völkerblut in seinen Adern zu haben. Wir hatten ihm aufmerksam zugehört. Seine kräftige Stimme, die er einem Bär geklaut haben mußte, war auch dazu geeignet, ihm zuzuhören. Er war bestimmt kein gewöhnlicher Mensch. Würde man ihm irgendwo in der Stadt begegnen, man könnte den Eindruck haben, er wäre ein Mann der Wälder. Er hätte sich hierher verlaufen, er wollte für seinen gezähmten Wolf nur rasch ein Stück Fleisch einkaufen. Marlin stellte sich auf die Fußspitzen und hatte plötzlich ganz andere Gefühle.

»Ich glaube, jetzt mag ich ihn auch«, flüsterte sie mir ins Ohr.
Wie schwungvoll sie mir das mitteilte.
»Bitte ihn doch einfach, fliegende Enten am Himmel zu über-
sehen, vielleicht hört er auf dich«, erwiderte ich.
»Ob er es tun wird?«
»Frag ihn doch.«
Das Mädchen brachte es nicht fertig, meinen Vorschlag in die
Tat umzusetzen, statt dessen fuhr der Schwede fort.
»Wie lange bleibt ihr in Schweden?«
»Sicherlich nur ein paar Tage«, antwortete ich.
»Wenn ihr Zeit habt, würde ich auf jeden Fall auch nach
Nordschweden fahren. Es gibt eine interessante Route an der
Ostküste hoch nach Sundsvall und dann weiter nach Umea,
Skelleftea, Lulea bis nach Haparanda. Von da ist es nicht
mehr weit bis zum Polarkreis. Man kann auch bei Lulea einen
Schwenker machen und nach Jokkmokk fahren, einen Ort,
der direkt am Polarkreis liegt. Dahinter breitet sich ein großes
Seengebiet aus. Es ist eine herrliche Gegend. Im Winter
heulen dort die Wölfe.«
Bei seinen Beschreibungen war es mir fast peinlich, ihm ge-
stehen zu müssen, daß die Zeit für all das wohl nicht reichen
wird.
»Wir wollten uns eigentlich nur an der Küste aufhalten«, be-
merkte ich vorsichtig.
»Dann sollten Sie später einmal wiederkehren«, sagte er.
»Wer einmal die Wildnis durchstreift hat, wird sie nie mehr
vergessen. Es kann sein, Sie werden eher zehn Füchsen be-
gegnen als einem Menschen.«
»Das hört sich verlockend an, aber dieses Jahr wird bestimmt
nichts mehr daraus.«
»Dann planen Sie es fürs nächste Jahr.«
»Die Füchse werden dann immer noch da sein, oder?«
»Davon bin ich überzeugt.«
Marlin lehnte sich an das Gespräch an.
»Wo wohnen Sie eigentlich, Mister Gunnarsson?«
Der alte Mann schien sichtlich erfreut zu sein, daß das junge
Mädchen ihn ansprach.
»O, das ist nicht weit, gerade hinter Halmstad.«
»In einem Dorf?«
»Es ist kein Dorf. Es ist ein kleines, altes Haus auf einer

müden, alten Wiese. Zum nächsten Dorf sind es bestimmt mehr als zwanzig Kilometer. Ich werde bald ausziehen müssen, wenn die Winter weiterhin so kräftig sind. Die Wände sind schon brüchig geworden. Das Haus liegt sehr verschwiegen dort. Ein Fluß fließt vorbei, in dem Lachse und Forellen springen. Im nahen Wald gibt es Beeren und Früchte im Überfluß. Für meinen Lebensunterhalt ist bestens gesorgt. Ich brauche fast nichts einzukaufen, überwiegend versorgt mich die Natur. Und wenn ich mal in eine Stadt muß, dann höchstens nur, weil ich eine neue Hose brauche oder die Sohlen meiner Schuhe abgelaufen sind. Oder die Behörden etwas von mir wollen. Das passiert auch schon mal.«

Marlin hatte längst glänzende Augen bekommen. Wie schön der Schwede alles beschreiben konnte. Sie wollte mehr wissen.

»Gibt es auch Stachelbeersträucher dort?«

»Eine ganze Hecke voll. Sie wachsen am Eingang, wo das Gatter ist«, sagte er eifrig.

»Wann kann man sie ernten? Ich weiß es gar nicht mehr.«

»Sie sind jetzt gerade reif.«

»Und man sieht die Forellen springen?«

»Genauso, wie ich es Ihnen gesagt habe. Das Wasser ist so klar wie eine Bergquelle. Auf dem flachen Grund kann man die Krebse kriechen sehen..«

»Und das alles erleben Sie dort?«

»Warum denn nicht?«

»Hmmmmm.«

Der Schwede hatte wohl längst bemerkt, daß Marlin sich an seinen Worten begeisterte. Ganz still wurde sie und ganz nachdenklich. Die Lebenserfahrung des Einheimischen mochte es sein, die ihn veranlaßte, daraus ein Angebot zu machen.

»Wenn Sie wollen, könnte ich Sie einladen, sich mal alles anzuschauen. Etwas Zeit werden Sie doch haben, Sie und Ihr Begleiter, oder?«

Entzückt blickte sie zu mir hoch und hatte jenen Blick in ihren Augen wie in dem Moment, als sie wußte, daß ich sie mit gen Norden nehmen würde.

Was für ein fragender Blick. Ich glaube, ich könnte sogar auf Brennesseln schlafen, um ihr entgegenzukommen.

»Du mußt es wissen«, sagte ich höflich. »Ob wir weiterfahren oder hier noch verweilen, mir ist es gleich. Schließlich ist Schweden überall.«

»Es wäre dir bestimmt gleich?«

»Ja.«

»Ganz bestimmt?«

»Ganz bestimmt.«

Seltsam, für einen Augenblick herrschte Stille. Von der Zigarette, die sich der Schwede angezündet hatte, nahm er bestimmt nur vier oder fünf Züge, dann drückte er sie wieder mit seinem Gummistiefel aus. Sein Blick sah so richtig zufrieden aus. Wie schnell wir doch Freundschaft geschlossen hatten. Ein Fremder war uns begegnet, auf den diese Bezeichnung nur für den ersten Moment zutraf. Man hatte eher das Gefühl, daß man sich schon längst begegnet war, daß man sich kannte. Er wußte, daß wir auf dem Weg waren, ihm zuzusagen. Aber er half noch ein bißchen nach.

»Ihr könntet auch meinen Freund Korky kennenlernen, einen sibirischen Husky. Wenn abends schon längst die Sonne untergegangen ist, schreit vom Wald her der Kauz. Es gibt Jahre, da ist die Wiese vor dem Haus die Kinderstube von Wieseln. Wir haben gerade so ein Jahr. In den Wäldern wächst jetzt gerade das gelbe Scharbockskraut. Muß ich euch noch mehr erzählen?«

Ganz schnell, um gar nicht mehr auf andere Gedanken zu kommen, sagte ich zu dem großen Mann:

»Wir bleiben für heute. Morgen müssen wir aber weiter.«

Der Schweden wurde von Fieber und Feuer ergriffen, Hornissen stachen ihn. Er begann den Kriegstanz der Siox. Dann warf er seine abgewetzte Flinte in den Sand und reichte uns nochmals die Hände.

»Sagt einfach Olle zu mir. Ich bin Olle Gunnarsson, von heute an euer guter Freund. Kein Mensch auf der Welt darf euch mehr beleidigen, das könnt ihr mir glauben. Ich, Olle Gunnarsson, verspreche das.«

Zum erstenmal lachte er so richtig über alle Backen. Wie konnte man über die Zusage einer Einladung nur so ausgelassen sein? Er zog dann die Wildente aus seiner Jackentasche und hielt sie am Kopf kurz in der Luft.

»Die dumme Ente auch. Warum konnte sie meinen Kugeln

nicht ausweichen? Wir werden sie heute Abend essen, wie man sie in unserem Land zubereitet, gefüllt mit Äpfeln und Hackfleisch. Die Entenfüße kann man schmoren und mit Innereien umlegen. Es ist so eine Art Vorspeise. Ich werde euch die schwedische Gastfreundschaft zeigen.«

Olle Gunnarsson, was für ein Mann! Er wird es nicht fertigkriegen, jemanden in dunkler Ecke zu bestehlen. Er wird es auch nicht übers Herz bringen, einer alten Oma Wimperntusche zu verkaufen, aber er könnte so aus Jux dem hiesigen Postamt sämtliche Poststempel klauen.

Wir folgten also seiner Einladung, gingen zurück zum Wohnmobil und sammelten erst mal unseren Kater ein, der es sich neben dem rechten Vorderrad gemütlich gemacht hatte. Olle Gunnarsson begleitete uns. Dann führte er uns zu seinem Wagen, der weit hinter den Dünen neben einem Süßwarenstand parkte. Es war ein japanischer Geländewagen. Er stieg ein, und wir folgten ihm mit unserem Gefährt. Das war problematisch, denn der Schwede hatte eine Vorliebe für schnelles Fortkommen. Kurven existierten für ihn nicht. Eine Geschwindigkeitsherabsetzung hierfür kannte er nicht. Blinken war für ihn auch bedeutungslos, und das Thema mit der Vorfahrt mußte er in der Fahrschule überhört haben. Und dann hatte unser neugewonnener Freund aus Schweden schon eine Lüge von sich gegeben. Aus den wenigen Kilometern, von denen er gesprochen hatte, schien nun eine halbe Tagestour zu werden. Erst vor einem kleinen Siedlungsgebiet wurde sein Geländewagen langsamer, und man hatte das Gefühl, nun dem Ziel nahe zu sein. Wir passierten frische Bachgründe; Tannenwälder, die ein Dach über uns legten, wo nur noch bleiches Licht durchschien und man glaubte unter Tage zu sein. Sanfte Senken und schmale Hügel. Dann ein lindgrünes Haus neben ein paar verwitterten Steinen, die das Haus von der Wetterseite her zu beschützten schienen. Da war es, Olle Gunnarssons Haus. Alt, ebenso verwittert wie die Steine, geflickt, von Regen und Wind geschunden und zermürbt. Trotzdem sah es verwunschen und märchenhaft aus. Man konnte das Gefühl haben, daß wir die ersten Menschen waren, die es erblickten. Ganz versteckt lag es da, niemand sollte es so einfach finden können.

Die rechte Dachseite erschien gänzlich schief, und am Schornstein bröckelten die Steine. Putz war kaum noch vorhanden. Unter dem Lindgrün mußte mal eine andere Farbe existiert haben, denn an verschiedenen Stellen lugte ein Braun aus noch älteren Tagen hervor. Die alte Holztür hing schief in der Angel, und in den danebenliegenden Fenstern fehlten die Glasscheiben. Der Wind spielte mit einer heraushängenden Gardine.

Als wir ausgestiegen waren, gingen wir über weiches Moos. Nicht weit von uns sprudelte ein Bach, floß über Felsrücken und tiefhängende Zweige. Es mußte jener sein, von dem der Schwede erzählt hatte. Der Wald begann gleich neben dem Haus. Unbeschreiblicher Duft kitzelte unsere Nasen. Forderte uns förmlich auf zu atmen – ganz tief und anhaltend. Was für ein Ort! Man hätte niedersinken und die Erde küssen können. Schritt für Schritt näherten wir uns seinem Haus und betrachteten es bewundernd. Meine Güte, hier würde ich auch gern leben. Als alter Mann nach einem Leben voller Wonne und voller Narben. Hier könnte ich über beidem meine grenzenlose Zufriedenheit finden.

»Gleich werdet ihr meinen besten Freund kennenlernen«, sagte unser Gastgeber, nachdem er darüber geschimpft hatte, daß die Regenwassertonne umgekippt war. »Und wie findet ihr mein Haus? Es gibt kein Gefolge von Neugierigen, sie sind alle weit weg. Milchmann und Bäcker sind zu faul, mich zu beliefern. Und der Briefträger erscheint nur einmal die Woche. Nur er bekommt eine Weihnachtsgratifikation. Die anderen spare ich ein.«

»Und wie ist es mit der Müllabfuhr?« lästerte ich.

»Auch die gibt es nicht.«

»Hältst du das für tragisch?«

»Ich habe den Fluß. Papier und Abfälle frißt er sofort, die Konservendosen werfe ich bis weit in die Mitte. Die treiben dann bis zur nächsten Stadt, wo sie auf den anderen Müll treffen. Mit wenig Umstand erreicht man schließlich das gleiche. Ihr dürft mich deshalb nicht verurteilen. Wenn man weiter flußabwärts geht, so etwa acht Kilometer, stößt man auf eine kleine Fabrik. Die kippt alles in den Fluß. Der Eigentümer wurde letztes Jahr mit dem schwedischen Verdienstkreuz ausgezeichnet. Der Bürgermeister von Espelup ist sein Freund, und der ist im Umweltschutzverein. Seltsam, nicht

wahr? Beide sind auch im Tierschutzverein, auf dem Fabrik-
gelände allerdings fristen die Wachhunde ein wirkliches
Hundeleben. Ihr werdet doch nicht glauben, daß meine
kleinen Konservendosen die Welt verändern können, oder?
Man sollte erstmal bei den anderen vorsprechen.«
Wie recht er hatte. Olle Gunnarsson hatte noch mehr zu
bieten.
»Ich sage euch, es ist eine Welt da draußen voller Heuchelei.
Du kannst irgendeinem Verein dort draußen hundert Kronen
spenden. Wenn du Glück hast, erreichen zwanzig Kronen
ihren Zweck, den Rest nehmen die anderen. Ihr wißt, wie ich
es meine, nicht wahr?«
Der Schwede öffnete die Tür seines Hauses, und heraus kam
ein putzmunterer Husky. Er blieb sofort bei seinem Herrchen,
und dieses kraulte ihm zur freundlichen Einstimmung auch
gleich das Fell. Olle Gunnarsson lachte.
»Das ist mein Freund Korky. Ist er nicht prächtig?«
»Ein schönes Tier«, sagte Marlin bewundernd.
»Ich würde ihn gegen nichts auf der Welt eintauschen.«
In diesem Moment mußte ich an meinen Waschbär denken.
Das gleiche hatte ich damals auch gesagt. Olles Husky war
wirklich ein schönes Tier, kräftig und muskulös. Aus den
hellgraublauen Augen kam ein klarer, scharfer Blick. Die
Ohren waren spitz nach oben gerichtet, und sein Gebiß,
welches man für einen Augenblick deutlich sah, kam dem
eines Schäferhundes gleich. Sein Fell, grau, weiß und
schwarz, glänzte leicht und war von unglaublicher Fülle.
Nach der freudigen Begrüßung seines Herrn schenkte er uns,
während er noch immer gestreichelt wurde, auch einen Blick.
Neugierige, wunderschöne Augen sahen uns an.
»Wo hast du ihn her?« fragte ich Olle.
»Man wollte ihn töten, weil er angeblich bösartig ist«, sagte er.
»Ist er es denn?«
»Ich habe fast das Gefühl, daß er gar nicht weiß, was Beißen
ist. Die Zähne gefletscht hat er bislang noch nie. Das einzige,
was er beißt, sind Hasen, die morgens ums Haus laufen und
in diesen Minuten voller Übermut ihr Leben riskieren. Dem
Igel läuft er schnell davon, mit einer Katze würde er bis ans
Ende der Welt laufen. Einem Menschen aber ist er furchtsam
ergeben.«

»Der Husky liebt Katzen?« Ich wollte es nicht glauben.
»Es ist das allerliebste Spielzeug für ihn, doch welche Katze weiß das schon? Sie trauen dem Frieden nicht so ganz und hauen schon mal mit der Tatze. Dadurch ist die Zuneigung auch nicht immer von Dauer. Der Husky ist mit einer Katze aufgewachsen, sie muß ein wahres Friedensexemplar gewesen sein, vorzuschlagen für den Hundkatzennobelpreis.«
»Olle, man könnte ja mal was wagen.«
»Wie meinst du das?«
»Wie wär's mit unserer Katze? Besser gesagt: Kater! Der liebt bestimmt keine Hunde, aber vielleicht macht er eine Ausnahme. Wir könnten eine neue Freundschaft fördern.«
»Ein Husky und eine Katze?« fragte Olle.
»Wollen wir es probieren?«
»Warum nicht?«
»Habt ihr denn eine Katze?«
»An und für sich hättest du sie sehen müssen, als wir in unseren Wagen einstiegen.«
»Ich muß sie übersehen haben. Dann wollen wir es mal wagen.«
»Es könnte ein schreckliches Wagnis sein.«
»Sie müssen sich einfach mal kennenlernen.«
Trotz Olle Gunnarssons wundervollen Voraussagungen sah ich für unseren Speiker keine rosigen Zweisamkeiten aufkommen. Ich wußte, wie er Hunde behandelte und konnte mir ausmalen, daß diese Hund-Katzen-Verbindung gleich im Duell »Drunter und Drüber« enden würde. Wie kann man nur einen Knochenliebhaber als Freund haben? Speiker würde es nie kapieren.
Im Inneren von Olle Gunnarssons Haus herrschte eine herrlich geordnete Unordnung. Im Flur, wo die Fensterscheibe gesprungen war, bewahrte er allerhand Gartenwerkzeuge auf, aber meistens nur kleinere Dinge, die im Schuppen keinen Platz mehr hatten: Harke, mehrere Schaufeln, Spaten und einen Rasenmäher. Wobei ich mich fragte, wann er diesen überhaupt gebrauchen würde, denn rings um sein Haus war die Natur in ihrem Ursprung vorhanden: üppig, voll, wild und unbändig. Nirgendwo sah man die Spuren der Gartenschere. Das Gras wuchs unbekümmert, und die Sträu-

cher hatten Freiraum, soviel sie wollten. Auch die Unkräuter konnten sich bedenkenlos ausbreiten, kein Mensch wollte sie jemals verdrängen. Jeder, der hier seinen Lebensraum beanspruchte, konnte das furchtlos tun. Wachsen war hier einfach zur Bedingung geworden. Zudem empfing man die Gnade des Menschen. Die Sonne, der Himmel und das Land gehörte allen.

Olle Gunnarsson wohnte gemütlich. Allein drei Schaukelstühle zierten sein Wohnzimmer. Neben dem Kamin stand ein alter Eichentisch mit verziertem Rand und gußeisernen Füßen. Deren drei hielten ihn. Genau darüber schwebte eine Lampe, bunt und verschnörkelt. Nicht zu erkennen, ob uralt oder einfach nur nachgemacht. Dazu hatte sie noch Fransen, die bedenklich tief herunterhingen und beim Sitzen durchaus einer größeren Person den Kopf streicheln konnten. Schräg dahinter an der Wand eine Standuhr, die bei unserem Eintreten gerade zur vollen Stunde schlug. Auf der anderen Seite dann, in einer Ecke, eine alte Kommode in bernsteinbrauner Farbe, auf der der Hausherr allerhand Dinge aus Silber und Messing stehen hatte. In der hinteren Reihe größere Dinge wie Kannen, einen Leuchter und eine Schatulle. Davor ein Teeservice, wahrscheinlich beste englische Qualität. Die dazugehörenden Zucker- und Sahnebehälter gleich nebenan. In vorderster Reihe einen Messingaschenbecher, eine Bauernfigur, drei Vögel aus Bronze, die auf einem Ast saßen und schon reichlich Grünspan angesetzt hatten, und ein Esel aus Holz, dem der Schweif fehlte. An den Wänden hingen Gemälde, gewiß nicht aus neuester Zeit. Es mochten welche dabei sein von unermeßlichem Wert. An gewissen Stellen konnte man es erkennen, wie an den feinen Pinselstrichen, dem Bestand der Farben und dem Aussehen des Rahmens. Ich wollte immer mal einen Memling oder einen Spitzweg besitzen. Wo ist die Frau mit den unbelasteten Grundstücken, die mir so etwas ermöglichen kann?

Wo der alte Schwede das wohl alles aufgetrieben hatte? Er wird doch nicht dem Leben der Lüste entsagt haben und nun sein Wohl in Altertümern und Kunst suchen? Das mußt du mir aber noch mal erklären, mein Freund!

Teuer und wertlos, alt und neu, geschmackvoll und unmöglich. Das alles fein nebeneinander in einem kleinen Durcheinander, das war Olle Gunnarssons Inneneinrichtung in seinem Haus auf der Wiese, zwischen Fluß und Wald. Nicht viele Männer werden leben so wie er. Die wenigen, die es tun, werden ihm ähneln. Besonderen Wert auf Annehmlichkeiten legen sie nicht. Sie geben sich so natürlich und rauh wie die Natur, mit der sie ihren Bedarf und ihre Empfindungen stillen.

Ich war sehr neugierig, mehr über das Leben von Olle Gunnarsson zu erfahren, trotzdem fragte ich ihn nicht aus. Männer seiner Art mögen es bestimmt nicht. Aber in geeigneten Momenten, vielleicht wenn der Mond besonders hoch steht oder das Lagerfeuer brennt, erzählen sie sich alles von der Seele. Auf diesen Moment mußte ich noch warten.

Wir gingen wieder ins Freie, und Olle fragte:
»Wo habt ihr denn euren Kater? Wollen doch mal sehen, ob die Katzenliebe meines Huskys noch immer Bestand hat.«

Ich hatte mehr als Befürchtungen für ein solches Zusammentreffen. Ich fragte nochmals vorsichtig:
»Und du glaubst, die beiden werden sich vertragen?«
Zum erstenmal legte der Schwede seine breite Hand auf meine Schultern.
»An meinem Husky wird es nicht liegen. Hoffen wir, daß eure Muschikatze eine friedfertige Vertreterin ihrer Rasse ist. Ich meine natürlich den Herrn. Ist er denn mollig? Mein Husky liebt mollige Pussycats.«

Na ja. Ich überlegte, da hatte der Schwede einen Hund, der völlig aus der Art geschlagen war. Um es gleich vorwegzunehmen: Es wurde nie eine Freundschaft zwischen dem Husky und Speiker. Als er den Hund erblickte, sträubten sich ihm sämtliche Haare, sogar die an der Nase. Bis zum Schweif war alles in heller Aufregung. So einen buschigen Schwanz wie in diesem Moment, hatte ich noch nie bei einer Katze gesehen. Speiker fauchte unaufhörlich und machte den schrecklichsten Buckel, den überhaupt ein erregter Kater zustandebringen kann. Den Husky ließ er nicht aus seinem Blickfeld. Der Hund dagegen war sichtlich erfreut. Unser Speiker gefiel ihm. Die gleiche Gefühlsregung auf der Katzenseite konnte er allerdings nicht erwarten. Er erntete nur ein unaufhörliches Fauchen. Für den Husky sehr enttäuschend.

Im Garten, wo ein kleiner Weg sich des Wiesengrüns bemächtigt hatte und viele Beerensträucher wuchsen, stand eine breite Holzbank mit einem ebenso breiten Tisch. Hier servierte uns der Gastgeber Kaffee. Als dann der Abend kam und die Sonne langsam hinter den Tannen verschwand, umwehte uns der Duft der Sumpfbinse. Ein Lagerfeuer brannte, und vom Fluß her quakten die Frösche. Olle Gunnarssons Angebot, in seinem Haus zu nächtigten, lehnten wir ab. Auch der Wohnwagen sollte nicht unsere Herberge sein.

Der Schlafsack sollte unsere Bettdecke sein und das Wiesengras mit dem herben Duft unser Bett. Die Baumwipfel sollten unser Dach sein. Olle Gunnarsson war schon ins Haus gegangen. Als das Feuer ausloderte und sein verbrauchter Rauch über dem Erdboden schwebte, fragte mich ein junges Mädchen:

»Möchtest du auch so leben wie Olle Gunnarsson?«

Ich sah den hellen Sternenhimmel, machte mir Gedanken, wie unendlich weit alles war und spähte in eine Sinfonie des Träumens. Ich sagte dann:

»Ich glaube, er mag es so. Wer würde es nicht mögen?«

War es nicht eben ein Kauz, der schrie? Ich wußte: Ich werde herrlich einschlafen können.

Der sechste Tag

Der Traum, den ich gerade geträumt hatte, war noch sanfte Erinnerung. Wann wollte man sich schon von einem schönen Traum trennen? Sicherlich nur dann, wenn das Bewußtsein einem ebenbürtig zur Seite steht. Ein streichelnder Kuß auf die Stirn, zärtliche Hände, die einen berühren, ein Parfüm, das einem die Nasenflügel öffnet.

Bemerkenswert zauberhaft der Tagesanfang. Ich rekelte mich und wollte noch mehr davon. Noch immer die Augen geschlossen, war die Besitznahme von diesen Dingen der Tagesanfang nach Maß.

Wie anders du dich heute anfühlst. Die Lippen sind weiter geöffnet, der Mund ist größer, und die Hände haben mehr als fünf Finger. Dieses Parfüm hattest du noch nie an dir. Ich habe es auf jeden Fall noch nie bemerkt. Oder doch? Kann es sein, daß bei geschlossenen Augen die Nase einem einen Streich spielen kann? Wie fordernd du heute morgen bist. Schaut Olle Gunnarsson uns eigentlich zu? Bitte hör auf, oder ich kann für nichts mehr garantieren.

So lange ist es doch noch gar nicht her. Willst du denn schon wieder? Marlin, heute morgen küßt du so ganz anders. Halte dich bitte zurück, schließlich sind wir Gäste hier ...

Ich öffnete die Augen, um es ihr zu sagen. Himmel, es war gar nicht Marlin! Da war zwar auch blondes Haar, da waren auch blaue Augen, aber die Haare waren nicht so gewellt und die Augen etwas runder. Die Lippen hatten die gleiche Farbe, und der Mund war wiederum ganz anders in seiner Form. Lediglich die Nase war gleich.

Träumte ich? Das war doch nicht Marlin. Was war geschehen? War ich verschieden und auf einem anderen Planeten aufgewacht, wo die Neuankömmlinge von hübschen Mädchen wachgeküßt werden? Das war doch nicht mein jetziges Leben! Wo war Marlin? Also nochmal: lebe ich? Ich bin nüchtern. Ich habe nicht getrunken, ich brauche jetzt trotzdem einen.

»Wer bist du? Du bist doch nicht Marlin«, fragte ich die fremde Person.

Ich weiß, sie ist fremd, sie ist nicht Marlin! Ich blickte auf meinen Schlafsack. Ich überlegte schnell, es waren nur zwei Whisky gewesen, aber können die so viel ausmachen? Ich brauche einen Arzt. Wo gibt es einen Arzt, der mich heilen kann? Ich wußte, eines Tages wird es so kommen, der Alkohol wird alle Gehirnzellen zerstört haben, und der Moment wird gekommen sein, wo Halluzinationen in mein Leben treten. Schrecklich, der Moment war gekommen; frühzeitig!

Nochmals mein Blick zu dem Mädchen über mir. Nein, eindeutig, du bist nicht Marlin.

»Det är mycket synd, att you wacked up?«

Jetzt höre ich auch schon Sätze in zwei Sprachen. Was der Alkohol so alles anrichten kann. Keiner hatte mich gewarnt,

daß so etwas möglich sein konnte. Sie hatte doch schwedisch
und englisch gesprochen, nicht wahr? Schade, daß du wach-
geworden bist, hatte sie gesagt. Ich schüttelte mich nochmals.
»Wer bist du?« fragte ich.
Das Mädchen lächelte über das ganze Gesicht. Große, weiße
Zähne hatte sie. »Hur sa?« (Wie bitte?)
Ich fragte sie in ihrer Sprache.
»Vad har hänt?« (Was ist geschehen?)
»Förstår ni mig?«
»Ja.«
Ich war ganz wach geworden und wußte, ein lebend Wesen
war über mir, ein hübsches, lebendiges Wesen. Strahlen in
seinen Augen und Sanftheit in seiner Sprache. Bist du ein
Engel?
Das Gesicht des jungen Mädchens war so nahe, daß man es
genau betrachten konnte. Wer um alle Welt war sie? Was
machte sie hier? Hatte Marlin mich verlassen und mir als
letzte Geste Ersatz geschickt?
Sie tippte mit dem rechten Zeigefinger gegen ihre Brust.
»Mitt namn är Wiebecke.«
Weil ich sprachlos und stumm blieb, tat sie es abermals.
»Mitt namn är Wiebecke – Wiebecke.«
Ja, meine Güte, ich weiß jetzt, wie du heißt.
Wo um alle Welt war Marlin?
Das fremde Mädchen war weiterhin sehr gesprächig.
»Varifån kommer ni?« (Woher kommst du?)
»Jag är tysk«, war meine Antwort, etwas nervös, und ich sah
mich um, ob ich irgendwo Marlin erblicken konnte.
»Du Miker?«
»Mike! Nicht Miker.«
(Woher weißt du meinen Namen?)
Sie beugte sich weit vor, schloß die Augen und öffnete den
Mund mit den vollen Lippen erst dann wieder, als sie sagte:
»Don't talk, let us kiss.«
Plötzlich sprach sie nur noch englisch, das verscheuchte
meine morgendliche Trägheit völlig. Hatte ich denn eben
richtig gehört, sie wollte was?
Moment, nochmal alles ordnen: Ich bin also in Schweden, ich
liebe ein junges, hübsches Mädchen, bin gerade aufgewacht,
und ein anderes hübsches Mädchen, mir völlig fremd, kniet

vor meinem Schlafsack und möchte geküßt werden. Das ist doch wahr, oder? Es kniet vor mir und hat mich das eben gefragt. O Mike, was bist du wieder für ein Glückspilz, heute darfst du zwei hübsche Mädchen küssen.

Süß sieht es aus. Ich sollte es tatsächlich küssen! Wenn es Marlin nicht gäbe, ich hätte es schon längst getan. Es sieht wirklich sehr hübsch aus. Wo kommt es her, was macht es hier? Könnte es die Tochter von einem Nachbarn Olle Gunnarssons sein? Ich sehe aber weit und breit kein anderes Haus.

(Paß auf, Mädchen, wenn wir uns ganz schnell küssen und es kein anderer gesehen hat, wird es auch nie eine Sünde gewesen sein. Du hast wunderschöne Lippen. Sie laden einen dazu förmlich ein. Du sagst nichts, ich sage nichts. Also dann, komm ...)

Ich wollte es schon zu mir niederziehen, da gab es plötzlich keine Stille mehr, vom Wald her sah ich Olle Gunnarsson und Marlin kommen. Olle Gunnarsson wäre beinahe über einen alten Baumstamm gestolpert.

Er hatte Marlin bei der Hand genommen, und beide liefen auf uns zu. Olle Gunnarsson lachte aus vollem Halse. An dem klaren Morgen mit dem Duft der Bäume wirkte das fast störend, in diesem Fall sowieso.

»Was für ein Spaß, was für ein Spaß«, rief er uns entgegen.

Ich fragte mich, was ihn so ausgelassen sein ließ, doch nicht etwa meine Person im Schlafsack? So begeistert und lustig hatte ich ihn gestern nicht vorgefunden. Hatte der Frühspaziergang mit Marlin ihn so in Stimmung gebracht? Ich werde mich jetzt völlig aus dem Schlafsack pulen und ihn sogleich fragen, wie ein fremdes Mädchen in dieser Einsamkeit sich so nah an mein Schlafgemach heranarbeiten konnte, recht seltsam! Recht seltsam auch, daß diese Person auf Olle nicht den Eindruck einer Fremden machte. Schon längst hätte man es an seinem Benehmen bemerken müssen, er beachtete sie nicht einmal, da machten mich seine Worte hellwach.

»Sag' Mike, habt ihr euch jetzt geküßt oder nicht? Das muß ich gleich wissen. Sonst bin ich nie neugierig, aber das muß ich wissen. Nun, wie ist es?«

Woher bloß in aller Welt konnte er wissen, daß wir uns küssen wollten? Hatte er hinter irgendwelchen Sträuchern gesessen und uns beobachtet? Die Hände, die ich zum Abstützen von der Erde benutzen wollte, versagten einfach. Ich fiel wieder auf den Moosboden. Ich glaubte ihn nicht richtig verstanden zu haben.

»Hast du mich eben was gefragt, Olle?«

Er trug ein hellbraunes Sommerhemd und dazu eine farbenfrohe Weste. Aus deren Seitentaschen holte er ein Kaugummi hervor.

»Ja, hast du sie jetzt geküßt oder nicht?«

»Wen?«

»Na, Wiebecke natürlich.«

»Wer ist Wiebecke?«

»Na, das Mädchen.«

Der Schwede hatte endlich den Kaugummi aus dem Papier gepult und steckte sich ihn in den Mund. Er tat es mit einer Hand, eine scheinbar schwierige Aufgabe. Seine andere Hand hielt noch immer die Linke von Marlin. Ich war derweil total verwirrt. Da war also ein fremdes Mädchen, gerade zum ersten Mal erblickt, gerade vor zehn Minuten. Da war mein schwedischer Gastgeber, der nun von ihr sprach und sogar wußte, was sie geplant hatte. Und da war auch eine genaue Uhrzeit. Heute morgen, neun Uhr. Ich wußte, nur der Schwede konnte es aufklären. Marlin blickte auch nicht gerade zufrieden. Neun Uhr morgens an diesem Julitag im Sommer 1976 sollte man streichen – eine verwirrende Uhrzeit.

Ich blickte nochmals andächtig auf das Mädchen und ärgerte mich in diesem Moment fast, daß unsere beiden Spaziergänger so früh erschienen waren. Ein Augenblick später hätte es auch getan.

»Sag mal, Olle Gunnarsson. Wer ist nun eigentlich dieses Mädchen neben mir? Du scheinst es ganz gut zu kennen. Liege ich da richtig?« fragte ich.

Ich stützte mich weit nach hinten, um andächtig seiner Antwort zu lauschen. Er wird mir wohl kein Märchen erzählen wollen?

Der Schwede grinste recht komisch.

»Du weißt nicht, wer sie ist?«

»Natürlich nicht.«

»Uns verbindet eine Verwandtschaft – sie ist meine Nichte

Wiebecke. Natürlich konntest du das nicht wissen. Gefällt sie dir?«
Statt auf seine Frage einzugehen, hatte ich eine Frage an ihn.
»Wieso ist sie so wild darauf, fremde Männer zu küssen?«
Zu spät fiel mir ein, daß es nicht ganz fair war, sie so bloß zu stellen, aber wiederum: Was macht es einem jungen Mädchen schon aus? Mädchen werden das Küssen nie als besonders diskret empfinden. Man kann immer darüber reden, so als wäre es ein Thema über Essen und Trinken.
»Ja, weißt du Mike, das ist so … Marlin und ich wollten uns einen kleinen Spaß erlauben. Also paß auf. Wir beide hatten nämlich gewettet, Marlin und ich.«
»Was für eine Wette war das?«
»Das will ich dir gerade erklären. Hörst du mir auch zu?«
»Du wirst es mir nicht glauben, ich bin ganz Ohr.«
»Du hörst wirklich zu?«
»Natürlich, was soll ich denn sonst machen?«
»Wiebecke kam heute in aller Früh, unangemeldet wohlbemerkt. Marlin war schon aufgestanden, und du schliefst noch fest. Wiebecke fragte nach dem alten Mann im Schlafsack. Warum er so müde war und so unregelmäßig atmete, und da …«
Ich unterbrach ihn.
»Fragte sie nach dem ›alten Mann im Schlafsack‹? Ich meine, hat sie tatsächlich das Wort ›alt‹ gebraucht?«
Ich legte volle Betonung auf eines der schrecklichsten Wörter. Nur wenige mochte ich noch weniger. Olle überlegte einen Moment.
»Ich glaube, das hat sie gesagt.«
»Nun gut«, brummte ich. »Erzähl weiter.«
Bevor er fortfuhr, schaute er Marlin lange an, so wie man jemand anschaut, der einem sympathisch ist. Ich nahm es ihm nicht übel. Dann sagte er:
»Es kam uns der Gedanke – sie sollte dich wachmachen, ganz alleine. Da du sie ja nicht kanntest, würdest du bestimmt außerordentlich überrascht sein. Derweil würden Marlin und ich in den Forst gehen und Ausschau nach Walderdbeeren halten – zum Frühstück. Wiebecke sollte dich nicht auf gewöhnliche Art wach machen. Sie sollte einen ganz verführerischen Eindruck machen. Sie sollte sich eben so benehmen wie

ein Mädchen sich benimmt, wenn es einen Mann auf sich aufmerksam machen will – vielleicht mit Augenaufschlag und so. Und dann wollten wir sehen, was du unternehmen würdest. Marlin und ich hatten gewettet. Ich habe gesagt, du wirst meine Nichte küssen. Marlin meinte, du wirst es auf keinen Fall tun.«

»Und wer hat nun gewonnen?« fragte ich zynisch.

Der Schwede kreuzte beide Beine und es schien fast, als hätte der Morgen ihm noch eine Menge Müdigkeit dagelassen.

»Am ehrlichsten wäre es, wenn wir es aus deinem Mund erfahren würden. Ich glaube aber, Marlin hat gewonnen. Etwas knapp, oder? Würde mich aber nicht wundern, wenn meine Nichte auch gewonnen hat. Wer war es nun von euch beiden? Sag es!«

»Niemand hat gewonnen.«

»Wie, niemand?«

»Ich küsse keine fremden Mädchen, und sie verführt keine fremden Männer.«

»Eine gerade unverschämte Art, der Wahrheit aus dem Wege zu gehen. Mike, nun sei kein Spielverderber – wir müssen einen Sieger haben. Übrigens, Wiebecke bleibt heute bei uns.«

»Wie schön«, murmelte ich.

Irgendwie war ich unzufrieden. Dann krabbelte ich aus dem Schlafsack, wickelte die Decken zusammen und warf ein Kopfkissen in den Wohnwagen. Ein Morgen, an dem nichts gelingen sollte, das Kissen landete in einer Waschschüssel mit Wasser.

Olle Gunnarsson bemerkte, daß meine Laune noch keine Hochform hatte. Er beließ es bei seinen letzten Worten und wollte nichts weiter von dieser Wette wissen. Dann reichte ich Marlin und dem Schweden die Hände.

Marlin machte einen etwas mißmutigen Eindruck. Ich glaubte zu wissen, daß ihr der Besuch der Nichte nicht so behagte. Wenn das wirklich so war, dann trug der Spaß von Olle Gunnarsson auch nicht gerade dazu bei, eine Freundschaft zwischen den Mädchen entstehen zu lassen.

»Wo ist der Husky?« fragte ich Marlin.

Noch ehe Marlin antworten konnte, pfiff der Schwede kurz, und aus dem Wald stürmte ein grauweißer Schlittenhund mit einer ungeheuren Geschwindigkeit. Er sprang an Marlin hoch, und sie begann sein Fell zu kraulen. Er hechelte und blickte ab und zu auch zu seinem Herrn, vielleicht um sich bestätigen zu lassen, daß er auch alles richtig machte. Seine hellgrauen Augen waren voller Übermut.

»Wie hast du geschlafen?« fragte dann unser Gastgeber.

»Sehr gut. Das Rauschen des Baches war mein Einschlaflied. Im Schlafsack hat mich etwas gedrückt. Ich hatte vergessen den Aufblasebalg zu entfernen«, sagte ich.

Wahrhaftig, ich hatte sehr gut geschlafen. Nur ein einziges Mal war ich aufgewacht durch den Ruf einer Eule. Dann glaubte ich, im Farn neben einer Buche spielende Füchse zu sehen im schwachen Licht des Mondes. Als ich sie nicht mehr sah, meinte ich geträumt zu haben. Doch dann erblickte ich wieder ihr rötlich braunes Fell und wußte, sie waren dagewesen.

»Wollen wir zusammen frühstücken?« fragte Olle.

»Eine gute Idee«, antwortete ich.

Er sagte dann irgend etwas zu seiner Nichte in schwedisch, sie entfernte gerade eine Gartenschere, die neben dem Schlafsack lag. Weil Marlin die junge Schwedin eingehend betrachtete, tat ich es einfach ebenfalls. Sie trug einen engen, knallgelben Pullover. In der Mitte mit sieben lila Knöpfen. Sie hatte einen prallen, breiten Busen, der für ihr Alter einfach zu groß war. Ihr Haar war hellblond und von eigenartigem Glanz. Der Mittelscheitel, der die Haare teilte, war ganz exakt, und zwei sauber geflochtene Zöpfe, tief herunterhängend am Ende ihres breiten, wohlgeformten Kopfes, gaben ihr ein solides, fast kindliches Aussehen. Ihre Augen und ihre Haut waren von besonderem Reiz. Da keiner etwas zu sagen hatte, ergriff Olle Gunnarsson wieder das Wort.

»Wer hilft mir denn das Frühstück zubereiten? Ehrlich gesagt, ich bin nicht immer der Schnellste. Morgens bin ich sogar richtig faul. Da wünschte ich mir doch, mal geheiratet zu haben. Man könnte nach dem Aufstehen nochmal faulenzen, der Frau bei der Arbeit zuschauen oder losfahren, um beim Nachbarn die Zeitung zu klauen. Einen Butler aber kann ich mir nicht leisten. So bleibt mir nichts anderes übrig, als doch alles selbst zu tun. Im Vertrauen, wenn ich keinen Besuch habe, beginnt der Tag für mich erst am Mittag. Und dann gibt es wieder Wochen, wo ich morgens schon mit den

Vögeln aufstehe und in den Wald gehe.«

»Aber es lebt sich doch gut so?«, fragte ich bescheiden, »oder?«

»Ich kann mich nicht beklagen.«

»Bekommst du auch schon mal Besuch?«

»Ein paar Leute wissen, daß ich hier wohne; die kommen schon mal. Aber sonst ... Wanderer verlaufen sich gelegentlich zu meiner Herberge oder die Behörde, wenn die etwas von mir wollen.«

»Kommt das auch vor?«

»Aber natürlich.«

»Und warum?«

»Wenn sie mir wieder ein Stück Land klauen wollen. Zuerst kommt ein Brief, dann kannst du darauf warten, bis irgendsoein Heini mit Brille und Aktentasche in deiner Türe steht. Durchaus höfliche Menschen mit netten Angeboten sind es, die einem das Leben in der Stadt schmackhaft machen wollen. Unmengen von Kronen bieten sie dir. Reden dir ein, daß das Haus nichts wert wäre und sie einen Vorzugspreis zahlen würden. Woanders könnte ich mir dafür ein viel größeres Grundstück mit einem wahren Palast bauen. So sagen sie. Kann es sein, daß ich auf einer Goldader lebe und es nicht weiß, die anderen aber schon längst?«

Ich sah zu, wie Marlin mit dem Husky spielte.

So nebenbei antwortete ich dem Schweden: »Könnte schon sein.«

Dieser fuhr in seinem Wortschwall fort:

»Wenn ich schließlich ablehne, sind sie dann nicht mehr so freundlich. Ein Stückchen Land am Fluß habe ich mal verkauft, weil ich Geld brauchte. Das Geld benötigte meine Schwester, sie war durch einen Autounfall in finanzielle Schwierigkeiten geraten. Du mußt jetzt mal das Land sehen. Es sieht häßlich und geschoren aus. Sein Dasein fristet es in Stacheldrahtzäunen.«

»Würdest du je von hier fortgehen wollen?«

Seine Antwort wußte ich eigentlich schon längst. Sie war kurz und bündig: »Nie.«

Aber irgendwie verbittert schien der alte Schwede wegen Menschen und Behörden zu sein. Irgend etwas mußte er erlebt haben, was ihn veranlaßte, sich von den Menschen zu entfernen. Sich zu ihnen nur zu begeben, wenn es unbedingt notwendig war. Behörden betrachtete er fast als Feinde. Er sprach nie darüber, auch später nicht. Da er dieses Geheimnis nie preis gab, blieb der Grund seines Verhaltens gegenüber der Obrigkeit uns gegenüber immer verborgen.

Wiebecke ging ins Haus und bereitete das Frühstück vor, während ich meinen zusammengerollten Schlafsack zum Wohnmobil brachte. Meinen Kater, der mich schon freundlich erwartete, beförderte ich in die Freiheit. Dann wusch ich mich am Fluß und rasierte mich. Im Spiegel, den ich an einen Baum gehängt hatte, tanzten auf dem Wasser die Sonnenstrahlen. Ich bemerkte den Morgentanz der Mücken und sah, wie zwei Eichhörnchen übermütig ihr Dasein genossen. Eines rotbraun, das andere grau, purzelten sie von Baum zu Baum und Strauch zu Strauch. Einer kleinen Verschnaufpause folgte sogleich ein aufregendes Spiel. Das Rotbraune stets vorneweg, das Graue stets als Verfolger. In Windeseile kletterten sie die Stämme empor, ließen sich aus großen Höhen auf tieferliegende Äste fallen und krabbelten die Borken der Fichten und Birken empor.

Teils rasierte ich mich, teils sah ich ihnen zu.

Die morgendliche Sonne schien grell durch die Baumstämme, und wo die Bäume dicht zusammenstanden, da tat sich ein dunkler Keller auf. Gleich daneben aber war wieder breiter Sommersonnenschein.

Das Rasieren an diesem Morgen war ein Genuß. Der Schaum fühlte sich angenehm kühl auf der Haut an, und die Härchen des leicht ergrauten Schnurrbartes ließen sich von alleine stutzen. Ich bemerkte wieder mal zu meinem Kummer, daß der Schnurrbart bald gänzlich ergraut sein könnte. Das Grau zog immer mehr von den Seiten zur Schnurrbartmitte. Wer sagt mir eigentlich, daß es nicht gut aussehen wird? Es gibt bestimmt Frauen, die das auch mögen......

Ich machte mir Gedanken um Marlin. Sie hatte nur »Guten Morgen« zu mir gesagt, wohl nicht ein Wort mehr. Kein Zweifel, Sympathien hatte sie bestimmt nicht für Olle Gunnarssons Nichte. Mußte man das aber so offen zeigen? Was sind Frauen für seltsame Wesen. Um sie zu verstehen, kann man sicherlich nur eine von ihnen selber sein. Da ich das nicht war, blieben Rätsel. Frauen merken untereinander sicher viel schneller, wie sie zueinander stehen, und der frauliche Instinkt gibt ihnen das Signal, frühzeitig zu reagieren.

Ich blickte wieder in den Spiegel und dachte, daß der kurze Schnurrbart eher meine Befürwortung fand als die wildwuchernden Barthaare. Die Eichhörnchen waren derweil längst verschwunden. Auf dem Fluß hatten sich Hahnenkämme gebildet, es war Wind aufgekommen.

Ich begab mich zurück zu Olle Gunnarssons Haus. Wiebecke hatte draußen den Tisch gedeckt, in dessen Mitte sich eine köstliche Aufschnittplatte befand. Ein Korb mit verschiedenen Brotsorten stand daneben, dazu mehrere Marmeladen und ein großes Glas Honig. Olle Gunnarsson kam gerade mit einer Pfanne mit Spiegeleiern, Schinken und Speck ins Freie. Wer sollte das alles essen?

»Wo ist Marlin?« fragte ich ihn.

Wie ein Oberkellner beförderte er die Spiegeleier von der Pfanne auf die Teller und war zufrieden, daß alles bestens klappte. Als die Pfanne leer war und die Spiegeleier verteilt, antwortete er mir endlich. Seine Servicetätigkeit war ihm wichtiger gewesen.

»Ich weiß es nicht. Sie ist mit dem Husky kurz nach dir in den Wald gegangen. Mach dir keine Gedanken. Korky findet immer wieder zurück. Der hat so eine feine Nase, daß er den Furz eines Flohs riechen kann. Er findet immer wieder nach Hause. Marlin hat einen guten Beschützer, ganz sicher.«

»Dann ist sie noch nicht lange fort.«

»Wie gesagt, nach dir ist sie gegangen.«

»Hat sie nichts gesagt?«

»Nichts von Bedeutung.«

»Auch nicht, daß sie zum Frühstück zurückkehren würde?«

»Auch das nicht.«

»Wie seltsam sie heute morgen ist.«

Nachdenklich setzte ich mich und bemerkte, daß die Stühle recht wackelig waren. Wiebecke saß mir gegenüber, und ich bewunderte ihr jugendliches Gesicht. Ein jeder könnte sie begehren, ich durfte es nicht. Ich griff zu den Spiegeleiern und sagte mir: Zerstreuung kannst du jetzt beim Essen finden. Hau die Sachen weg, bis dir der Bauch platzt, dann bekommst du Bauchbeschwerden und deine Gedanken sind mehr bei deiner Gesundheit als bei Marlin. Auch eine Lösung unliebsame Gedanken zu vertreiben.

Wiebecke blickte unaufhörlich zu mir herüber und selbst als ich den Mund voller Brötchen und Marmelade hatte, hatte sie kein Erbarmen.

Früher hätte ich nicht viel grübeln müssen. So einen leckeren Bissen hätte ich sofort geschnappt. Nun wurde daraus ein Gewissenskonflikt – ich hatte Charakter bekommen! Was mich stolz machte, war der Gedanke, daß immer noch eine Fusion zwischen Gefragtwerden und interessanter Männlichkeit bestand.

Ich weiß, sie schaut. Ich weiß, sie will etwas. Und ich weiß, es wird nichts geben …

Ich glaube, sie wird immer schauen. Ich werde jetzt erst zu Ende frühstücken. Dann wollte ich auch noch Muttern anrufen. Also zuerst das eine, dann das andere.

Nach dem letzten großen Biß in ein Roggenbrötchen fragte ich unseren Gastgeber:

»Du hast kein Telefon, nicht wahr Olle?«

»Ich hasse telefonieren. Mit Menschen zu sprechen, die man nicht sehen kann, das ist nichts für mich. Deshalb habe ich auch kein Telefon.«

»Und wo gibt es eins? Ich müßte mal zu Hause in Tyskland anrufen.«

»Der nächste Nachbar hat ein Telefon. Der ist etwa drei Kilometer von uns entfernt und liegt so abgelegen wie ich. Den aufzusuchen wird schwierig sein, selbst wenn ich es dir erklären würde. Am besten du fährst in den nächsten Ort. Der ist allerdings sieben Kilometer entfernt.«

»Gleich nach dem Frühstück werde ich das tun.«

Olle Gunnarsson bestrich sich eine Scheibe Brot, die eine feine Größe hatte. Sie alleine würde reichen für den Proviant eines ganzen Tages. Das, was er drauflegte, hatte auch nicht an Minderwertigkeitsgefühlen zu leiden. Er biß kräftig in das Riesenstück rein, wischte sich kurz seinen Bart ab, an dem Brotreste hingen und deutete etwas an.

»Du könntest mir frische Brötchen mitbringen und zwei Ringe Salami. Heute Abend könnten wir die Ente essen, die ich gestern geschossen habe. Dazu brauchen wir noch zwei Flaschen Wein. Die kannst du auch mitbringen. Und dann

147

noch das alte Übel: Seife und Waschpulver bräuchte ich.«
»Bringe ich dir alles mit«, versprach ich ihm.
Wieder im Wohnwagen, schaute ich auf meine schwedische
Landkarte. Ich bemerkte, daß wir uns nicht allzu weit von
einem großen Seengebiet befanden. Die Straße 25 führte dort
hin. Sie mündete in Llungby auf der Europastraße 4. Dort war
man schon mitten drin in einem riesigen Seengebiet, das in
östliche Richtung bis zur Stadt Yäxjö führte und darüber
hinaus. Ich mußte mich aber von Oskakarström in nordöstli-
cher Richtung halten. Nach vierzig Minuten hatte ich eine Te-
lefonzelle erwischt.
Mutter klang am Telefon zuerst sehr erfreut, und ich glaubte,
sie freute sich wirklich, meine Stimme zu hören. Sie erzählte
von sich und den Nachbarn, teilte mir mit, daß der Schuster-
laden in die Stadtmitte gezogen ist, und daß aus meiner
Stammkneipe ein Kino werden wird. Schließlich fragte sie
mich nach meinem Befinden und ob es ein schöner Urlaub
sei. Ich erzählte ihr dann von Marlin, wie wir uns begegnet
waren. Wie sehr ich sie mochte und sie auch mein Leben zu
verändern schien. Sie fragte mich daraufhin:
»Bringst du sie auch mal mit?«
Den Telefonhörer in der Hand, malte ich mir aus, wie es ihr
gefallen würde im Schwarzwald.
»Bestimmt«, sagte ich. »Vielleicht schon bald.«
Als sie dann fragte, wie alt sie sei und ich ihr die Antwort gab,
schien es, als hätte das Telefon eine Störung, denn lange Zeit
war nichts zu hören, aber ich wußte, Ma war immer noch
dran. Sie würde jetzt weit weg, über Hunderte von Meilen,
den Kopf schütteln. Pa, wenn er noch leben würde, hätte für
mich in gleicher Situation ein Lob übrig gehabt. Der Schlingel
war auch nicht anders gewesen als ich.
»Meinst du nicht, daß sie etwas zu jung ist für dich?« fragte
sie dann doch noch.
Wie konnte sie das nur glauben? Ich antwortete ihr gar nicht,
sie würde es sowieso nicht verstehen. Dann klang ihre Stimme
sehr traurig. Sie erzählte mir, daß die Wohnungsbaugesellschaft das Haus, in dem sie wohnte, verkauft hatte und die
ersten Mieter ihre Kündigungen erhalten hatten. Die Leute in
der Etage über ihr waren schon ausgezogen. Sie mußten ihre
Kündigungen noch frühzeitiger erhalten haben. Sie bat mich,

einen Brief an die Gesellschaft zu schreiben und Klarheit in der Angelegenheit zu schaffen. Aufgrund der vielen Jahre, die sie in diesem Haus schon wohnte, könnte es durchaus sein, daß sie von einer Kündigung nicht betroffen sein würde. Alles weitere teilte sie fortan leise und zaghaft mit: Meinen Briefkasten würde sie alle drei bis vier Tage leeren und, wie erlaubt, auch meine Post durchlesen. In einem Einschreibebrief sei mir mitgeteilt worden, daß ich in einer Gerichtsverhandlung als Zeuge auszusagen hätte. Ich wußte, um was es sich handelte. Noch etwas Unerfreuliches kam hinzu. Alles deutete darauf hin, daß man meine Wohnung hatte aufbrechen wollen. Der Hauswirt hatte bereits ein neues Schloß einbauen lassen. Da kam aber auch mächtig viel zusammen. Für mich war es sofort klar: Die Angelegenheit mit der Wohnungsbaugesellschaft, die bevorstehende Gerichtsverhandlung und der Einbruchsversuch, alles Dinge, die erledigt werden mußten. Mein Urlaub wird kürzer ausfallen als erwartet. Um so eher wird Marlin den Schwarzwald kennenlernen. Ich nehme an, sie wird es nicht als tragisch ansehen. Nur schade, daß Schweden kürzer ausfallen wird.

Irgendwie nachdenklich, fast bedrückt von all den unerfreulichen Nachrichten, verlief ich mich in die nächste Gaststätte und trank ein paar von diesen schwedischen Leichtbieren. Ich kaufte mir eine deutsche Zeitung, besorgte die Dinge, die Olle Gunnarsson mir aufgetragen hatte und unternahm noch einen kleinen Spaziergang durch den Ort. Nichts Anheimelndes gab es zu sehen. Wenig später befand ich mich schon wieder auf dem Heimweg zu dem Schweden. Das Land würden wir nun früher als gedacht verlassen müssen. Der weite Weg in den Norden wird hier seinen nördlichsten Punkt erreicht haben. Wie war doch alles geplant? Noch einmal ins Gedächtnis mußte ich sie haben, die Westküste Schwedens: Trelleborg, Helsingborg, Halmstad, Varberg, Udevella, Göteborg. Dann hätten wir bald die norwegische Grenze erreicht und hätten von einem norwegischen Hafen die Fähre nach Friedrichshafen in Dänemark gebucht. Geplantes, was nun nicht mehr verwirklicht werden konnte. Bei Olle Gunnarssons Haus angekommen, empfing mich Wiebecke beim Aussteigen. Sie hielt es wieder mit der englischen Sprache.

»How are you, Mike?«

»Thank you fine, Wiebecke. Where is Mr. Gunnarsson?« Ich mußte mich wieder an meine Englischkenntnisse erinnern.

»He is looking for your girlfriend.«

»She is still not back?«

»No.«

Ganz sachte und leise schloß ich die Autotür. Ich zog den Zündschlüssel ab und war zufrieden, wieder auf dem Gelände des Schweden zu sein. Zum ersten Mal bemerkte ich, daß zahlreiche Bäume auf der Wiese mit Efeu bewachsen waren. Sogar der Feuerdorn wuchs hier. Mein Gott, wie märchenhaft dieser Mann hier lebte. Ich lehnte mich kurz an den Wagen und betrachtete seine Nichte. Wahrhaftig ein prachtvolles Ding, wenn es nicht Marlin geben würde ...

Wo ist eigentlich meine Sommerliebe? Eigenartig benahm sie sich heute morgen. Sie hatte wenig gesprochen mit mir. Gewöhnlich war sie bei Tagesanfang immer sehr gesprächig, heute war von dieser Eigenschaft nichts zu spüren.

»Vad har hänt?« fragte Wiebecke.

Zur Abwechslung war wieder Schwedisch an der Reihe. Dann wollte sie sich nochmals vergewissern:

»Talar ni tyska?«

Ich brachte ihr es nochmals bei, daß ich am besten Englisch verstand.

»Jag förstär engleska.«

In diesem Augenblick sah sie aus wie ein Schulmädchen, das sich gerade Eis gekauft hatte. Ich glaubte, ihre Nase hatte einen kleinen Sonnenbrand abbekommen. Viele kleine Sommersprossen bevölkerten ihre Stirn.

»Tala lite längsammere«, lächelte sie.

Dann machten wir uns gemeinsam auf den Weg, Marlin zu suchen. Eine Zeitlang gingen wir am Fluß entlang. Nach etwa vierhundert Metern erreichten wir eine kleine Lichtung, wo der Fluß teilweise über die Ufer getreten war. Das Gras der Wiesen hatte sich in einen schwammigen Teppich verwandelt. Heckenrosen, Brombeersträucher und grüner Farn standen unter Wasser. Wir durchquerten ein Birkenwäldchen, sahen einen Schwarzspecht am Stamm einer knorrigen Eiche sein Tagewerk verrichten und hörten den Kuckuck rufen. Eine leichte Anhöhe versperrte uns dann den Blick zur gegenüberliegenden Seite des Flusses. Laut meiner Begleiterin, machte er an dieser Stelle einen Knick und floß weiter nach Osten in ein Gebiet, das schwer zugänglich war. Sümpfe und Moore machten sich hier breit. Dort sei es unheimlich, meinte Wiebecke, in der Nähe hatten sie mal ein Zeltlager aufgeschlagen und ein paar Mädels schworen, nie mehr wieder dieses Gebiet besuchen zu wollen.

»Solen bränner«, sagte sie dann, und ich verstand es sogar, was sie meinte, nämlich, daß die Sonne brennt. Gleich darauf aber:

»Vi får regn.«

Nun ja, da mußte ich passen, aber sie ließ mich nicht im unklaren. Sie meinte nur, daß es bald regnen würde. Tatsächlich, über uns brennende Sonne, aber fernab aufkommende dunkle Wolken.

Wir liefen noch ein Stück auf das Sumpfgebiet zu und machten dann einen Schwenker in eine Gegend, wo sogar Häuser standen. Eine winzige Straße führte an ihnen vorbei. Einen Mann, der auf dem Feld seinen Acker bearbeitete, fragten wir, ob er ein junges Mädchen und einen Hund gesehen hatte. Als er verneinte, machten wir uns wieder auf den Heimweg. Gleichzeitig waren jene dunkle Wolken über uns angekommen. Gerade so, als ob sie auf uns gewartet hatten, entleerten sie sich in einem Dauerregen. Sturmböen peitschten ganze Regenbänke vor sich her, hielten heulend die Zweige der Sträucher in tiefen Verbeugungen. Blätter wirbelten durch die Luft.

Durchnäßt und unverrichteter Dinge erreichten wir wieder das Haus unseres Gastgebers. Er und Marlin waren noch immer nicht zurückgekehrt. Wir mußten unsere Kleidung wechseln. Ungeniert stand Wiebecke vor mir in Slip und Büstenhalter, ein ständiges Lächeln auf dem Gesicht. Es schien ihr Spaß zu machen, meine verlegenen Blicke in alle Richtungen zu orten. Ich hatte mir vorerst einfach Olle Gunnarssons Morgenmantel geschnappt. In diesen Minuten kannte ich sein Wohnzimmer auswendig. Jedes einzelne der vielen Bilder an den Wänden konnte ich mir nun einprägen. Es fiel mir auch auf, daß er eine riesige Kohlenzange besaß, die neben dem Kachelofen lag. Die Vorhänge müßten mal gewaschen werden. Nein, ich werde jetzt schleunigst verschwinden. Noch ehe ich mich umdrehen konnte, um zu der Ausgangstür zu gelangen, teilte ich ihr noch mit, daß ich mir im Wohnwagen trockene Kleidung besorgen wollte. Sie hielt auf mich zu, und schlanke Finger legten sich um meinen Körper. Sie hatte ihre Augen nur zu einem Schlitz geöffnet. Allerhand Begierde blickte mir da entgegen. Hör zu, mein Mädchen, nicht jetzt, nicht heute, nie! Ihre Lippen erschienen mir plötzlich so viel größer, vielleicht aber auch nur darum, weil sie das erstemal so nahe waren.

»Jag behöver dig«, hauchte sie erbarmungslos, und das bedeutete so etwas wie: Ich brauche dich.

Ich war fassungslos, trotzdem – eine feste Mauer von Gegenwehr war nicht vorhanden. Ich sagte einfach: »No.«

Ich dachte, daß dieses kurze, abweisende Wort ihr Zurückhaltung servieren würde, aber scheinbar konnte ein einziges Wort bei ihr nicht viel ausrichten. Ihre Hände arbeiteten noch intensiver, und ihre Finger wurden noch gelenkiger. Sie arbeiteten sich in alle Gegenden auf meiner Haut und fanden auch die Haare. Die Stelle, wo ich meinen Scheitel trug, schienen sie besonders gerne zu mögen. Teufelchen, Teufelchen – was hatte sie bloß für einen Blick.

»I want it«, hauchte sie nochmals, aber noch appetitlicher als vorhin. Ich machte schon Bilanz. Meine Abwehrkräfte schwinden, Zweifel kommen auf – ich werde einen Schwächeanfall bekommen. Sie wird einen Sieg erringen! Wie zauberhaft, ein Verlierer zu sein …

Der Form halber ein letztes Mal den »Nichtwollenden« spielen. »But I don't want it.«

Hatte ich es auch in meiner Barschheit nicht übertrieben? Sie kriegt es fertig und beläßt es bei ihrem letzten Versuch. Nein, nein, so einfach ließ sie keinen entkommen – alles deutete auf weitere Belagerung hin. Jetzt wurde ihr Atem sogar stärker, ich wußte, das bedeutete bei der Weiblichkeit so etwas wie ein Gefecht mit unkontrolliertem Handeln. Sie wissen gar nichts mehr, sie tun es einfach. Dieses Persönchen schien Riesenkräfte zu haben. Es drückte meinen Kopf einfach zur Seite, wobei sein weitgeöffneter Mund gefährlich nahe kam. Ein verlangender Blick ganz nah, so nah … Kein Zweifel, es wollte das »eine«, und gleich jetzt! Kaum hatten diese jungen Dinger vom süßen Zucker geschleckt, da wollen sie mehr davon. Sie sind aber auch nicht zu bremsen, diese jungen Dinger. Und da wußte ich es wieder! Nein, nur Marlin – nur sie allein! Ich stieß Wiebecke einfach von mir weg und schrie überlaut: »Jag måste tyvärr gå nu« (ich muß jetzt leider gehen).

Fast entsetzt hatte sie andere Blicke für mich.

»Jag beklagar det mycket.«

Dann war für einen Moment Stille, und ich glaubte schon, all ihr Verlangen ging in die Überlegung über, daß man Männer in meinem Alter nicht so beanspruchen sollte. Sie würde sich sagen: Am einfachsten sind doch die betrunkenen Jüngeren, sie sind pflegeleicht und am einfachsten zu haben. Auch wenn dieser gut aussieht, er ist mir zu widerspenstig. Jetzt will ich ihn nicht mal mehr ohne Nachnahmegebühren! Nichts von alledem schien sie zu denken. Ich vernahm einen Schrei, der mir sofort andeutete, daß all meine Überlegungen und Hoffnungen umsonst waren, wirklich umsonst. Sie stürzte sich auf mich, als hätte sie die letzte Nummer ihres Lebens vor sich. Ich vernahm Worte, die allesamt fremd klangen, die gehaucht, gestöhnt und geschrien wurden, die aber unmißverständlich preisgaben, was sie forderten.

Der Schwung ihres Anlaufs ließ meinen Körper wanken. Ich verlor den Halt und landete auf Olle Gunnarssons altem Sofa. Ein Produkt aus Omas Zeiten. Und Wiebecke aus neuerer Zeit landete oben drauf. Wäre nicht mal so schlimm gewesen, wenn nicht gerade in diesem Augenblick und wirklich in diesem Augenblick – die Tür aufgestoßen worden wäre, und Olle und Marlin im Türrahmen gestanden hätten. Ich erblickte beide zuerst. Am liebsten wäre ich tief in die Erde versunken. Wo ist Erde? Ich wollte ein Maulwurf sein.

Ich spürte den Windzug, der von außen ins Zimmer drang und hörte auch den Regen, der laut plätschernd aufs Vordach niederging. Und da war nicht zu übersehen, der eisige Blick, der von Marlin ausging. Was für eine unmögliche Situation. Ich auf dem Sofa liegend, Wiebecke oben drauf und nur bekleidet mit einem winzigen durchsichtigen Slip und einem Büstenhalter, aus dem man regulär hätte zwei machen können, so groß war ihr Busen. Eine Entschuldigung oder Erklärung, beides erschien mir fast sinnlos. Was sollte ich denn überhaupt erklären? Daß ich gestolpert war? Daß Wiebecke vielleicht von einer seltenen Krankheit befallen war, bei deren Bemerken man sich zu allererst von lästigen Kleidungsstücken befreien mußte? Nein, ich war hoffnungslos verloren.

Schwören, beteuern, versichern und erklären – alles kam mir wie eine Schuldanerkenntnis vor. Wenn überhaupt, konnte nur Schweigen der Situation helfen. Noch ein einziges Mal wagte ich einen Blick. In meinem ganzen Leben hatte mich noch nie eine Frau so angesehen. Alle Angst, sie hätte sich in den weiten Wäldern verlaufen können, war wie weggeblasen. Einzig und allein der Gedanke beschäftigte mich noch, wer bekommt es zuerst zu spüren? Wiebecke oder ich? Während der Schwede Ton, Stimme, Wörter allesamt verloren hatte, war Marlin sofort bei uns. In diesem Moment schien sie einfach alles zu hassen. Die Ober- und Unterlippen hatte sie fest zusammengepreßt.

»Nun, was habt ihr zu sagen?« Ihre ersten Worte, die fast noch human klangen.

»Laß es dir erklären, Marlin.« Ich hatte mich doch entschlossen etwas zu sagen.

Sie änderte nichts, auch nicht ihren Blick.

»Und was sollte zu erklären sein?«

»Wenn du meinst, wir haben … Wir haben nicht!«

»Ach so! Und was habt ihr nicht?«

»Na ja, was du vielleicht annehmen könntest.«

»Was könnte ich annehmen?«

»Du … du weißt genau, was ich meine.«

»Ich bin völlig unwissend, erkläre mir das bitte genau.«

Ich sortierte meine Haare, war längst wieder im stehenden Zustand und rückte den Gürtel von Olles Morgenmantel zurecht, der viel zu groß an meinem Körper hing. Im Zusammenknaufen des Gürtels hoffte ich einen besseren Eindruck machen zu können, einen nicht zu sündhaften. Dann wollte ich unbedingt den Gerechten spielen. Dementsprechend schob ich alles in meine Stimme, was auf Ehrlichkeit und Seriösität hätte hindeuten können. Nochmals holte ich tief Luft.

»Also Marlin, nun stelle dich bitte nicht so an.« Nicht gerade ein Worteboom, aber es hörte sich überzeugend an. Was würde sie jetzt unternehmen, was denn nun? Sie überlegte!

154

»Meinst du, ich entschuldige diese Situation hier?«, sagte sie dann. In ihrer Stimme lag Ungeduld.

»Das brauchst du auch gar nicht«, sagte ich. »Weil es nichts zu entschuldigen gibt. Wir haben es nicht nötig, und du auch nicht.«

Es knallte, und ich hatte meine erste Ohrfeige weg. Die Aufschlagstelle war in diesem Moment bestimmt etlichen Atü ausgesetzt gewesen. So kräftig hatte sie ihr Gesagtes untermauert. So sieht es eben aus, wenn ein Mädchen haßt. Es wurde auch Zeit, daß ich in sechsundvierzig Jahren endlich mal eine gescheuert bekam. Ewiges Streicheln kann auch langweilig werden. Die Regentropfen auf ihrem Gesicht kamen mir schon wie Schweißperlen vor. Nach den Waffen der Gegenwehr suchte ich in diesem Moment vergeblich. Ich hatte kein Depot, dafür.

Die Ohrfeige einer Sommerbekanntschaft, was sollte man dagegen unternehmen? Sie sattelte derweil noch immer das alte Pferd.

»Würde mich interessieren, wer angefangen hat: du oder sie?«

Entzückend auch, wie sie aussah, wenn sie wütend war.

»Sie«, schoß es aus mir heraus. Zu spät bemerkte ich, was ich angerichtet hatte. Zu spät war es auch zum Eingreifen. Marlin hatte wieder ausgeholt, und dieses Mal bekam Wiebecke eine glatte Handfläche zu spüren. Entgeistert sah sie ihre Gegnerin an und konnte gar nicht begreifen, daß sie für etwas büßen sollte, was sich vorerst nur in der Entstehungsphase befunden hatte. So gesehen, mußte diese Ohrfeige ihr ungerecht erscheinen. Wiebecke wehrte sich sogleich. Ihre Antwort – die gleiche Tat, der gleiche Bestimmungsort, der gleiche Schwung. Man ging zum Damenringkampf über. Es wurde gebissen, gekratzt, an den Haaren gezogen und sogar an der Nase gedreht. Jedem Ringschiedsrichter würde ein Schauer über den Rücken laufen, er dürfte nur Disqualifikationen aussprechen. Am liebsten würde ich mich jetzt in einem weichen Sessel genüßlich zurücklehnen und ungeheuer zufrieden sein, daß sich zwei hübsche Mädchen wegen mir gegenseitig die Haare ausreißen. Das hatte ich nicht mal erlebt, als ich zwanzig war.

Olle Gunnarsson stieß mich plötzlich in die Rippen.

155

»Was ist, sollen wir einfach nur zusehen?«

»Wie?«, sagte ich, noch ganz in Gedanken verloren, daß solche Situation erst in meinen sogenannten besten Jahren stattfand.

»Schau dir's an. Die kriegen es fertig und bringen sich um.«

Nein, nur das nicht! Ich würde mir ein Leben lang Gedanken machen. Ich spuckte in die Hände und hatte Wiebecke im Griff, während der Schwede Marlin mit seinen Bärentatzen umklammerte. Seltsam, beide hatten bislang kaum Worte gewechselt. Es wurde nur geschrien und gespuckt. Jetzt, da sie sich gegenüberstanden und nicht aneinander geraten konnten, weil wir Männer darüber wachten, wurden die giftigen Worte gewechselt. Wiebecke blutete leicht an der Oberlippe und wollte sich immer wieder aus der Umklammerung befreien. In schwedischer Sprache teilte sie Marlin mit, daß sie krank, eifersüchtig und dumm sei. Marlin war in ihren Ausdrücken auch nicht gerade zimperlich. Sie gebrauchte Wörter, die ich ihr nie zugetraut hätte. In diesem Augenblick wünschte ich mir, der Schwede würde unsere Landessprache nicht verstehen können, aber leider – er verstand!

Nie hätte ich mir vorstellen können, Marlin so wütend zu erleben. In einem Moment der Stille senkte sie den Kopf, und unmittelbar danach glaubte ich Tränen in ihren Augenwinkeln zu entdecken. Sie hatte ihren Kopf an die Brust des Schweden gelegt. Der fragende Blick von Olle Gunnarsson signalisierte mir, daß ich baldigst seinen Platz einnehmen sollte. Ich trat an seine Stelle und strich ihr sanft übers Haar.

»Nicht weinen«, sagte ich.

Sie sah kurz zu mir auf und preßte sich fest an mich.

»O, Mike«, schluchzte sie. »Ich glaube, ich habe genug Komplexe, um einen Psychiater ein Leben lang glücklich zu machen. Habe ich unmöglich gehandelt? Sag, daß ich es getan habe. Ich bin wirklich unmöglich, nicht wahr?«

Ich fühlte weiterhin ihr Haar unter meinen Händen, welches sich sanft und weich anfühlte. Vielleicht wie Engelshaar, dachte ich.

»Nein, das bist du nicht«, antwortete ich ihr.

Sie schluchzte:» Es gibt einfach Momente, da kann ich mich nicht beherrschen. Wenn du es nicht an mir magst, dann wirst du Mühe haben, es mir auszutreiben. Ist es nur so, weil ich dich so liebe? Kann es sein, daß ich sonst gar nicht so wäre?«

Wie einfühlsam sie mir ihre Eigenschaften mitteilte. Wie unwichtig ihre Ohrfeigen doch waren, jedenfalls die meine – sie hatte alle Hürden auf einmal genommen.

»Ich weiß es nicht«, erwiderte ich.

»Hast du mit ihr geschlafen?«

»Mit Wiebecke?«

»Sie meine ich, wen sonst?«

»Natürlich nicht.«

Sie versuchte ein zaghaftes Lächeln.

»Aber wie kommt es, daß sie halb ausgezogen ist? Schließlich hat sie nur einen BH und einen Slip an.«

»Ich muß es dir erklären.«

Sie blickte zu mir hoch und ich dachte zum ersten Mal, wie schön es sein müßte, das folgende Leben ganz mit ihr verbringen zu können. Ich wußte, wie sie lachte. Ich kannte ihre Ausgelassenheit. Und nun wußte ich auch wie sie in Tränen auftrat. Ich setzte meinen Satz fort:

»Die Erklärung ist ganz einfach. Wir waren auf der Suche nach dir und sind dabei in einen Regenschauer geraten. Als wir schließlich hier ankamen, waren wir völlig durchnäßt. Selbstverständlich wollten wir augenblicklich die Kleidung wechseln, und da passiert es schon mal, daß man dabei in der Unterwäsche dasteht.«

»Aber lagt ihr nicht auf dem Sofa?« bohrte sie weiter. Sie wollte uns noch immer eine Falle stellen.

»Ja schon, aber ...«

In diesem Moment wußte ich. Ich könnte ihr die Wahrheit sagen und das Fest »Schweden« würde eine Wunde erhalten. Wie war das mit den Notlügen? Sie wurden nicht bestraft, und sie basieren auf halber Ehrlichkeit. Halb Ehrlichkeit, halb Unwahrheit, ist doch ein Angebot, einen angeknoteten Nachmittag wieder in Harmonie verwandeln zu können. Ich plädierte dafür. Längst hatte ich es entdeckt. »Dieser Schwede hat wunderschöne alte Teppiche«, sagte ich, »aber siehst du, wie poliert der Boden ist? Man könnte glauben, dieser Mann hat eine Haushälterin, so glänzt er. Und er ist glatt, wirklich glatt. Wiebecke war schlicht nur auf ihm ausgerutscht. Sie landete einfach bei mir auf dem Sofa.«

Eine wunderbare Lüge. Wie hatte ich sie nur so schnell zusammengebracht? Richtig, der Teppich lag so freimütig uneben neben dem Sofa. Ich wußte, er war die Gasse, die ich Gauner nun brauchte, um alles glattzubügeln.

»Das mußt du mir glauben«, sagte ich zur Untermauerung. Was für eine Erleichterung, sie küßte mich!

Nun schien Marlin zufrieden zu sein. Ihre Blicke zu Wiebekke, die schon wieder in Jeans und blauer Bluse dastand, waren von schleichender Zutraulichkeit. Zaghafte Annäherung, man wollte wieder nett zueinander sein. Von der Waldseite her, entgegengesetzt zum Fluß, kamen schon wieder die ersten Sonnenstrahlen herüber. Wie sie sich zwischen Dunst und Regenschatten durchzwängten, prächtig sahen sie aus. Durch die Luft strömte ein Duft von Kastanienblüten.

Ich erzählte Marlin von meinem Anruf nach Baden-Baden, und ich erzählte ihr auch, daß Ma in einer Angelegenheit meinen Beistand erwartete und wir unseren Urlaub verkürzen müßten. Sie hatte Verständnis dafür, ebenso Olle Gunnarsson, der dazu noch meinte:

»Wann kann man schon mal richtig etwas planen? Ihr müßt aber wiederkommen, irgendwann mal.«

Konnte ich es ihm nicht gleich versprechen? Dann beschloß man, gemeinschaftlich Kaffee zu trinken.

In unglaublicher Schnelle hatte die Sonne die Natur wieder getrocknet. Wo eben noch Wassertropfen auf Grashalmen tanzten, war nur noch ein Hauch von Feuchtigkeit zu erblicken. Blüten und Zweige tanzten gar. Vögel hatten Gesangsstunde und Bienen ein Sonnenbad vor sich. Schmetterlinge flogen wieder.

Am Abend saßen wir draußen. Der Schwede hatte ein Feuer angezündet und offerierte uns die Wildente, welche er am Vortag geschossen hatte. Als die Dunkelheit einsetzte, beschäftigten wir uns gerade mit dem Vanillepudding.

»Der Tag geht zur Neige, ich muß euch noch etwas zeigen«, sagte Olle, als hätte er beinahe etwas Wichtiges vergessen.

»Was ist es denn?« fragte ich und griff nach einem buntbemalten Soßenkännchen.

»Das werdet ihr gleich sehen.«

Wir brachen auf und gingen hinunter zum Fluß. In einem Schilfgebiet wurden die Schritte des Schweden langsamer.

»Wir müssen ganz leise und vorsichtig sein. Ich gehe weiter voraus. Ihr folgt mir langsam.«

Wir nickten nur wortlos.

Dann sahen wir es: Ein Bisampärchen mit seinen Jungen durchschwamm das Wasser. Seerosen waren das Dach, unter dem sie lebten, das Ufergestrüpp ihr Zuhause, der Flußgrund die Beschränkung ihres weitesten Ausflugs. Auf leichten Wellen schwammen sie sogar in unsere Nähe. Zwischen Silberweiden sah man einen Teil des nächtlichen Himmels.

Der siebte Tag

Viel zu lange hatte ich geschlafen. Die Sonne schien bereits hell, und der Duft von frisch geschnittenem Gras lag in der Luft. Ein wertvoller Tag, dem man mit Kraft und Würde begegnen sollte. Ich schnupperte nochmals und roch sogar Seidelbast. Diesen herben, betäubenden Duft, der mich oft in meinen Jugendtagen begleitet hatte. Ich roch ihn besonders gern, wenn der Tag begann.

Ich sah mich um und wollte Dank sagen, all den Blättern, den Bäumen und den Farben, dem weichen Moos und der herben Erde. Dem beschützenden Himmel über uns und den süßen Versen eines Liedes, das keiner geschrieben hatte, das wir aber schon längst kannten und mochten.

Wir mußten wieder weiter. Doch eines Tages werde ich wiederkommen. Einmal, zweimal, immer wieder ... immer wieder ...

Heerjemine! Ich möchte das einfach.

Das Gepäck war verstaut. Der obere Gepäckträger nochmals mit Kreuzhaken versehen, die Seitenspiegel richtig eingestellt und der Ölstand geprüft. Es konnte weitergehen.

»Wir müssen jetzt fahren«, sagte ich zu Olle und beobachte den Husky, der sich neben den Beinen des großen Mannes breitgemacht hatte. Dieser nickte nur.

»Ja, ich weiß.«

Er stand allein vor uns. Seine Nichte war in aller Frühe nach Halmstad aufgebrochen, um für ihren Onkel ein neues Bett zu besorgen: Sie hatte die Befürchtung, er könnte eines Tages auf dem Fußboden landen. Wiebecke hatte aber Grüße hinterlassen.

Ich reichte unserem Gastgeber die Hände.

»Es war schön bei dir, Olle. Leb wohl!« sagte ich.

»Werdet ihr wiederkommen?« Seine Frage hätte mich schwindlig machen können.

»Ganz gewiß.«

Und er fragte dann: »När träffas vi igen?«

Das bedeutete so etwas wie: Wann treffen wir uns wieder? Wann wird es sein? Ich fühlte mich genauso unbeholfen wie damals, als ich als Junge vor einem Apotheker stand und das erstenmal Präservative kaufen wollte. Ganz nebenbei – ich wählte eine nicht so grelle Farbe, um meine Partnerin nicht zu erschrecken. So stand ich jetzt auch da und wußte nicht, was zu tun, was zu sagen war. Ich glaubte fast, das Präservativekaufen war damals einfacher gewesen.

»Olle, wir werden wiederkommen, sobald es unsere Zeit erlaubt«, sagte ich und hoffte, daß diese Worte ein Versprechen sein würden.

Marlin, die kurz bei dem Husky weilte und ihm über das Fell gestrichen hatte, war zurückgeeilt und reichte dem Schweden ebenfalls die Hand. Sie schien trotz des Abschiedes blendende Laune zu haben. Heute morgen hatte sie beim Schminken sogar ein Lied gesungen, ein französisches, kein Wort hatte ich verstanden. Als ich sie nach dem Inhalt fragte, wehrte sie lächelnd ab. »Hat nichts zu sagen. Es ist ein Lied aus meiner Schulzeit. Es handelt von einem Mädchen, das einen Taugenichts, einen Vagabunden liebte. Sie ist sehr jung, aber er ... aber er ... Er ist fast fünfzig!«

Sie hatte laut gelacht und war in den hinteren Teil des Wohnmobils geeilt. Ich wollte mehr wissen.

»Hat sie ihn denn geliebt, trotz seines Alters?«

Sie kam mit einem Fön zurück und hatte ihre Haare gescheitelt. Lustig, wie sie abwechselnd in den Spiegel und abwechselnd zu mir schaute.

»Ich weiß es nicht. Das Lied gibt darüber keinen Aufschluß.

Sie schliefen zusammen in einem Schlafsack, und sie hatten

auch nur eine Zahnbürste. Sie werden sich bestimmt geliebt haben. Ich stelle mir vor, das Mädchen zu sein. Du bist auch bald fünfzig, nicht wahr?«
Soweit die Sache mit dem Lied
Ihre Fröhlichkeit hielt immer noch an.
»Alles Gute, Olle Gunnarsson, und vielen Dank für alles. Es war sehr schön bei Ihnen. Wie ist es, kann ich den Husky mitnehmen?« Sie hatten ihre Hände ineinander verschränkt.
Noch nie hatte ich den alten Mann so lachen sehen, und ich war zufrieden, daß es gerade jetzt war. Er blickte zu seinem Hund, wahrscheinlich, um sich zu vergewissern, ob er auch noch da war. Er ging zu ihm und lockerte sein Halsband.
»Du möchtest ihn mitnehmen? Ich befürchte, er würde Heimweh bekommen. Huskys sind schon seltsame Tiere. Sie sind zum Laufen geboren, sie sind für die Weite geschaffen und trotzdem scheint für sie wie für die Menschen so etwas wie ein Heimatort zu existieren. Sie ziehen nicht gerne um. Aber jetzt weiß ich, wie dein nächstes Geburtstagsgeschenk aussehen könnte.«
Marlin preßte vor Begeisterung beide Hände gegen die Wangen.
»O fein. Sie meinen einen jungen Husky?«
Olle Gunnarsson schmunzelte:
»Genau das meine ich.«
»Sie schicken ihn mit der Post?«
»Nein, nein. Ich werde ihm eine große Schleife umlegen, werde ihm deine Adresse auf sein Halsband drücken und ihn in ein Flugzeug setzen. Wenn er bei dir angekommen ist, soll er dreimal heulen. Ist das gut so?«
Unser Gastgeber verstand es glänzend, einen vergnügten Abschied herzustellen. Dann teilte er uns noch mit, wie man per Schiff wieder die Heimreise antreten könnte. Er hatte zwei Vorschläge für uns. Die eine Route, die wir kannten, nämlich die Strecke zurückzufahren und die Fähre in Trelleborg wieder zu erreichen. Die andere Möglichkeit wäre, weiter nördlich fahren und in Varberg das Schiff nach Grena in Dänemark nehmen. Er meinte, auf dieser Strecke gäbe es eine Unmenge weiter Badestrände, nochmal eine Möglichkeit, ins Ostseewasser zu hüpfen. Ich überlegte: Würden wir die nördliche Route nehmen und in Dänemark ankommen, hätten wir

sicherlich die weitere Strecke zurückgelegt auf dem Weg nach Hause, aber dafür noch die Möglichkeit, Sommersonnenstunden in Dänemark zu erleben. Ich kannte dieses Land, Marlin nicht. Sie hatte mir erzählt, daß auf der Ostseeinsel Fehmarn eine Tante von ihr wohnen würde. Von Dänemark auf dem Weg gen Süden lag die Insel nicht gerade abseits. Hier hatte ich auch vor Jahren einen Job als Barkeeper. Marlins Tante und die vorbeiführende Route waren ein nicht zu übersehender Grund, alte Erinnerungen aufzufrischen. Mit Marlin wurde ich schnell einig, sie war einverstanden, und Mutter mußte eben ein, zwei Tage länger auf meine Heimkehr warten. Manchmal dramatisiert sie auch die Dinge zu schnell. Die Wohnungsbaugesellschaft war wahrscheinlich doch ganz vernünftig, das neu eingebaute Wohnungsschloß wird halten, und der Gerichtstermin wird auch nicht gerade übermorgen sein.

Also heimwärts, ganz locker und gemächlich. Merkwürdig, der Husky sprang an Marlin hoch und begann wie ein Wolf zu heulen. Erst jetzt erfuhr ich, daß diese Hunderasse selten bellt. Sie heulen wie die Wölfe. Olle Gunnarsson mußte wieder zum Halsband des Hundes greifen. Nochmals reichten wir uns die Hände, dann stiegen Marlin und ich in unser Wohnmobil. Bevor ich das Zündschloß endgültig so weit umdrehte, daß man den Motor hörte, mußte ich an Kurt Tucholkys Schloß Gripsholm denken. Auch er wird sein Schloß nicht mehr genossen haben als wir das alte Haus am Fluß. Drei Dinge küßte ich damals: den Himmel, die Zeit und Schweden.

Verzeihung, natürlich waren es vier Dinge – Mädchenlippen, meistens mit Kirschgeschmack!

Später dann im Auto: Man sprach nur recht wenig. Ich glaube, jeder wollte das Vergangene, das nun seinen Zauber der Erinnerung geschenkt hatte, nochmals in sich aufnehmen, ganz leise, ganz ruhig, ganz zufrieden. Worte hätten in diesem Moment nur störend gewirkt. Viele kleine Feldwege ließen wir hinter uns, dann nahm uns eine Hauptverkehrsstraße wieder auf. Wir erreichten Falkenberg, eine Stadt direkt am Meer. Und wir fanden auch die weiten Badestände, von denen uns der Schwede berichtet hatte. Wir mußten es einfach noch einmal geschehen lassen, noch einmal das

schwedische Ostseewasser über uns schwappen lassen, in ihm schwimmen und es fühlen. Zwei Stunden später ging es weiter in Richtung Varberg. Hier tranken wir in einem Restaurant einen der vielen, schlechten schwedischen Kaffees. Nebenbei fragten wir nach dem Fährhafen. Zu unserer Freude lag er in unmittelbarer Nähe. Ein muffiger Kellner, der zudem noch stark nach Alkohol roch, machte uns darauf aufmerksam, daß wenn man keine reservierten Tickets besaß, es schwierig sei, an Bord zu kommen. Schließlich war jetzt Hochsaison und die Schiffe stets überfüllt. Da er einen wirklich stark angetrunkenen Eindruck machte, maßen wir seinem Gerede keine Bedeutung bei. Nach einem weiteren dieser schrecklichen Kaffees fuhren wir ohne Reservierung dem Fährhafen zu. Der Kellner hatte doch recht. Für die heutigen Abfahrtszeiten nach Grena gab es keine Tickets mehr. Nur Passagiere, die ohne Fahrzeug unterwegs waren, konnten an Bord gehen. Andere durften zwar bezahlen, ihnen wurde aber die Wartelinie zugewiesen. Die Chancen an Bord zu kommen, standen allerdings dennoch gut, denn immer wieder gab es Zuspätkommende, deren reservierte Plätze dann andere einnahmen.
Keineswegs resignierend reihten wir uns in die Schlange der wartenden Autos ein. Ganz rechts außen war die Linie ohne Reservierung. Vor uns ein Franzose mit einem gelben Kombi war zuversichtlich. Er meinte, daß er noch immer ohne Reservierung über die Ostsee gekommen sei. Die schwierigste Verbindung sei in diesem Fall nur Travemünde – Trelleborg. Die nördlichsten Routen seien auch in der Hochsaison ohne Schwierigkeiten zu bewältigen. Ein Engländer kam hinzu und meinte, ob man nicht Bingo spielen könne. Jedenfalls so lange, bis das Warten ein Ende habe. Das Bingospiel hatte er bei sich, elektronisch, nebenbei bemerkt. Er erklärte es uns, und wir spielten unter schwedischer Sonne am Kai das englische Spiel Bingo! Nicht mal langweilig, aber auch nicht besonders fesselnd.
Der Engländer meinte, wenn man um Geld spielte, sei es weitaus interessanter. Ich sah es ein und fragte: »Um wieviel kann man denn spielen?«
Er schlug vor: »Einsatz zwanzig Mark, dreimal gestaffelt nach unten.«

Ich willigte ein. Also dann wollen wir der Sache etwas Pfeffer beifügen. Aber auch mit dem Geldeinsatz wurde das Spiel nicht viel spannender. Ein Spiel, das vielleicht nur Engländer lieben konnten.

Das Glück war mir nicht hold, und ich verlor. Die Geduld verlor ich dann langsam auch. Obwohl es schon längst die Zeit der Einschiffung war, regte sich auf der Pier bis jetzt noch überhaupt nichts. Bislang war noch nicht ein Auto die Rampe hochgefahren, aber auf dem Einschiffungsparkplatz wurde es immer enger. Beamte und Schiffsbesatzung standen gelangweilt herum. Fast sah es so aus, als hätte ein Streik begonnen. Eine blonde Frau in Uniform warf kleinen Kindern an der Pier Bonbons herunter und kleine Beutel, vermutlich mit Pralinen. Für die Kinder war es eine willkommene Abwechslung, und manche hofften, das Schiff würde nie abfahren.

Und dann ging es doch Schlag auf Schlag. Auto auf Auto wurde zur Rampe gewunken. Die ersten langen Lines lösten sich auf, und der Einschiffungsparkplatz leerte sich. Die Line neben uns löste sich ebenfalls auf, der Bug des Schiffes nahm willig die Wagen auf. Vor uns sprangen die Autofahrer erfreut in ihre Fahrzeuge und steuerten sie in Richtung Schiff. Dann kamen Schiffsbesatzungsmitglieder zu uns und verlangten einen Durchschlag des Schiffstickets. Die Bestätigung, daß auch wir an Bord fahren konnten.

Das Schiff war nicht ganz so groß wie die »Peter Pan«, jene Fähre die uns nach Trelleborg gebracht hatte. Im Inneren sah es modern und großzügig aus. Die Gänge waren breit und die Restaurants von großer Helligkeit. Durch die weiten Glasfenster konnte reichlich Tageslicht dringen. Die Besatzung war schwedisch, ebenso das Schiff. Die Mädchen in den weißblauen Schiffsuniformen waren sehr freundlich. Sie lächelten auch noch, wenn man gar nichts mehr von ihnen wollte, sondern sich schon längst anderen Dingen zugewandt hatte. Nach dem Ablegen gingen wir sofort in eines der Restaurants und aßen eine Kleinigkeit, dann suchten wir das Bootsdeck auf und schauten zu, wie wir uns langsam von der schwedischen Küste entfernten. Ein Matrose wechselte achtern die Fahne, und die Fähre von Dänemark kam uns gerade entgegen.

So einladend das Wetter am Anfang war, so schnell schlug es wieder um. Von Westen her kamen dunkle Wolken auf. Wenig später fiel nur noch ein schmales Bündel Sonnenstrahlen aus diesem Vorhang. Deutlich merkte man, wie sich das Schiff hob und senkte, während es sich auch gleichzeitig nach allen Seiten neigte. Man hörte die Schiffsschraube lauter, und auf den freien Decks befanden sich nur noch erprobte Seepassagiere.

Marlin bekam plötzlich eine ganz andere Hautfarbe, sie wurde sehr blaß. Sie sagte auch nur noch das Nötigste. Auch, daß es in ihrem Leben nur eine Schiffsreise gegeben hatte, eine kleine Fährverbindung war es gewesen, zwischen Niedersachsen und Hamburg. Seegang hatte es auf dieser Spazierfahrt nicht gegeben.

»Kann ich dich für einen Moment alleine lassen?«, fragte sie erbärmlich leise. Ihre Stimme hatte plötzlich überhaupt keine Kraft mehr.

Mitleidig sah ich sie an. Ein kalter Schnaps oder ein saurer Hering, jene Dinge, die eine Seekrankheit bekämpfen können, schienen mir nicht angebracht. Am besten wäre wohl, wenn sie schnell die Tür mit dem Damensymbol erreichen würde. War wiederum auch nicht nötig, hier war die Reling und dort das Meer.

Der Sturm wurde stärker, und es wurde aufgerufen, das Wagendeck nicht aufzusuchen. Stewards zogen die Ränder der Tische hoch und sammelten das eingedeckte und nicht benutzte Geschirr wieder ein. Die Stühle auf den Sonnendecks wurden angekettet. Nach zwei Stunden war jedoch alles wieder so ruhig wie bei der Ausfahrt von Varberg. Der Himmel klarte auf, und breiter Sonnenschein lag auf der See. Marlin hatte ihre gesunde Hautfarbe zurückerhalten. Wir standen wieder auf dem Bootsdeck und blickten über die Wellen, die gefällig den Schiffskörper berührten. Ihnen zuzusehen würde nie langweilig werden. In Marlins rechtem Augenwinkel fand ich eine Träne. Sie hatte sich in unmittelbarer Nähe der Nase gebildet, machte sich selbständig und floß in ungeheurer Eile die Wange herunter. Dann verweilte sie an der Oberlippe und wurde sofort, vielleicht um nicht entdeckt zu werden, von der Zunge vernichtet. Keine Sorge, es war keine echte Träne. Eine plötzliche Kühle vom Meer her hatte sie auf ihrer warmer Haut entstehen lassen. Ihre Ohren waren leicht gerötet. Ich bemerkte, daß sie sogar ihren Hals gepudert hatte. Warum in aller Welt das? Nicht eine klitzekleine Falte konnte ich auf diesem Körperteil entdecken. Wenn die Girls erst mal zu pudern anfangen, dann pudern sie auch wirklich alles. Ich sah sie an. Der Urlaub wird bald vorübergehen, und wie wird sie dann sein? Immer noch so liebenswürdig wie in diesen Tagen, auch so unbeschwert? Eigentlich konnte ich sie mir anders gar nicht vorstellen. Gut, wenn sie wieder als Serviererin arbeitet, dann wird sie ein weißes Häubchen auf dem Kopf tragen. Für mich ungewohnt. Sie wird die Gäste höflich nach ihren Wünschen fragen, und sie wird voller Freude ihr Trinkgeld in ihre schwarze Geldtasche stecken können. Doch sie wird Marlin bleiben. Und trotzdem: Urlaub und Alltag sind immer zweierlei. Ich drängte es mir auf: Sie wird nie anders sein!

Sie deutete plötzlich auf die Heckwellen.

»Mike, siehst du das?«

Ich wußte nicht, was ihr Interesse weckte.

»Was meinst du?«

Wie aufgeregt sie war. Sie trampelte mit ihren Beinen.

»Siehst du es denn nicht? Es kommt und verschwindet wieder.«

»Was denn?«

»Na dort.«

»Wo deutest du denn hin?«

Völlig außer sich gelangten ihre Finger in eine Richtung, wo die Wellen schräg hinter uns tanzten. Wo sie aufsprühten, sich niedersenkten und in flachen Tälern wieder verschwanden. Ich dachte zuerst, sie hätte einen großen Fisch entdeckt, vielleicht einen Tümmler oder auch einen größeren Fischschwarm. Ich sah nichts weiter als das Wasser und den aufsprudelnden Schaum der Heckwellen. Sie umarmte mich sogleich voller Wonne und trampelte noch immer voller Begeisterung. War ich jemals in meinem Leben so begeisterungsfähig gewesen? Sie wird mich da ums Tausendfache übertreffen.

»Ist das nicht zauberhaft?« schrie sie entzückt. »Ich habe so etwas noch nie gesehen. Schau doch nur, Mike.«

Erst jetzt sah ich, was sie so erregte – tatsächlich etwas Grandioses. Immer wieder bildete sich ein kleiner Regenbogen auf den Heckwellen. Dann war er für einen langen Moment zu erkennen. Auf einer Welle wurde er getragen, eine andere nahm ihn wieder mit. Immer wieder waren es die gleichen Farben und immer wieder war er gleich groß. Es sah aus, als wollte er uns ewig begleiten. Nie veränderte er seinen Standort. Selbst während meiner vielen Jahren auf See hatte ich so etwas Seltenes nur einmal beobachten können. Es war gleich im ersten Jahr gewesen als wir St. Thomas auf den Virgin Islands anliefen.

»Du meinst den kleinen Regenbogen?« fragte ich.

Sie schraubte sich weiter über die Reling.

»Er will überhaupt nie verschwinden. Es scheint, als reiste er einfach mit uns. Sag mir, wieso kann es einen Regenbogen auf dem Wasser geben? Ich glaubte immer, das ist nur dem Himmel vorbehalten.«

Ich postierte mich noch näher zu ihr.

»Das glauben die meisten. Heute bekommen wir auch wirklich Seltenes zu sehen. Weißt du, Seeleute sind sehr abergläubisch. Wenn sie auf einer Jungfernfahrt ein Regenbogen auf den Wellen begleitet, dann bedeutet das, daß das Schiff immer gute Fahrt haben wird. Sie werden diesem Schiff immer ihr Vertrauen schenken, bedenkenlos.«

»Wie oft sieht man so etwas?«

»Einen Regenbogen auf dem Wasser? Nicht so oft!«

»Nun sag mir endlich, wie er entsteht.«

»Das Sonnenlicht bricht sich für einen Moment auf den Wellen des Meeres, das ist alles.«

»O Mike, so eine einfache Erklärung für so etwas Schönes.«

Fast war sie enttäuscht. Sie faßte sich kurz ans rechte Ohrläppchen und rieb sich aus irgendeinem Grunde ihre Nase. Einer Möwe, die zu ihr hinflog, warf sie das letzte Stück Weißbrot zu. Bislang hatte sie ihren Blick immer dem Wasser zugewendet. Nach meinen Worten tat sie es immer noch, nunmehr aber stützte sie beide Hände auf die Reling und gönnte dem weiten Horizont ebenso ihre Blicke. Die Augen leicht zugekniffen, schaute sie der Sonne entgegen. Der Wind spielte nicht nur allein mit ihren Haaren, sondern auch mit ihrem grünen Halstuch. Ein Schiffsoffizier kam vorbei und hatte einen längeren Blick für sie übrig. Erst am zweiten Rettungsboot schaffte er es, das Schiff für interessanter zu halten als sie. Ich weiß, viele Männer werden bei ihrem Anblick ihren Aufgabenbereich vergessen. Ich hatte fast schon vergessen, was sie zuletzt gesagt hatte, und ich wollte auch gar nichts erwidern, jedenfalls nicht in diesem Augenblick. Ich war wieder soweit, sie zu bewundern. Kein Zweifel, eines Tages könnte ich sie fragen, ob sie meine Frau werden will. Kann es sein, daß sie mich im Schlaf beobachtete und sich in dieser ungestörten Stille fragte: Liebe ich ihn nun wirklich, oder finde ich ihn nur interessant? So gut sieht er wiederum auch nicht aus. Er könnte schlanker sein, und sein Haar ist schon viel zu licht. Ich habe heute ein paar Jungs gesehen, die mir alle sehr gut gefielen. Wenn ich die mit ihm vergleiche ... Nein, das Leben ist aufregend mit ihm, er ist so ganz anders! Wie romantisch er ist, er kennt die Namen unzähliger Blumen, und wie brutal er sein kann ... damals der Mann in der Gaststätte. Wie er ihn zugerichtet hat. Er kann so herrlich plaudern und ist so ungeschickt, wenn er an meinem Reißverschluß rummacht. Ich glaube, er ist nicht dumm – für besonders intelligent halte ich ihn aber auch nicht. Sein Kleiner könnte größer sein! Warum schnarcht er nur so?

Ich mag in diesem Moment sehr ernst ausgesehen haben, aber dann mußte ich doch schmunzeln. Meine folgenden Gedanken erleichterten mich. Sie denkt ganz anders, sie sieht nur meine Vorzüge. Sie lehnt ich in ihrem Kissen zurück, die Hände hinter dem Kopf verschränkt und starrt beglückt zur Decke. Sie denkt an meine markante Stimme und sagt sich: Man kann ihn sogar präsentieren, er sieht nicht schlecht aus, und ich liebe ihn!

Das wird sie denken – das muß sie denken!

Ich nahm sie in die Arme und drückte sie einfach. Und weil ich dabei nichts sagte, sie aber ein paar Worte erwartete, sah sie mich fast entgeistert an. Gewöhnlich kamen meine Zärtlichkeiten auch etwas angemeldet. Sie ging sogar einen Schritt zurück.

»Fast könnte ich dich mit dem Sturm vorhin vergleichen«, sagte sie. »Du bist nicht ganz so ungezügelt.«

Während ich sie schon längst in meinen Armen hielt, sprach sie noch immer:»Meinst du, daß der Regenbogen auch auf der anderen Seite vom Schiff zu sehen ist? Könnte doch möglich sein, oder? Wollen wir nicht mal schauen, ob es so ist? Würde mich einfach mal interessieren.«

Sie stemmte sich plötzlich gegen mich, um sich aus meiner Umklammerung zu befreien.

»Komm, laß uns auf der anderen Seite des Schiffes schauen«, sagte sie hastig. Sie war noch immer begeistert und zog mich förmlich auf die andere Schiffsseite.

»Ich fürchte, unser Regenbogen wird anderswo nicht existieren«, entgegnete ich.»Warum denn so eilig?«

»Ich will drüben auch einen sehen.«

»Bist du mit einem Regenbogen nicht zufrieden?«

»Ich möchte feststellen, ob ein anderer auch so schön sein kann.«

»Ich sage dir, es wird keinen anderen geben.«

»Sei nicht so pessimistisch!«

Wir erreichten die Leeseite des Schiffes, nur wenige Schritte waren hierfür nötig. Hier gab es viel mehr Schatten, weil die Sonne entgegengesetzt stand. Ich wußte sofort, daß es hier keinen Regenbogen geben würde. So vieles gehörte dazu, um so einen Jubelmoment erhaschen zu können. Der Stand der Sonne, die Gischt des Meeres, die eigene Position und der schmale Korridor, wo er sich wirklich blicken ließ. Es sind nicht die gewaltigen Regenbogen, die man am Himmel nach einem Sommerregen sieht, die Regenbogen auf dem Wasser sind klein und unscheinbar. Ihre Farben sind aber genauso schön. Marlin lief das ganze Bootsdeck ab. Ich ließ sie gewähren. Enttäuscht kam sie zurück.

»Auf dieser Seite gibt es keinen Regenbogen«, bemerkte sie leise.

»Das habe ich dir doch gesagt«, entgegnete ich.

»Laß uns schnell wieder auf die andere Seite gehen«, schlug sie hastig vor. Also begaben wir uns in gleicher Eile wieder auf die Luvseite des Schiffes. Sie konnte einen ganz schön in Trab halten. Den Regenbogen von vorhin fanden wir auch nicht mehr. Nun schien sie völlig enttäuscht zu sein. Zwischen den verschiedenen Rettungsbooten standen wir, änderten die Position, suchten das Wasser ab – nichts! Die bunten Farben auf den Meereswellen waren nicht mehr zu erblicken, hatten sich aufgelöst. Unseren Regenbogen gab es nicht mehr. Vielleicht hatte das Schiff den Kurs gewechselt, so daß die

Sonne einen anderen Stand bekommen hatte. Wir fanden zu unserem Regenbogen nicht mehr zurück. Ich befürchtete schon, Marlin würde nun in eine schlechte Laune verfallen, dem war aber nicht so. Sie lief über das Bootsdeck und rief: »Regenbogen, Regenbogen – wo bist du? Wo bist du? Zeig dich uns und spiel mit uns! Regenbogen, Regenbogen, versteck dich nicht, versteck dich nicht! Plauder in deinen Farben mit uns – in deinen Farben mit uns. Wo bist du, wo bist du?«

Ich wollte diese Sätze nie vergessen. So, wie sie diese Wörter ertanzte, wie ihr Körper sich bewegte, wie ihre Haare im Wind wehten – es war darin die Unbekümmertheit ihrer Jugend zu erkennen. In einem Moment, als ich mich unbeobachtet fühlte, kritzelte ich die Wörter auf eine Streichholzschachtel, die ich aus der Hosentasche kramte. Sie sollte nicht wissen, daß mich der Moment so faszinierte. Ich mußte sie dann noch einmal in die Arme nehmen... Hohe Wellen wühlten unter uns, und die Gischt des Meerwassers schlug uns feine Tröpfchen ins Gesicht.

Wir verließen das Bootsdeck und kauften anschließend in den Shops des Maindecks noch zollfreie Waren ein. Marlin gefiel eine bunte Perlenkette mit eingesetzten Elfenbeinfiguren so gut. Ich kaufte sie ihr. Dabei wurde nicht mal der Gewinn von Travemünde groß angebrochen, sie freute sich riesig. Ich konnte es mir leisten, wir hatten sehr sparsam gelebt. Die Ausgaben lagen bislang weit unter dem, was ich veranschlagt hatte. Das erneute Angebot von Marlin, sich finanziell an den Urlaubstagen zu beteiligen, lehnte ich entschieden ab. Sollten dennoch Engpässe auftreten, von denen ich mich auch selten befreien konnte, so gab es doch noch immer jene Schecks, wo man Haben nicht haben mußte. Wird mein Konto endlich mal wieder im Plus erscheinen, ich glaube, die Leute von der Bank werden ein Freudenfest veranstalten.

Die Überfahrt nach Dänemark ging bei ruhigem Wetter und leichtem Wellengang zu Ende. Ohne Schwierigkeiten und pünktlich erreichten wir Grena, den dänischen Fährhafen. Bei der Ausschiffung hatten wir den bingoverspielten Engländer wieder vor uns, und er winkte nochmal zum Abschied, dabei hielt er eine Pfeife, die wie ein Ofenrohr qualmte. Wie elegant er gekleidet war. Ungepflegte Engländer gibt es wohl höchst selten auf der Welt. Schnell entschwand er unseren Augen. Das Schiff lag ruhig. Die ersten Autos befuhren dänischen Boden.

Ich wollte zuerst nach unserem Kater schauen. Gut versteckt an bewährter Stelle, hatte er die Schiffsreise bei leichtem Wellengang gut überstanden.

»Was ist, Kater – seekrank geworden?«

Es kam kein »Miau« zur Begrüßung. Vielleicht war er doch beleidigt, weil man ihn solange alleine gelassen hatte. Es konnte aber auch sein, daß die Enge ihm auf die Nerven ging. Nun ja, wenn die Behörden nicht so strenge Bestimmungen hätten, wäre alles nicht notwendig gewesen. Das verstehst du aber leider nicht, Kater. Ab jetzt hast du wieder deine Freiheit, der deutsche Zoll wird nichts gegen dich einzuwenden haben. Bist du nun zufrieden?

Mit einem Stückchen Jagdwurst konnte ich ihm ein leises Schnurren entlocken. Das war alles. Aber immerhin ein sicheres Zeichen seines aufkommenden Wohlseins.

Wir fuhren die laut klappernde Rampe herunter, die an einer Stelle recht uneben war und hatten zum letztenmal schwankenden Boden unter uns. Wieder im Wohnmobil, den Unebenheiten der Landstraße ergeben, machten wir uns auf den Weg gen Süden. Zum erstenmal seit Tagen war das wieder unser Kurs. Die sanfte Melancholie des Nordens würde uns bald wieder verlassen haben. Aber eines Tages werde ich nach Schweden zurückkehren. Vielleicht ohne Marlin. Wird der alte Zauber dann noch immer bestehen?

Arhus, eine freundliche, größere Stadt, sollten wir zuerst erreichen; immerhin die zweitgrößte Stadt Dänemarks. Sie hat häßliche Industrie, beherbergt aber freundliche Leute. Gibt es überhaupt unfreundliche Leute in Dänemark? In diesem Land hatte ich bislang noch nie welche angetroffen. Ich konnte mir beim besten Willen nicht vorstellen, daß Dänen streiten können. Ich hab's: Es wird an der Sprache liegen – sie ist fast wie Gesang. Singend böse Worte zu sagen ist denkbar schwer. Wie fuhren durch die flache Landschaft Dänemarks. Immer kam mir das Land vor, als würde es schlafen, daliegen und nichts wissen wollen von Hast, Hektik und lauten Tönen. Immer wollte es sich ausruhen, immer wollte es sich sanft geben. Wie weit die Wiesen waren, wie hoch das Korn stand, wie geruhsam die Kühe weideten. Wie hell und bunt die Häuser waren, umgeben von Blumenhecken.

Obwohl die Straße von Grena nach Arhus recht gut ausgebaut war, verfuhren wir uns in der Nähe des Ortes Trustrup. Wir bemerkten es nicht sofort, sondern erst als wir vor einem Tümpel standen und uns ein paar Bauernjungen recht merkwürdig anstarrten, kamen wir auf den Gedanken: Das konnte nicht die Fernstraße nach Arhus sein. Wir schauten uns gegenseitig an, und jeder mußte laut lachen. So schnell waren wir noch nie auf einem Feldweg gelandet, der sogar im Morast endete. In Dänemark besteht eigentlich zwischen den Hauptstraßen und den Landwegen kein so großer Unterschied. Irgendwo werden wir ein wichtiges Verkehrsschild übersehen haben, und aus der Hauptstraße war dann plötzlich ein kleiner Nebenweg geworden – Endstation Morast! Beim Einlegen des Rückwärtsganges, der den Wagen wieder auf die Straße bringen sollte, merkten wir, daß wir in eine nicht zu unterschätzende Situation geraten waren – die Räder drehten durch. Ich stieg sofort aus und besah mir die Bescherung. Die Hinterräder hatten sich bereits tief in den Schlamm gewühlt. Das ganze Wohnmobil hatte sogar eine Schräglage erhalten. Das Auspuffrohr berührte fast schon den Boden.

Außer den Bauernkindern waren weit und breit keine Menschen auszumachen. Marlin stieg ebenfalls aus und besah sich das Mißgeschick. »Wollten wir heute nicht schon auf Fehmarn sein?« fragte sie.

»Wir wollten und müssen«, sagte ich.

Ich kaute auf einem dünnen Zweig, der wie Hafer schmeckte. Er hatte auf der Motorhaube gelegen, wahrscheinlich war er in diesem Augenblick von einem der Bäume gefallen.

»Sieht schlimmer aus, als es ist. Du setzt dich ans Steuer, und ich versuche den Wagen anzuschieben. Du mußt langsam Gas geben. Wenn du merkst, daß der Wagen sich bewegt, mußt du mit dem Gas noch vorsichtiger sein. Du mußt viel mit der Kupplung spielen. Wenn er sich zügig bewegt, kannst du auch Vollgas geben. Wollen wir es versuchen?«

»Wie muß ich denn lenken?«

»Hm, das ist unwichtig.«

»Du weißt, daß ich keinen Führerschein habe.«

»Wir haben nie darüber geredet. Ich dachte, du hättest einen.«

Ich drehte mich nach allen Seiten um, so als könnte doch jemand hinter uns stehen. Dann, als ich die Gewißheit hatte, daß außer den Bauernkindern niemand da war, flüsterte ich ihr zu:

»Das braucht ja keiner zu wissen. Was ist, kannst du das Ding nun fahren?«

Kalt sagte sie: »Mein erster Freund war Rennfahrer. Ein bißchen kenne ich mich aus mit dem Autofahren. Also, wie ist das mit dem Gasgeben?«

In diesem Moment erschien sie mir wie ein Glamourgirl, das sich frühzeitig zurückgezogen hatte und nun auf dem Land leben wollte. Aber früher wird sie immer im Rampenlicht gestanden haben. Ich stellte mir die Situation vor und glaubte, es könnte gut möglich sein. Schrecklich, der Typ war Rennfahrer. Sehen aber meistens gut aus, diese Burschen. Fast war ich eifersüchtig, man mußte es an meiner Stimme hören.

»Wie ich dir gesagt habe. Der Fuß muß langsam mit dem Gas spielen, natürlich auch mit der Kupplung. Komm, versuchen wir es.«

»Mach mir keine Vorwürfe, wenn es nicht klappen sollte.«

»Es wird nicht so tragisch sein.«

Dann lachte sie.

»Natürlich habe ich einen Führerschein. Siehst du, wie schnell du mir etwas glaubst.«

Mit gewissem Unbehagen setzte sich meine Beifahrerin dennoch an das übergroße Steuer und blickte unsicher über die Armaturen. Die nichtautomatischen Sicherheitsgurte, die auf den Sitzen lagen, legte sie recht langsam zur Seite. Dann startete sie den Wagen. Nach dem Anlassen legte sie den Rückwärtsgang ein und beobachtete das weitere Geschehen in den beiden Rückspiegeln. Während sie vorsichtig Gas gab, stemmte ich mich vorne gegen die breite Stoßstange. Der Wagen ruckte kurz nach vorne, blieb aber weiterhin mit den Rädern in der sumpfigen Mulde liegen. Das Drehen der Räder in dem Moment brachte es mit sich, daß der Dreck nach allen Seiten spritzte. Die sumpfige Erde klebte weiterhin an dem Gummi der Räder. Alle Mühen blieben ergebnislos.

»Wir sollten mal an dem Bauernhaus klingeln«, sagte ich

resignierend, »sicherlich wird dort jemand anwesend sein, der uns helfen könnte. Da wird es bestimmt ein paar kräftige Burschen geben, die auch anpacken können. Wir sollten mal klingeln bei den Leuten.«

Ich wischte mir die ersten Schweißperlen von der Stirn und holte tief Luft. Marlin hatte den Motor abgestellt und die Hände aufs Lenkrad gelegt. Sie sagte:

»Wir werden wahrscheinlich nicht drum herum kommen. Sieht aber ziemlich verlassen aus. Es ist möglich, daß sie alle auf dem Feld sind. Nicht mal eine Gardine bewegt sich in dem Haus.«

»Wir könnten doch mal die Kinder fragen.«

»Wo sind die denn jetzt?«

»Ich glaube, sie sind in die Scheune gelaufen«.

So, als hätten die Kinder es geahnt, so, als hätten sie nur darauf gewartet, ihre Hilfe anbieten zu können, liefen sie uns mit wildem Geschrei aus der Scheune entgegen. Von allen Seiten kamen sie und wohlgeordnet. Sie liefen nicht einfach irgendwohin. Sie hatten so etwas wie einen Anführer. Er diktierte all seine Untertanen an gewisse Stellen des Autos, wo sie zu schieben oder zu ziehen hatten. Sogar ein Seil hatten sie bei sich. Vielleicht passierte es sogar öfter, daß sich jemand hier in dem Sumpf verfuhr und die Kinder dann ihr Taschengeld aufbessern konnten. Ich werde doch nachher mal schauen, ob die Burschen nicht gar die Verkehrsschilder ausgewechselt haben. Es waren sogar viel mehr Kinder als vorhin; es mochten nun an die zwanzig sein. Der Anführer, ein Rotkopf mit einer Menge Sommersprossen im Gesicht, gab uns unmißverständlich zu verstehen, daß man einsteigen sollte. Als ich zögerte, gab er mir sogar einen Schubs. Eine Abteilung von Kindern hatte hinten das Seil an der Stoßstange befestigt und zog, die andere Abteilung hatte sich darauf eingerichtet, vorne an der Motorhaube zu schieben.

Marlin war ganz entzückt.

»Was sagst du dazu, Mike? Ist Dänemark nicht freundlich? Sogar die Kinder mögen uns. Hast du das je für möglich gehalten? Wir stecken im Schlamm fest, und diese kleine Bande will uns helfen. Hast du ein paar Bonbons bei dir?«

»In der grauen Leinentasche sind welche«, sagte ich.

»Die müssen wir bestimmt opfern.«

174

»Wir werden ihnen ein bißchen Geld geben, dann können sie sich welche kaufen.«

»Und die Bonbons zusätzlich?«

»So großzügig brauchen wir wiederum auch nicht sein.«

»Geizhals.«

»Du hast doch recht. Die Bonbons in der Tasche langen für die Horde nicht. Wir werden sie zwar an sie verteilen, doch ihnen noch zusätzlich ein paar dänische Kronen geben. Das werden sie sicherlich auch erwarten. Unter dem Küchentisch ist auch noch eine Schachtel Kekse, die werden wir auch noch opfern.«

»Mike?«

»Ja?«

»Ich möchte, daß du immer so schnell zu überzeugen bist.«

Wir hatten noch nicht mal die Zündung des Wagens betätigt, da bemerkten wir schon, wie sich das Fahrzeug bewegte. Zuerst war es nur ein schneller, kurzer Ruck, dann war es ein leichtes Schaukeln, und gleich darauf – zum selben Zeitpunkt als der Motor ansprang – schob sich der Wagen wieder aus dem Morast. Unglaublich, die große Anzahl Kinder schob uns aus dem Schlamm, und als wir wieder auf der Landstraße waren, mußte ich daran denken, wie schnell doch unser Problem gelöst worden war. Hatte aber allerhand Dänenkronen gekostet. Mit meinem Angebot war der Anführer nicht zufrieden gewesen. Er rechnete mir vor, wie das aufgeteilt für jeden seiner Untertanen aussehen würde. Ich mußte letztendlich noch etwas drauflegen. Das war schon ein seltsamer Bursche, dieser Anführer. Seine roten Haaren und die Sommersprossen ließen ihn wie ein irischen Jungen erscheinen. Er sprach viel zu schnell, und vorne fehlte ihm ein Zahn. Er trug eine blaue Latzhose, die am rechten Knie geflickt war. Auch mein Gesicht zierten als Kind viele Sommersprossen, und auch ich trug damals eine Latzhose. Er erinnerte mich daran. Nun bin ich erwachsen, und andere Dinge bestimmen mein Leben. Für einen kurzen Moment mußte ich zurückdenken. Damals zählten Murmeln, Zuckerstangen und süße Brause. Jahre später dann waren es die Mädchenzöpfe. Eine aufregende Zeit begann. Ich weiß noch, meine erste Freundin trug immer lange Kniestrümpfe. Sie mußte eine ganze Sammlung davon besitzen, in allen Farben, kariert und auch gestreift.

Wir machten unsere gemeinsamen ersten Tanzschritte und sangen damals auch ein Lied, das viele, viele Jahre in unserem Gedächtnis blieb. Wir sangen es sogar im Schulbus.

»Bleib hier stehn, bleib hier stehn.
Jetzt setz' dein Füßchen, setz' dein Füßchen,
schwing dein Kleidchen, schwing dein Kleidchen,
zeig auch deine Beinchen.
Heut ist Sommer, Kornblumen stehn im Wind,
der Schmetterling ist ihr Kind.
Der Wanderer kommt dahin
und erinnert sich genau,
nur eine Jahreszeit ist so schlau.
Bleib hier stehn, bleib hier stehn.
Jetzt setz' dein Füßchen, setz' dein Füßchen ...«

Du Rotschopf mit deinen vielen Sommersprossen, du brachtest mir diese Erinnerungen. Ich danke dir!
Das Kinderrudel war hinter uns geblieben, damit auch der Tatort unseres Steckenbleibens. Vor uns die Straße nach Arhus. Und über uns immer noch der blaue Himmel Dänemarks. Durch einen Wald schauten golden und gelb Lichtstreifen. Sie huschten, wanderten, ließen sich gar nicht abhängen. Wenn das freie Land kam, waren sie verschwunden, um dann wieder unangemeldet zwischen den Bäumen eines Waldes zu erscheinen. Wir hatten sämtliche Fenster geöffnet und hörten für einen kurzen Moment einen Buchfink, er mußte uns im Flug passiert haben – so nah hörten wir sein Trillern. Die weiten Wiesen und Kornfelder in ihrem Grün und Braun wechselten ab mit dem Dunkel einer bereits neu gepflügten Erde. Auf verwegenen Anhöhen, die in diesem flachen Land fast fremd wirkten, standen Bäume, die wie Wächter aussahen und vertuschen wollten, daß die Wiesen doch weiter waren als die Wälder, wo sie nur Untermieter zu sein schienen.
Vor uns ging gerade eine Bahnschranke auf, und ein Zug erschütterte die Stille. Der Zug fuhr in Richtung Randers. Hier im Nordosten von Dänemark hatte ich mich öfter aufgehalten. Ich kannte die weiten Badestrände von Lystrup Strand und Bannerupstrand, ebenso von Fjellerup. Teilweise hatten

sie steile Küsten, wo im Frühjahr die Uferschwalben brüteten. Die stimmungsvollen Sonnenuntergänge an diesen Stränden hatte ich in unzähligen Fotofilmen festgehalten. Hier bekam ich auch die ersten Surfer in meinem Leben zu Gesicht. Es gab Zeiten, in denen wehten hier die Winde besonders kräftig. Wir entschieden uns, zügig noch zwei bis drei Stunden zu fahren, um dann irgendwo in Dänemark eine Rast einzulegen. So ein Ort könnte Kolding sein, etwa siebzig Kilometer von der deutschen Grenze entfernt. Ich reichte Marlin die Landkarte und fragte:

»Was hältst du von Kolding?«

Holpriges Kopfsteinpflaster durchschüttelte unser Wohnmobil. Sie kraulte den Kopf von Speiker, der auf ihrem Schoß saß und Autofahren als interessante Sache in seinem Katzenleben aufgenommen hatte.

»Hört sich gut an, der Name. Allein schon, weil er mir so gut gefällt, sollten wir dort halten«, sagte sie.

Ich sah zu ihr und bemerkte, wie schön braun ihre Haut geworden war. Dadurch erschien das Blau ihrer Augen noch kräftiger, ihr Haar noch blonder. Die Sonne wird es ebenfalls gewesen sein, Ort und Zeit – Schweden.

In meinem momentanen Übermut sagte ich zu ihr:

»Du unvermeidliches Kolding erwarte uns. Sei anwesend und begrüße uns, wenn wir kommen. Bewirte uns.«

Ich ließ das Steuer los und klatschte kräftig in die Hände. Zwei-, dreimal tat ich es. Meine Güte, wie war ich ausgelassen. Seltsam, daß mich der Norden so albern erscheinen lassen kann. Marlin sah mich ganz entgeistert an.

»Mike, bist du okay?«

Was sollte ich ihr antworten?

»Aber natürlich doch.«

»Du bist ganz sicher?«

»Selbstverständlich, was glaubst du denn?«

»Keinen Whisky getrunken?«

»Du wirst es nicht glauben, keinen Whisky getrunken.«

»Was ist es denn?«

»Wie soll ich das verstehen? Du meinst meine Ausgelassenheit?«

»Wenn du es so nennst.«

»Ach die … ich bin einfach so. Ich freue mich, daß heute Donnerstag ist, daß es diesen Tag auch nächste Woche wieder geben wird, daß ich dadurch älter geworden bin und es nicht mal bereue. Wenn man so denkt, dann ist man doch glücklich. Kannst du das verstehen?«

»Ja, doch, aber ... Vorsicht, der Baum! Wie fährst du denn?«

»Laß mich doch.«

»Sei nicht so leichtsinnig.«

»Du wirst lachen. Auch das bin ich sogar.«

Wie konnte man nur so albern sein. Einer über die Straße streunenden Promenadenmischung wich ich im Slalomstil aus, berührte die Grasnarben der Straße wahrhaft zu beiden Seiten und sang schließlich das fröhliche Lied von dem Cowboy, der nicht mehr nach Hause wollte, da er seine Angetraute einfach nicht mehr sehen mochte. Grasnarbenfahren und Promenadenmischungen ausweichen, das alles erschien Marlin noch erträglich. Mein Lied von dem konsequenten Cowboy mochte sie jedoch nicht. Sie gab mir einen Knuff in die Rippen, und als ich ihr Gesicht sah, kam es mir vor, als machte sie sich Sorgen um mich. Vielleicht nahm sie wirklich an, daß ich einen getrunken hatte. Dabei, Ehrenwort – ich hatte nicht. Ich wußte nicht mal, wo die Pulle lag. Sie mußte irgendwo im hinteren Teil des Wagens liegen, wo die ungewaschenen Socken versteckt waren und meine alte Schreibmaschine zu finden war. Dort mußte auch das Püllchen sein. Mir fiel ein, daß ich es nie vermißt hatte. Wie kann man so einen guten Freund, der einem in traurigen Minuten immer zur Seite stand, nur so vernachlässigen ...? Ich weiß, ich habe keinen Charakter! Ich griff wieder zum Lenkrad, da eine plötzliche Kurve es erforderlich machte. Dann aber war mein Übermut wieder da. Bewundernswert, das Auto lief auch ohne jegliche Lenkbewegungen. Es kannte den Weg. Kein Wunder, die Straße wurde kerzengerade. Nicht einmal mehr Gegenverkehr ließ sich blicken – eine Straße zum Austoben. Lediglich einen kleinen Bogen mußten wir mal fahren, weil ein Lastwagenfahrer aus Holland seinen Parkstreifen sehr schlecht berechnet hatte. Das Heck des Sattelzuges ragte ein ganzes Stück in die Fahrbahn hinein.

Plötzlich wollte ich wieder ein ganz normaler Mensch sein, weg mit dieser Albernheit! Sonst könnte meine Beifahrerin wahrlich denken, daß ich etwas getrunken hatte, denn schließlich war ich noch nie so ausgelassen gewesen.

»Weißt du was, Marlin?«

Sie hatte einen kleinen Spiegel hervorgekramt und schminkte sich gerade die Lippen. Sie drehte ihn manchmal so, daß ich ihre Augen darin erkennen konnte.

»Was?«

»Weißt du, daß ich ein ganz unehrlicher und durchtriebener Mensch bin?«

Sie unterbrach das Schminken und preßte die Lippen zusammen, um so den Lippenstift besser verteilen zu können.

»Wieso?« fragte sie.

»Ich muß dir beichten, daß ich bei unseren letzten Einkauf im Supermarkt einen Streifen Lachs habe mitgehen lassen. Ich hatte ihn einfach unter der flachen Plastiktüte versteckt.«

»Die Verkäuferin hat es nicht bemerkt?«

»Nein. Ich wollte ihn sogar bezahlen. Das war nicht mal meine Absicht, ihn zu stehlen. Als wir die Kasse hinter uns gelassen hatten und sie es nicht bemerkt hatte, beließ ich es einfach so.«

»Du hättest ihn aber trotzdem bezahlen sollen.«

Ich mußte mehr auf die Straße achten, etwas mehr Gegenverkehr kam auf.

»Ach, was soll's. Der Supermarkt wird es schon verkraften können. Der nächste Bettler an einer Straßenecke bekommt dafür einen Zehnmarkschein von mir. Sag, bin ich nicht gerecht?«

Ein glaubwürdig ehrliches Mädchen sah mich ungläubig an.

»Na, ich weiß nicht, ob das zutrifft.«

Sie sollte mich ja nicht schelten, aber konnte sie nicht etwas mehr Ehrfurcht haben vor diesem grandiosen, gerechten Dieb?

»Kein Mensch hat es bemerkt, selbst du nicht. Ich glaube, ich gebe meinen Beruf als Barmixer auf und werde Supermarktdieb. Ich wette, die Verdienstmöglichkeiten sind in dieser Branche weitaus größer. Ich werde es immer so geschickt anstellen, daß ich beim Erwischtwerden noch immer eine glänzende Ausrede habe. Beim nächsten Mal probiere ich es nochmal, vielleicht klappt es wieder so gut.«

Ich fühlte einen Stoß in der Rippengegend.

»Nein, das wirst du nicht tun.«

»Gut, wir tun es gemeinsam.«

»Du willst mich also zur Partnerin eines Diebes machen?«

»Warum nicht? Die Zeitungen würden vielleicht über uns schreiben. Ich stelle mir schon die Überschrift vor: Bonny und Clyde in Dänemark. Und wir beide sind hübscher als die von damals. Was hältst du davon? Wir beide gleich mit Foto auf der Titelseite?«

»Mike, du bis heute unmöglich und albern.«

Sie ließ ihren Lippenstift und Spiegel in der Handtasche verschwinden, die zwischen den Sitzen lag. Dann zog sie meinen Kopf zu sich.

»... aber ich liebe dich!«

Der Sommerduft von draußen, das Parfüm auf ihrer Haut und der Geruch eines Shampoos in ihrem Haar, alles war gegenwärtig und dazu die These, daß sich nie etwas ändern wird.

Irgendwo auf einem Bauernhof mußten Hühner entflohen sein. Weißes und braunes Hühnervolk erschien plötzlich überall. Ob am Straßenrand, auf der Straße selbst oder in den Gärten. Aus irgendeinem Grunde erschien ihnen ihr Zuhause oder ihre anvertraute Wiese nicht mehr attraktiv genug, und sie hatten sich auf Wanderschaft begeben. Vielleicht hatte sie ein vierbeiniger Räuber erschreckt. Auf jeden Fall befanden sie sich überall und gackerten laut. Die nächsten Minuten kamen wir nur im Schneckentempo vorwärts.

»Vor uns unser Abendessen«, sagte ich zu Marlin.

Sie legte sich in ihrem Beifahrersitz weit zurück.

»Ich mag sie nur als Frikassee oder mit Currysauce.«

»Wenn wir zwei von ihnen aus Versehen überfahren, haben wir für die nächsten Tage Proviant. Die Currysauce dazu können wir überall kaufen.«

»Du würdest es tatsächlich fertigbringen, die armen Viecher zu überfahren, nicht wahr?« fragte sie bang.

»Wir sparen den nächsten Supermarkt, und ich brauche dann auch keinen Lachs zu stehlen. Das Angebot war noch nie so günstig, kostenlos einzukaufen. Das gleich für mehrere Tage. Ich bräuchte nur einmal kräftig aufs Gaspedal zu treten, und unser Einkauf wäre getätigt. Vor meinem rechten Vorderrad befindet sich gerade ein besonders appetitliches Exemplar.«

»Ich würde nie in meinem Leben ein überfahrenes Huhn essen können«, sagte meine Beifahrerin inbrünstig.
»In der Pfanne sieht man ihnen es nicht an, ob sie überfahren oder geschlachtet worden sind.«
»Trotzdem wirst du sie fein umfahren.«
»Ach, warum denn nur?«
Sie umfahren? Gar nicht so einfach. Es wäre ein leichtes gewesen, sie in den Hühnerhimmel zu befördern. Viel zu unbekümmert benahmen sie sich, obwohl sie vorher doch sehr erschreckt worden waren. Wenn man schon glaubte, ihnen entkommen zu sein, erschien in der nächsten Kurve eine weitere Schar. Als wäre eine ganze Hühnerfarm entflogen. Endlich, als irgendwo eine Kirchturmuhr schlug, wurde das Federvieh langsam weniger. Wir konnten die Geschwindigkeit wieder erhöhen. Die Strecke wurde noch zur lustigsten der letzten Tage. Jedem Schlagloch, das unser Gefährt für einen Moment dem Himmel nahe brachte, zollten wir ein außerordentliches Lachen. Jede Kurve, die mir zu gewöhnlich erschien, sah ich als meine höchstpersönliche Achterbahn an. Für jedes menschliche Wesen am Straßenrand hatte ich eine übertriebene Höflichkeit bereit. Ich lüftete meinen zerknautschten Pepitahut, hielt ihn weit nach draußen, so weit, daß er bald die andere Straßenseite einnahm und teilte der betreffenden Person mit, daß die Welt ein Genuß sei.
Immer wenn so eine Begrüßung anstand, holte ich tief Luft, lupfte meinen Pepitahut und hoffte, daß ich noch recht oft so ausgelassen sein würde. Irgendwann landete mein Hut mit lautem Juchzen wieder auf meinem Haupt. Es passierte dann schon mal, daß Gasgeben und Bremsen in ungeheurem Gegensatz zueinander standen. Den plötzlichen Stop an einer Ampel, weil gerade ein gebrechlicher Mann die Strecke bewältigen wollte, nutzten wir, um uns zu sagen, daß wir uns liebten. Weil der alte Mann recht langsam ging, hatten wir noch Zeit, dreiste, lebhafte Gedanken hinzuzutun. Es war eine ganze Horde voller dreister, ungeordneter Gedanken.
Merkwürdig, als wir die Zeit hatten, daß unsere Lippen sich berührten, mußte es ein Schlafmittel gewesen sein. Ihre Augenlider, die sich gesenkt hatten, die etwas Wunderbares verschlossen hielten, und zarte Wimpern, die wie Wächter aus-

sahen, betäubten sie. Da war das Gefühl anwesend, daß beide Vorbereiter für ein Schlafgemach sein konnten. Es mochte eine hinterlistige Müdigkeit sein.

Schlief sie nun, träumte sie, oder genoß sie etwas?

Ein zartfühlender Anblick war es. Sie wollte die Augen gar nicht mehr öffnen.

»He, lebst du noch?« fragte ich sie nach einer Weile, fast etwas ungeduldig.

»Scheinbar nicht mehr.« Berühmt ihre Art, manchmal recht wenig zu sagen.

»Ich weiß, an was du jetzt denkst, ich könnte wetten.«

Sie rekelte sich, und obwohl auf ihrer Beifahrerseite Platz genug war, kam sie zu mir rüber. Ihr Sitz war leer, in diesem Moment hätten drei Leute auf der Sitzbank Platz finden können. Zwei, drei Haare von meinem Schnurrbart bekam sie zu fassen.

»Meinst du das gleiche, was ich auch meine?«

»Ich weiß, was du meinst.«

»Sag es doch.«

»Sag du es.«

»Hm, ist es dieses Eine? Dieses Schöne? Dieses Wunderbare? Dieses Einzigartige? Wir haben uns doch beide nicht getäuscht, oder?«

Ich weiß, ich werde wieder alle Wegweiser übersehen und werde auch wieder im Sumpf landen. Ich werde lernen und doch wieder nichts behalten können. Ich habe nichts auf dem Konto und nicht mal 'ne Lebensversicherung. Doch, ich habe etwas: herrliche Sommertage!

Mein Gott! Zu was brauche ich eine Lebensversicherung. Warum bin ich eigentlich so?

Arhus hatten wir hinter uns gelassen. Wir passierten die Stadt Skanderborg und fuhren auf der Europastraße drei weiter nach Horsens. Gleich hinter dem Ort, nach einer ziemlich abgewrackten Tankstelle, stand ein Anhalter und wollte mitgenommen werden. Ich bemerkte, er war keiner der üblichen Sorte. Er war gut gekleidet und sah gepflegt aus.

»Haben wir noch Platz für ihn?« fragte ich Marlin.

Ihre Antwort kam schnell, fast zu schnell.

»Er müßte an und für sich störend wirken, glaubst du nicht auch?«

Da hatten wir es wieder – ich hatte einfach nicht nachgedacht. Natürlich hatte sie recht.

Der Anhalter, schon im Glauben, er würde mitgenommen, da unser Wohnmobil etwas langsamer geworden war, war doch sichtlich enttäuscht, als ich den Wagen wieder beschleunigte. Wir erreichten Vejle und fuhren über eine Brücke des gleichnamigen Fjords. Glitzernd lag das Wasser unter uns. Bis nach Kolding mochten es nicht mehr als vierzig Kilometer sein.

Wenn mein Urlaub früher schon mal kürzer ausfiel, aus welchem Grund auch immer, ein paar Tage Dänemark mußten einfach immer drin sein. Wenn es das nicht war, dann war es zumindest nur ein halb gelebtes Jahr. Der Zauber des Nordens, eingebettet in wenige Sommertage war das mindeste, was ich forderte.

Wie oft hatte ich dabei Kolding passiert, aber noch nie eine Rast in dieser Stadt eingelegt. Lag es daran, daß man bei Urlaubsanfang so viele Kilometer wie möglich fahren wollte, oder, daß der letzte Urlaubstag nicht mehr viel Zeit übrig ließ? Kolding hatte nie meine Bekanntschaft gemacht. Gegen Abend hatten wir die Stadt erreicht. Ihre Bewohner feierten gerade ein Fest, denn die ganze Stadt war geschmückt. Überall aus den Fenster und Gebäuden hingen rotweiße dänische Fahnen. Die engen Straßen der Innenstadt waren voller Fähnchen und Wimpeln. Nun, das Fest war erst morgen wie man uns mitteilte, aber feiern tat man auch schon heute. Der Bürgersteig diente als Sitzplatz, der Springbrunnen als Kühlschrank und die Parkanlage als Müllplatz. In Anbetracht dessen, daß nirgendwo ein Plätzchen der Ruhe zu finden war, fuhren wir schnell weiter Richtung deutsche Grenze. Wir erreichten eine halbe Stunde später Haderslev, und in Abenra am Abenra Fjord tankten wir letztmalig Benzin in Dänemark.

Dann mußten wir uns schließlich von Skandinavien verabschieden. Vor uns lag das Land unserer Sprache, hinter uns verliebte Sommertage in einem anderen Land.

Am Grenzübergang wollte man nicht viel von uns wissen, weder auf dänischer noch auf deutscher Seite. Die Grenzbeamten standen gelangweilt in ihrem Dienstbereich und winkten uns einfach durch. Nicht einmal den Reisepaß wollte man kontrollieren. Ich wollte schon protestieren und vorschlagen, daß man den Grenzwechsel doch etwas feierlicher gestalten könnte. Schließlich hatte man doch zumindest das Recht, einem mißtrauischen Zöllner mitzuteilen, daß man nichts geschmuggelt hatte. Es ging einfach alles viel zu schnell. Eben noch in Dänemark, nun schon in unserem Land. Es war längst Abend geworden. Die Sonne spendete nur noch einen Bruchteil ihrer Wärme. Ich kurbelte das Seitenfenster herunter und ließ noch einmal den Sommerduft ins Innere. Es war der Geruch von zu früh gemähtem Heu, von Meertang, von Ginster und blühender Grasnelke.

Ich liebte es, wenn der Tag zur Neige ging, wenn er sich beugte und der Horizont die Farbe von Burgunderwein bekam. Ich glaube, er wehrte sich nie. Immer still und betrübt nahm er es auf sich. Die huschenden Schatten sonnendurchfluteter Sträucher, die Lerche im Wind, das Geschmeide des Tages, alles dahin ... Nicht mal die Sperlinge lassen sich sehen. Doch dann! Welch ein Dessert – der Brachvogel flog dahin.

Fehmarn muß man erleben, wenn es Sommer ist. Es sollte noch die Zeit sein, wenn der Raps blüht. Die gelben Felder reichen dann bis zum Horizont. An jenen Tagen wird es nur drei Farben auf der Welt geben, das Gelb des Rapses, das Grün der Wiesen und das Blau des Himmels.

Im Sommer ist die Insel eingehüllt in Möwengeschrei, Bienengesumm und Heuduft. Auf den kopfsteingepflasterten Marktplätzen der kleinen Dörfer blinzeln alte Menschen auf Holzstühlen in die Sonne. Auf den großzügigen Gehöften werden die Pferde für einen Ausritt gesattelt, in den schattigen Alleen ziehen Traktoren ihre Last.

Das üppige Weideland mit den grasenden Kühen und den kräftigen Erntearbeitern gibt allem die sanfte Melancholie der nordischen Landschaft. Man muß vielleicht sogar schnatternden Gänsen ausweichen und kann einen fliegenden Storch beobachten, Rhododendronbüsche blühen und die Reetdächer der alten Fischerhäuser scheinen niemandem und niemals weichen zu wollen. Weite Rasenflächen vor den Herrenhäusern glänzen im Morgendunst, und zwischen den Schatten der Bäume huschen Elstern. Man möchte ewig bleiben.

Die Mühle von Petersdorf läd zum Verweilen ein. In Staberhuk möchte man auf ein Fischerboot steigen und in Schlagsdorf einfach nur die alten Bauernhäuser bewundern. An der Steilküste haben sich Felsbrocken mit feinem Sand vermischt, im Nordwesten liegt das Vogelschutzgebiet. In Dänschendorf sollen die schönsten Mädchen der Insel wohnen. Man verspürt keine Lust, an den Strand zu gehen, denn dort findet man die Touristen. Man möchte einfach noch mehr von der Natur wahrnehmen. Die Felder sollten unendlich sein und der Raps das ganze Jahr über blühen. Man möchte in irgendeinem Bauernhof übernachten und morgens den Hahnenschrei aus nächster Nähe hören können. Man möchte den Hofhund des Bauern am Schwanz ziehen und der blonden Magd, bevor sie sich einem hingibt, noch schnell die Zöpfe aufflechten. Könnte man es nicht erreichen, würde es vielleicht schon genügen, ihren zarten Flaum in den Achselhöhlen zu küssen. Man möchte selbst aufs Feld gehen und unbändig in dieser großzügigen Erde graben. Man möchte aus ihr die frischen Kartoffeln wühlen und niemals den Blick von den wogenden Kornfeldern wenden. Man möchte einfach den Bauern fragen, ob er diesen Sommer noch einen Landarbeiter benötigt. Das ganze nächste Kornfeld mäht man dann selbst. Es sollte bloß keiner helfen, man wird das schon alleine schaffen. Wer einmal auf Fehmarn gewesen ist, wird versuchen, immer wieder zu kommen. Möglich, daß er die Insel auf der Landkarte einkreisen wird. Er wird sie dann mit einem Pfeil versehen und vor sich hinmurmeln: »Nächstes Jahr komme ich wieder.«
Bevor die Fehmarnsundbrücke gebaut wurde, war die Insel wirklich eine Insel, und ihre Bewohner glaubten, auf einem ganz eigenen Kontinent zu leben. Wenn sie das Festland besuchen wollten, taten sie es deutlich kund. Sie sagten dann: »Wir fahren jetzt nach Europa.«
Na ja, seltsam sind sie schon, die Inselbewohner. Es kann sein, man bucht ein Zimmer nur für eine Nacht, und der Vermieter muffelt vor sich hin, weil es nicht für eine Woche ist. Aber es kann sein, daß man am nächsten Morgen die Haferflocken zum Frühstück gratis serviert bekommt.
Auf der Insel hatte ich mal meinen Beruf ausgeübt, zwei Sommer lang. Zwar gab es reichlich Arbeit, und an freie Tage

war gar nicht zu denken, aber liebenswürdige Urlaubsgäste, eine fantastische Unterkunft und ein hervorragender Verdienst ließen alles bestens ertragen. Inventuren gab es nur gelegentlich und die schrecklichen Computerkassen waren noch längst nicht bis zur Insel vorgedrungen, kümmerte mich auch nicht; ich war sowieso der ehrlichste Barkeeper östlich des Rheins. Kollegen behaupten allerdings: Die Erfindung der Computerkassen ist für die Branche genauso tragisch, wie die Erfindung der Winchester für die Indianer. Die Kontrollen werden schärfer und der Verdienst geringer.

Ich weiß noch genau, wie ich zum erstenmal auf die Insel zufuhr. Die gewaltige Stahlkonstruktion der Fehmarnsundbrücke sah man schon von weitem, und man wußte in diesem Moment wahrlich nicht, wem man sich mehr zuwenden sollte, der imposanten Brücke oder der großen Ostsee. Das seichte Wasser vor der Brücke schimmerte im Sonnenlicht in zwei verschiedenen Farben. Dort, wo es ganz flach war, schimmerte es grünlich, dort, wo die Tiefe begann, zeigte ein zügelloses helles Blau seine ganze Kraft. Ein Moment, den ich nie vergessen werde.

Die Europastraße vier brachte mich auf die Insel. Würde man sie weiter befahren, würde man Puttgarden erreichen, den Fährhafen nach Dänemark. Schiffe setzen hier über mit ganzen Reisezügen. Auf der anderen Seite lag Rödby, der dänische Hafen. Die Züge fuhren dann weiter nach Kopenhagen. Seither waren viele Jahre vergangen, und der Moment von einst kam wieder. Es konnte sogar die gleiche Geschwindigkeit sein, mit der ich mich der Insel näherte. Das Auto war damals ein anderes gewesen. Aber das Wetter war das gleiche, und das ungeformte Glücksgefühl mit dem laut pochenden Herzen war immer noch da. Wieder erschien weit draußen, zuerst nur als Pünktchen erkennbar, die Fehmarnsundbrücke, und wieder war das seichte Wasser zu beiden Seiten der Brücke da. Und auch die Farben hatten nicht gewechselt. Nur ein zartes Rot kam noch hinzu, es war das sich Spiegeln der untergehenden Sonne. Auf dem Wasser befanden sich noch einige Segelboote, und ein Fischerkahn fuhr gerade heim. Uns entgegen kam der Zug, der zuvor Puttgarden verlassen hatte. Sein Waggonende passierten wir noch am Brückenanfang.

Der achte Tag

Es gibt eine Zeit – Ende April bis Mitte Juni –, in der man keineswegs gelbe Kleidung tragen darf, weil der Rapskäfer aktiv ist. Unzählige kleine Käferchen stürzen sich auf die von ihnen so begehrte Farbe. Sie verwechseln die Kleidung, sofern sie gelb ist, einfach mit einem Rapsfeld. Die gelbe Farbe allein genügt schon, und man kann eine Invasion erwarten. Sie zu entfernen, ist zwecklos. Immer neue Schwärme kommen angeflogen, und man wird selbst zum wandelnden Rapsfeld.
Jetzt ist es einen Monat später und der Raps ist verblüht. Die Bauern sind auf dem Feld und begutachten das Getreide. Für die Ernte ist es noch zu früh, aber Gemüse wird aus der Erde geholt, die Erdbeeren sind reif und Kinder hängen schon in den Kirschbäumen. Eine friedliche, zart betäubende Inselwelt. Unweit des Vogelschutzgebietes von Wallnau, auf einer Wiese, mit hohem Gras versteckten wir unser Wohnmobil. Nur ein verirrter Wanderer hätte es finden können.
Wir fuhren weit in dichtes Gebüsch hinein und ließen dann die Zweige einfach wieder über uns zusammengehen. Die Farbe unseres Gefährts war eine glänzende Tarnung. Hier konnten wir lange unentdeckt bleiben. Das Gestrüpp war so dicht, daß wir in jener Nacht den Vollmond nur in Anbetracht seines hellen Scheines wahrnahmen; seinen Stand konnten wir nur vermuten. Ringsum herrschte Stille.
Da wir spät auf der Insel angekommen waren, hatten wir beschlossen, Marlins Tante erst am folgenden Tag aufzusuchen. Wir schliefen ausgiebig, hörten nachts ein paar Marder streiten, schliefen aber sofort wieder ein. Gegen Morgen machte uns der Buntspecht wach. In unmittelbarer Nähe hatte er seinen Arbeitsplatz. Ein lästiger Geselle, wenn man schlafen möchte. Ich ergab mich dem Tag, der Buntspecht hatte gewonnen. Der Kater wurde ins Freie gelassen und Marlin wanderte zum Kiosk des Campingplatzes, um Brötchen zu besorgen. In dieser Zeit rasierte ich mich und schoß anschließend Fotos von unserem Wohnmobil, das so versteckt im Fehmarngrün lag. Es hatte mittlerweile seine zweihunderttausend Kilometer hinter sich gebracht, hatte nie ein zweites Getriebe benötigt und selbst die Kupplung arbeitete noch ohne Murren. Roststellen hatte es etliche, überwiegend an den Kot-

flügeln und Radkästen und dann noch auf der Motorhaube, wo es einst eine Beule nach dem Zusammenstoß mit einem Drahtzaun gegeben hatte. Selbst sein Ölverbrauch war zurückhaltend. Eines Tages werde ich es verkaufen müssen. Wer aber wird so einen betagten Komödianten noch kaufen wollen? Ich weiß, ich werde ihn in meinen Garten stellen und eine Wohnlaube daraus machen.

Marlin kam viel später als erwartet zurück. Sie trug heute morgen hellblaue Jeans. An manchen Stellen so verwaschen, daß Grau über Blau dominierte. Dazu trug sie eine rote Bluse mit weißen Perlmuttknöpfen. Die kleinen Brusttaschen lagen genau an einer Stelle, wo sie etwas hatte, was ich so an ihr mochte. Sie lächelte schon von weitem und schwang einen Brötchenbeutel. Der Wind spielte mit ihren Haaren und die Bewegungen ihres Körpers waren so graziös, daß es eine Wonne war, ihr entgegenzusehen und ihre Anmut zu bewundern.

»Ich bin wieder da«, sagte sie.

Ich saß gerade in der Hocke auf der Wiese und begutachtete eine Reihe Oberhemden, die ich nach dem Waschen auf dem grünen Gras ausgebreitet hatte, um sie von der Sonne trocknen zu lassen.

»Fein, hast du alles bekommen?« fragte ich.

Sie wühlte in ihrer Einkaufstasche.

»Ich habe uns zu den Brötchen noch ein Glas Marmelade mitgebracht. Der Eiermann war mit seinem Wagen gerade da, und da habe ich ihm auch noch ein paar Eier abgekauft. Schau hier, und dann habe ich uns noch Knäckebrot mitgebracht. Magst du Knäckebrot?«

Ich nickte: »Ein vortrefflicher Einkauf.«

»Wo warst du so lange?« wollte ich dann wissen.

Sie breitete das Eingekaufte vor mir aus.

»Es waren viele Leute dort, in der Nähe muß ein FKK-Strand sein. Du wirst es nicht glauben: Viele waren nackt beim Einkaufen.«

»Ist doch nichts Ungewöhnliches«, bemerkte ich.

»Für mich schon. Ich habe noch niemanden gesehen, der seinen Hintern als Portemonnaie benutzte.«

Ich horchte auf.

»Ist das wahr?«

»Sicher doch. Als es ans Zahlen ging, hat er einfach an die gewisse Stelle gegriffen.«

»Hat das jemand gesehen?«

»Ich glaube, außer mir niemand. Es ging blitzschnell, die Verkäuferin hat bestimmt nichts bemerkt.«

»Und was hat er mit dem Geld gemacht, das er zurückbekommen hat? Hat er es auch da wieder hingesteckt?«

»Ja, das wollte ich dir gerade erzählen. Irgendeine Summe mußte er noch rausbekommen, aber er wollte nichts haben.«

»Wie, er wollte nichts haben?«

»Nein. Er sagte: Für den Rest Gummibärchen. Du wirst es nicht glauben, damit war das Problem gelöst. Vielleicht war es auch überhaupt kein Problem gewesen. Komm, wir ziehen uns jetzt aus und gehen auch Gummibärchen kaufen. Sollen wir?«

Übermütig hatte sie den Brötchenbeutel wieder aufgehoben und warf ihn mir entgegen. Zwei Brötchen fielen aus dem Beutel und landeten auf einem der halbnassen Hemden.

»Hast du heute Waschtag?« fragte sie lächelnd.

Ich beantworte ihre Frage nicht, ich war noch immer bei dem Unbekleideten, der das seltsame Portemonnaie benutzt hatte.

»Und was hat er mit den Gummibärchen gemacht?« fragte ich.

Sie blieb ganz ernst.

»Gegessen natürlich.«

»Auf der Stelle?«

Marlin nickte. »Gleich und sofort.«

Ich stützte mein Kinn auf denEllenbogen und lehnte mich weit im Sommergras zurück, dann rieb ich nachdenklich meinen unrasierten Morgenbart. So, wie sie mir das alles beigebracht hatte, so, wie sie grinste und dann sogleich wieder ernst wurde, stimmte irgendetwas doch nicht. Ich hatte das Gefühl, daß sie mich veräppeln wollte. Ich warf ihr einen fragenden Blick zu.

»Und alles, was du mir erzählt hast, ist wirklich wahr?«

Keß ihr Blick zurück. »Natürlich.«

In dem Moment bemerkte ich, wie ihr Blick, der intensiv auf mir ruhte, ungeduldig wurde. Es war so wie eine Lauerstellung. Man wartet und dann, wenn der andere reagiert, reagiert man auch; aber erstmal abwarten.

Sie setzte sich zu mir: »Du glaubst mir also nicht.«

»Ich glaube, du bist heute zu großem Übermut aufgelegt.«
Sie riß einen Grashalm aus der Erde, betrachtete ihn kurz und drehte ihn unaufhörlich zwischen den Fingerkuppen, schließlich warf sie ihn weg.

»Vielleicht bin ich ein bißchen übermütig, aber das hat nichts mit dem Nackten und seinem Portemonnaie zu tun. Willst du behaupten, daß ich lüge?»

»Ich weiß nicht, Marlin, die Geschichte erinnert mich so an den Kellner im FKK-Club, der nicht wußte, wohin er sein Wechselgeld stecken sollte.«

»Und wo hat er es hingesteckt?«

»Münzgeld kannte er nicht, die Scheine zwischen den Allerwertesten.«

»Na siehst du. Da haben wir es schon. So etwas ist möglich. Und der da draußen hat es auch so gemacht. Der ist zwar kein Kellner, aber er befand sich in ähnlicher Situation. Ich sage dir, FKK-Camping bringt Probleme mit sich.«
Längst hatte ich bemerkt, sie wollte mich tatsächlich auf den Arm nehmen. Schön, mitzuerleben, wie herrlich ausgelassen sie heute morgen war. Es schien der bislang fröhlichste Tag mit ihr zu werden. So seltsam nachdenklich sie manchmal war, so unbeschreiblich ausgelassen konnte sie sein. Nie hätte ich ihrer Fröhlichkeit Fesseln anlegen können.
Sie stand wieder auf und stemmte beide Hände in die Hüften. Die Sonne blendete sie leicht, und sie blinzelte ihr entgegen. Das Rot ihrer Bluse erschien im hellen Licht noch greller, während ihre Gesichtszüge heute morgen noch lieblicher wirkten. Der zarte Puder war an einer Stelle etwas zu stark aufgetragen. Es war jener Winkel unterhalb des Mundes, wo ich die einzige kleine Falte bei ihr bemerkte. Ihre wunderschönen Augen blickten zur mir herunter.

»Ich laufe jetzt zum Strand. Und wenn du mich fangen willst, mußt du mir folgen. Wenn du es nicht tust, kann es sein, daß ich dir weglaufe. Solltest du mich aber einholen, werde ich dir sagen, wie groß meine Lügen heute morgen sind.«
Wie recht ich hatte: Sie war heute zum Schwindeln aufgelegt.

»Also ist es nicht wahr, was du mir heute alles serviert hast?«
fragte ich.

Einem Augenblick des Überlegens folgte die Antwort:
»Nein.«

Jetzt wollte ich ganz schnell aufspringen, sie ganz schnell ergreifen und ihr ganz schnell den Hintern versohlen. Noch einmal überlegte ich, wie keß sie sein konnte, dann wollte ich meine Gedanken in die Tat umsetzen, doch welch ein Jammer, es knackte in den Gelenken, und ich kam einfach nicht schnell genug aus der Hocke. Ich strauchelte und fiel zurück ins Gras. Welch ein alberner Anblick mußte es für sie sein. Mist, Alter, dachte ich und versuchte noch einmal, in Gang zu kommen. Marlin jauchzte in hellen Tönen wie ein Schulmädchen und spurtete aus der Wiese, ebenso wie ein Schulmädchen. Sie war schnell, sehr schnell sogar. Ich konnte sie nicht einholen. Im Nu hatte sie ein paar Meter Vorsprung. Im Laufen spannten sich ihre Jeans, und bei gewissen Bewegungen sah ich einen handlichen Popo vor mir, der wippte, sich drehte und den ich nicht einholen konnte.

»Fang mich doch!« ihre Stimme, die keineswegs überanstrengt wirkte, klang ganz fröhlich und übermütig.

Was meinte sie? Ich sollte sie fangen? Mein Mädchen, du kannst dir gar nicht vorstellen, wie schwierig das sein wird. Eigentlich dürftest du mich gar nicht dazu auffordern. Ich stellte erschreckt fest, wie die Jahre mich eingeholt hatten. Früher schon mal Schulbester im Laufen, sogar im Besitz einer Urkunde, mußte ich mich nun mit einer Niederlage abgeben. Vor mir die Jugend, halb so alt wie ich, dahinter meine Wenigkeit, erkennend, daß die Zeit der Höchstform endgültig vorbei war.

Marlin lief und lief, der Abstand zwischen uns wurde immer größer. Irgendwann schien sie dann doch Erbarmen mit mir zu haben, sie drehte sich um.

»Was ist?« rief sie.

Ein wenig aus dem Gleichgewicht geraten und nach Luft schnappend, gab ich ihr zu verstehen: »Ich kann nicht mehr.«

Sie triumphierte nicht. Im Gegenteil, etwas mitleidig sah sie zu ihrem schlappen Verfolger hinüber. Mann, was war mir das peinlich! Natürlich muß man mit der Zeit mehr Niederlagen einstecken, aber es mußte nicht gerade jetzt sein und nicht hier. Die Vorzüge des Alters sind auch, daß man Niederlagen als etwas ganz Normales betrachtet und Erfolge um so mehr auskostet. Sie könnte sich aber auch ausrechnen, wann der Moment kommen wird, wo mir auf jedem Gebiet die Luft ausgehen wird.

Mit einem Trick versuchte ich, näher an sie heranzukommen.

»Du hast gewonnen«, rief ich ihr völlig außer Atem zu. »Laß uns erst mal zusammen frühstücken.«

Nichtsahnend kam sie mir entgegen und machte in der Pose des Siegers halt.

»Hast du heute einen schlechten Tag, oder bist du immer so langsam?«

Mit gesengtem Haupt kam ich ihr näher und näher.

»Weißt du, so genau kann ich dir das gar nicht sagen. Da ist nämlich noch was, wovon du keine Ahnung hast ...«

Dann spurtete ich los. Die Arme weit ausgestreckt, mit der Kraft eines Düsentriebwerkes und mit dem unbändigen Willen, sie zu ergreifen. Meine List bemerkte sie etwas zu spät. Mit einem lauten Aufschrei wendete sie sich wieder um und spurtete los, wieder hatte sie ein schnelles Anfangstempo. Ich wußte nicht, woher es kam, aber ich schien plötzlich viel schneller zu sein. Die Gelenke knackten nicht, und der Körper spürte überhaupt keinen Trägheit, ich fühlte mich wie ein Athlet. Nie sollte sie merken, daß ich auf die fünfzig zuging. Der Abstand zwischen uns beiden verringerte sich zusehends, trotzdem war es mir immer noch nicht möglich, sie zu erreichen. Wir liefen dem Strand entgegen, und als Marlin bemerkte, daß sie mir nicht entkommen konnte, wurde ihr Schreien noch lauter, es war eher ein Jauchzen. Als wir am Strand waren, hatte ich sie erreicht. Ich warf sie zu Boden. Kurz vorher hatte sie eine leichte Drehung gemacht und mich dabei an der Schulter festgehalten. Auch ich verlor das Gleichgewicht und landete neben ihr im Sand. Sie war mit der Niederlage nicht einverstanden und schrie immer wieder:

»Du Schuft, du hast mich reingelegt. Findest du das fair? Ein armes, kleines Mädchen so reinzulegen? Du bist wirklich ein Schuft.«

Sie trommelte mit beiden Fäusten auf meine Brust, mehr aus Spaß denn aus Ernst. Ich hielt ihre kleinen, schmächtigen Arme fest und drückte sie mit ihrem ganzen Körper zu mir nieder. Sie versuchte, sich mit schnellem Entgegenrucken aus der Umklammerung zu befreien – vergeblich. Auch das

Strampeln mit den Beinen nutzte nichts. Ich hielt sie gefangen. So ganz lahm, alt und anfällig war ich also doch noch nicht!

Mächtig stolz sagte ich:

»Das kommt davon, wenn man Kleinmikelein unterschätzt. Das sollte man nie tun.«

Sie mußte schrecklich lachen. Wahrscheinlich hatte sie meinen Namen in der putzigen Ausführung noch nie gehört. Sie hielt sich vor Lachen beide Hände vor den Mund.

»Kleinmikelein hat mit Schmu gewonnen.«

»Aber nicht doch«, protestierte ich.

»Gewonnen nennst du das, so hinterhältig wie du bist?«

»Eine meiner schlechten Eigenschaften.«

»Kläre mich noch über alle auf, bevor es zu spät ist.«

»Gerade jetzt fallen mir keine weiteren ein.«

»Aber es sind viele.«

»Ich glaube schon.«

»Ich muß mir alles mit dir noch einmal überlegen.«

Ihre Pupillen wandelten sich ständig, mal waren sie groß, mal klein, aber immer listig auf mich gerichtet. Die Verkrampfung ihrer Hände zu Fäusten, löste sich. Sie legte weich ihre Arme um meinen Nacken.

»Sag, daß du geschummelt hast«, hauchte sie.

Ganz anders die jetzige Situation. Eben waren wir beide noch in Bewegung, laut und ausgelassen, jetzt ruhten unsere Körper, und unsere Worte wurden weich, hier draußen am Strand.

Bedingungslos ergab ich mich wieder ihrem Zauber.

Ich küßte ihre heiße Stirn.

»Ich habe geschummelt«, sagte ich dann. »Ich glaube, es ist aber nicht mehr so wichtig.«

»Nein«, hauchte sie.

»Wollen wir es hier tun?«

»Siehst du irgendwelche Leute hier?«

»Ich glaube, es ist niemand zu sehen.«

»Dann komm schon, du kleiner Schummler. Ich mag es heute aber ganz anders ...«

Erraten! Ich weiß, daß sie ganz entzückt ist, wenn man ihr durchs Haar fährt. Heute ist es anders – sie versucht es bei mir! Wenn sie dann so still ist und gar nichts sagt, dann glaube ich: Sie zählt meine Haare und rechnet sich aus, wann ich keine mehr besitzen werde. Wenn er keine mehr hat, werde ich ihm den Laufpaß geben, denkt sie.

Dabei ist es doch so anders. Sie wird losrennen und mir sofort ein Toupet besorgen. Sie zieht mit ihren Fingern einen Scheitel an einer Stelle, wo er gar nicht hingehört. Sie entdeckt Sommersprossen – sie macht daraus eine lustige Affäre. Sie zieht einen zweiten Scheitel. Ich muß nun aussehen wie ein Osterhase. Dann hat sie endlich wieder Worte parat.

»Weißt du was, Mike?«

»Was?«

»Ich mag diese Insel.«

»Darüber bin ich nicht mal überrascht«, sagte ich. »Ich möchte den Menschen kennenlernen, der Fehmarn nicht mag. Ein armseliger Typ muß das sein. Er wird kein Blut besitzen, keine Gefühle haben, und Augen werden ihm keine Sehkraft gegeben haben. Ihn kann es nicht geben!«

»Wo ist eigentlich das Vogelschutzgebiet?«

»Es ist ganz in der Nähe.«

»Und was brüten dort für Vögel?«

»Es ist das Brutgebiet vieler seltener Vogelarten. Soviel ich weiß, brüten hier Haubentaucher, Graureiher, Brandgänse, Krickenten, Mittelsäger, Wasserrallen und viele mehr. Dann sind es auch viele Vogelarten, die nur Durchzügler sind. Sie kommen aus den nördlichen Gefilden oder aus den kalten Zonen Rußlands. Es sind einfach nur Gastvögel: Sterntaucher, die Eisente, Goldregenpfeifer, die Lachseeschwalbe, Sommergoldhähnchen oder die Weißwannengänse.«

»Wie kommt es, daß du so gut über sie Bescheid weißt?«

»Als ich auf der Insel arbeitete, gab es am Tag stets Zeit für mich. Mein Dienst begann erst am Abend. Ich hatte viel Gelegenheit, über die Insel zu streifen. Ein Ornithologe hat mir die Stellen gezeigt, wo man ungestört die seltensten Vögel beobachten konnte. Es waren Stellen, wo sich nie ein Tourist hin verlaufen würde.«

Ich glaubte, sie hörte mir ganz andächtig zu. Aus der liegenden Perspektive erschienen mir die Grashalme so groß und ebenso die blonden Flaumhaare auf ihren Unterarmen. Ich zog an beiden. Während das Gras gütig mit sich geschehen

ließ, war eine Mädchenstimme mit einem »AAAUUUUUU«
zu hören. Ich rollte mich kurz von ihr fort, um Schlägen zu
entgehen und war sofort wieder anwesend, um Zauberhaftes
über mir zu erleben.

»Hat es weh getan?«, fragte ich.

Sie tat erhaben.

»Das nicht, aber tu es nicht noch einmal.«

»Was möchtest du noch über Fehmarn wissen?« Ich wollte ihr
alles Wissenswerte über meine Lieblingsinsel beibringen.
Sie sollte von ihr lernen, sie ehrfurchtsvoll betrachten und sie
einfach vollkommen vorfinden, so wie ich.

»Du bist immer gerne hier gewesen, nicht wahr?«

»O ja. Es waren stets muntere, ausgelassene Sommertage.
Wenn die Saison vorbei war, der Herbst kam und ich die Insel
verlassen mußte, dann wußte ich, die Weißwannengänse sind
auch nicht mehr da, aber sie werden – so wie ich – wiederkehren. Ich liebe dieses Island einfach. Etwas sollst du auch
wissen – die Tochter eines Großgrundbesitzers war einen
Sommer lang meine Freundin. Hätte sie mich nicht bei der
Untreue erwischt, wäre ich heute sicherlich ein Inselbewohner«.

»Könntest du mich auch betrügen?«

»Nie.«

»Du gibst mir dein Wort?«

»Du kriegst zwei Wörter dafür.«

»Hat man ein schlechtes Gewissen, wenn man mit einem
anderen Mädchen schläft? Ich meine, wenn man ein festes
Mädchen hat?«

»Nicht unbedingt. Wenn man es öfter tut, empfindet man gar
nichts dabei. Nicht mal irgendwelche Bedenken hat man.«

Sie legte sich neben mich.

»Ich wünschte, ich wäre auch ein Junge.«

»Wieso?«

»Es wäre ein ganz legitimer Schlüssel für ein ganz frivoles
Leben. Ich würde es auskosten so wie du. Sag, daß du es aus-
kostest.«

»Du hast Verständnis für meine liederlichen Sünden?« fragte
ich.

»Sagen wir so: Ich würde als Mann nicht anders leben
wollen.«

»Frauen sind auch bedauernswerte Geschöpfe. Wie jämmerlich kurz ihre Glanzjahre sind. Männer dürfen noch mit sechzig ihren Lastern nachgehen, ohne albern zu wirken.«
Mein Gott. Wie sie jetzt nachdachte. Wie sie ihre Augen auf mich richtete, und wie sie mit meinem obersten Kragenknopf spielte. Den Kragenknopf hatte sie fast abgedreht.
»Weißt du, wie wahnsinnig ich dich überhaupt liebe?«
Ich wollte mir diesen Moment einprägen, den Ausdruck ihres Gesichts, den Klang ihrer Worte, die Bewegung ihrer Schulter, für später mal. Irgendwann sagte ich dann:
»Sollten wir nicht zu deiner Tante?«
Noch immer blinzelte sie mich fragend an.
»Müssen wir das wirklich?«
»Es was doch vorgesehen, oder?«
»Du hast recht, wir sollten sie jetzt besuchen.«
»Wann hast du sie das letzte Mal gesehen?«
»Da war ich noch ein kleines Mädchen. Sie besuchte mich und meine Mutter in dem Jahr, als mein Opa gestorben war. Ein gutes Verhältnis zwischen meiner Mutter und meiner Tante hat es eigentlich nie gegeben.«
»Und wieso?«
»Sie mochte Mutter einfach nicht. Ich glaube, meine Tante wollte für ihren Bruder eine Frau, die ihn aus seiner ständigen finanziellen Misere holen sollte. Vater sah blendend aus und hatte riesige Chancen bei den Frauen. Jeder glaubte, er würde eines Tages die große Partie machen. Um so größer die Enttäuschung, daß er Mutter heiraten mußte, die mit mir schwanger war. Sie stammte nicht aus wohlhabenden Verhältnissen.«
»Habe ich dich richtig verstanden? Dein Vater hat deine Mutter daraufhin sofort geheiratet?«
»Vater war recht eigenartig. Er wollte einfach keine Verantwortung übernehmen. Wenn es nach ihm gegangen wäre, hätte er sich am liebsten in den Busch geschlagen und wäre ewig ein Junggeselle geblieben. Schließlich blieb ihm aber nichts anderes übrig als zu heiraten. Seine Eltern bestanden auf einer Hochzeit.«
»Wo wohnt deine Tante?«
»Am Stadtrand von Burg.«
»Ich würde vorschlagen, wir fahren dann in den Ort. Gleichzeitig könnten wir irgendwo tanken.«

»Schrecklich, was für ein Durst unser Auto hat.«

Nach einem Kuß, einem Schmetterling, der sich auf ihr Haar gesetzt hatte, und einer Gepflogenheit, Mädchen nie zu sehr zu drängeln, verließen wir der Erde süßen Platz.

Über das kleine Dorf Peterstal fuhren wir nach Burg. Wir kamen an einer alten Mühle vorbei, in der sich mittlerweile ein Restaurant befand, beobachteten, wie die Felder den Himmel berührten, und bewunderten das volle Grün der weiten Wiesen. Ich hatte Gedanken daran, daß wir eines Tages nicht mehr da sein werden, daß Zeit weit vorangeschritten sein wird, daß jüngere Wolken ziehen werden, daß nach gefallenem Laub neues Grün wachsen wird. Ich versuchte, mir die Sommerfelder im Winter vorzustellen, verschneit und mit Fußabdrücken in dem Weiß der Feldwege, ich konnte es nicht.

Das Haus von Marlins Tante hatten wir bald in Burg gefunden. Es stand neben einem Bauernhof und sah schon ziemlich verfallen aus. Als wir klingelten, öffnete uns niemand. Die Blumen in den Balkonkästen sahen verwelkt aus, und im Vorgarten wuchs mehr Unkraut als nützliche Pflanzen. Am Haus selbst fiel an mehreren Stellen der Mörtel von den Wänden, während unter dem grauen Putz rote, alte Ziegelsteine zum Vorschein kamen. Ein Namensschild auf dem Klingelschild konnte man kaum noch lesen. Das davorgeschobene Plastikschild hing zur Hälfte heraus und war bereits braun verwittert. Eine schwarzbraune Katze ruhte auf dem Fenstersims. Wir klingelten noch einmal, und noch immer öffnete uns niemand.

Im Nebenhaus bewegte sich eine Gardine, und ein kleines Mädchen blickte neugierig aus dem Fenster. Als es feststellte, daß man es bemerkt hatte, verschwand es wieder hinter der schützenden Gardine. Kurz darauf erschien an gleicher Stelle ein grimmiges Männergesicht. Der Mann zog die Gardine ganz beiseite und beobachtete uns für einen Moment. So, als hätte er dann genug gesehen, verschwand er und zog die Gardine vor.

Dann öffnete man uns doch. Ganz langsam schob sich die morsche Haustür zur Seite und knarrte fürchterlich. Zwischen Rahmen und Häuserwand erschien ein altes, faltendurchzogenes Gesicht. Unter einem zerfransten, schmutzigen

Kopftuch lugten ungepflegte graue Haare hervor. Der Blick war starr und von eigenartigem Ausdruck. Mal ging er an uns vorbei, mal traf er uns gezielt. Tante machte eine Handbewegung, als wäre unser Besuch ihr nicht genehm. Auf ihrer gelblichen Gesichtshaut waren viele dunkle Flecken zu erkennen. Ihr Aussehen erschreckte Marlin. Mich nicht weniger. War das ihre Tante, von der sie gesprochen hatte?

»Tag, Tante Luisa«, begann Marlin das Gespräch, »erkennst du mich nicht? Ich bin Marlin Stadler, deine Nichte.«

Die alte Frau zeigte keine Regung. Weder ein Lächeln noch eine Reaktion. Auch keine Worte kamen über ihren Mund. Ihr Blick wurde noch starrer.

»Ich bin deine Nichte Marlin«, wiederholte meine Begleiterin ihre Worte und erhoffte doch eine Antwort, zumindest etwas Verbindendes.

Doch nichts dergleichen geschah. Die alte Frau zeigte einfach keine Regung. Vielleicht hätte ich etwas sagen sollen, aber es erschien mir doch wichtiger zu schweigen. Marlin hatte hier allein zu bestimmen, was hier zu geschehen war. Offensichtlich hatte Marlins Tante den Verstand oder zumindest das Gedächtnis verloren. Der Eindruck war einfach da. Sicherlich hatte Marlin das selbst auch schon längst bemerkt. Dabei mußte es für sie eine furchtbare Erkenntnis gewesen sein. Wenn die enge Verwandtschaft auch nur auf dem Papier bestand, das Gefühl der Beklommenheit war rundrum anwesend. Marlin versuchte abermals, ihrer Tante die Vergangenheit ins Gedächtnis zu rufen.

»Tante, du mußt dich erinnern – an Marlin. Ich war damals noch ein kleines Mädchen.«

Endlich öffneten sich die Augen von Marlins Tante, als würde sie grelles Feuer erblicken. Ihr Mund öffnete sich weit und wurde übergroß. Sie holte tief Luft, dann sagte sie:

»Marlin ... Marlin ... Du bist gekommen? Wo warst du so lange? Endlich hast du meine Bitte erfüllt. Du bist wirklich zurückgekommen?«

Eine krächzende hohe Stimme hatte sie.

»Überall habe ich nach dir gesucht. Wo bist du so lange gewesen? Hast du die Jahre auf der Insel auch nicht vergessen?«

»Ich bin nie auf der Insel gewesen, Tante.«

»Du bist nie auf der Insel gewesen?«

»Nein.«

»Aber wir haben doch im Frühling im Garten zusammen das Blumenbeet umgepflügt.«

»Auch das nicht, Tante Luisa.«

»Wer bist du denn?«

Marlin wurde sehr verlegen. Noch einmal sagte sie:

»Ich bin Marlin, deine Nichte.«

»Marlin?«

Ungläubig öffnete die Tante den Spalt der Tür etwas weiter, und ich bemerkte zum ersten mal, daß aus dem Inneren ein penetranter Gestank hervordrang. Ich hoffte andächtig, nicht ins Haus gebeten zu werden. Es bestand kein Zweifel: Wir hatten einen Menschen vor uns, dem man die Normalität geraubt hatte. Wie es auch passiert sein mochte, es war schrecklich. Insgeheim hoffte ich, daß Marlin sich so schnell wie möglich aus dieser Beklommenheit befreien würde. Irgendwie schien sie aber nicht weiterzuwissen. Ich glaubte schon, Tränen der Verzweiflung in ihren Augenwinkeln entdeckt zu haben. Nochmals raffte sie sich auf und versuchte, ihrer kranken Tante einen Punkt abzugewinnen, bei dem die Erinnerung doch noch gewinnen würde. Sie wußte, ihre Tante hatte mit ihr früher gern Puppenstube gespielt. Da gab es einen Clown, an den sie sich einfach erinnern mußte.

»Was ist eigentlich aus Pedro geworden?«, Marlins letzter Versuch.

Den Clown »Pedro« hatte die Tante selbst angefertigt. Es wurde Marlins Lieblingspuppe. Sie hatte sich so mit den Puppen, vor allem mit Pedro, angefreundet, daß sie irgendwann zu glauben schien, daß sie mit ihnen auch reden konnte. Als sie es dann tat, glaubte sie auch zu wissen, daß sie Leben in sich bergen würden. Sie hielt mit ihnen Zwiegespräche und war der Meinung, Pedro höre ihr am meisten zu. Er wurde ihre Lieblingspuppe.

Auch Tante Luisa war von der Puppe angetan. An den Wochenenden hatte sie ihn Stück für Stück angefertigt. Aus Papier, Holzwolle und Stoffresten wurde ein stummes Wesen geschaffen, mit dem man doch reden konnte. Er hörte immer zu.

Als er endlich fertig war, diente er als Geburtstagsgeschenk in einem hellen Karton mit roten Schleifen. Der Deckel öffnete sich, und jeder, der ihn sah, glaubte er würde von ganz allein aus dem Karton steigen.

Die Puppe »Pedro« schien bei Marlins Tante doch etwas zu bewirken. Für einen Moment stellten sich ihre Augen schräg, und sie dachte wohl nach. Dann öffnete sich ihr Mund zu einem schmalen Spalt, und zwischen lückenhaften Zähnen machte sich ein zaghaftes Lächeln breit.

»Pedro, ja Pedro. Er bekam es immer mit der Rute, weil er nicht essen wollte. Ich weiß es noch genau.«

Marlin klatschte vor Freude in die Hände, so begeistert war sie. Endlich hatte sie die Tante auf dem Weg der Erinnerung.

»Richtig, Tante. Er wollte nie essen.«

»Und in der Schule brachte er immer die schlechtesten Noten.«

»Auch das stimmt, Tante.«

»Er saß immer auf der letzten Bank.«

»Bestens, Tante.«

»Eine buntkarierte Hose trug er.«

»Du weißt es noch?«

»Ich habe es nicht vergessen.«

»Kennst du noch seine übergroßen Schuhe?«

»Die mit den Papiersohlen?«

»Richtig.«

»Der rechte hatte ein winziges Loch an der Seite.«

»Auch das weißt du?«

»Ich bin doch nicht vergeßlich.«

»Ach Tante, du bist wunderbar.« Marlins war sichtliche erleichert.

Die alte Frau zerrte dann an ihrem Kopftuch, während zu gleichen Zeit irgend etwas im Haus zu Boden fiel. Die Tante reagierte aber nicht. Sie bat uns auch nicht ins Innere, statt dessen fragte sie leise:

»Und wo ist Pedro jetzt?«

»Ich hab ihn noch, Tante.«

»Er muß doch schon sehr alt sein.«

»Ich weiß nicht, wie alt, Tante. Die Hände mit den langen Fingernägeln sind schon ziemlich zerfranst. Aber sonst macht er noch einen ganz guten Eindruck.«

Ein verlegenes Lächeln begleitete diesen Satz von Marlin.

Tante Luisa sagte dann etwas, bei dem wir endgültig wußten, daß sie sich schlecht erinnern konnte, Dinge doch verstand, sie aber sofort verkehrt einordnete. Sie war schon sehr verwirrt.

»Lange Zeit war Pedro in dieser Stadt. Manchmal besuchte er mich und brachte mir Bohnensuppe mit. Sie war immer sehr heiß. Viel Rauchfleisch und auch Wurststückchen waren immer darin. Pedro war ein guter Mensch, das müßt ihr mir glauben.«

Tante Luisa sprach sehr langsam und leise. Wenn es mehr als zwei Sätze waren, hatte sie Schwierigkeiten mit dem Luftholen. Dann mußte sie erst eine Pause einlegen. Aus Pedro, dem Clown, eine Puppe, hatte sie plötzlich einen Menschen gemacht, der ganz sicherlich nicht mit Bohnensuppe vor der Tür stand. Marlin schaute zu mir hoch und legte ihre Hand zitternd auf meine Schultern. Sie sagte nichts, aber ich wußte, was sie meinte. Ein letztes Mal blickte sie intensiv auf ihre Tante, einfach um noch einmal festzustellen, ob für alles nicht doch ein Irrtum vorliegen könnte. Vielleicht hatte Tante Alkohol getrunken oder Tabletten genommen und würde dadurch wirres Zeug reden? Ach, wäre es so. Morgen dann würde sie wieder einen ganz normalen Eindruck machen.

Im dem ganzen Gesichtsausdruck ihrer Tante fand Marlin dann aber schließlich die Merkmale und Symbole eines zerfahrenen Geistes. Ich glaube, sie wollte sich am liebsten abwenden. Die Situation nahm sie sichtlich mit.

»Leb wohl, Tante Luisa«, sagte sie ungewöhnlich abgehackt. Nach jedem Wort hatte es Pausen gegeben. Ganz sachte reichte sie ihrer Tante die Hand, und ich bemerkte wie diese zitterte. Ich befürchtete schon, sie würde diese Geste nicht verstehen und überhaupt keine Bedeutung daraus lesen können. Sie reagierte aber schnell. Durch den Spalt der Tür schob sich ein dünner Arm. Marlin legte ihre Hand darauf.

»Wir müssen jetzt gehen, Tante.«

»Ja, geht nur.«

»Können wir noch etwas für dich tun?«

»Was könnt ihr schon für mich tun? Ich bin eine alte Frau, die nichts braucht. Ich brauche wirklich nichts.«

Sonderbar, jetzt sprach sie wieder ganz normal, als gäbe es keinen Einbruch in ihrem Denken.

»Dann auf Wiedersehen, Tante«, sagte Marlin.

»Auf Wiedersehen.«

Wortlos nahm ich Marlin in meine Arme und drückte sie mehr als sonst an meine Brust. Ich glaube, sie benötigte es. Im gleichen Moment näherte sich die morsche Haustür dem ebenso morschen Rahmen, und das greise Gesicht verschwand im Dunkeln des Inneren.

»Wie lange mag sie schon so leben?«, fragte Marlin.

»Ich weiß es nicht. So etwas kann ganz plötzlich kommen«, erwiderte ich.

»Es ist furchtbar.«

»Ja.«

Wir gingen zu unserem Wagen zurück und stiegen in bedrückter Stimmung ein. Ich steckte den Zündschlüssel ins Schloß.

»Wohin fahren wir?«

Marlin blickte abweisend auf das alte, verfallene Haus, dessen Bewohnerin uns soviel Nachdenklichkeit beschert hatte.

»Ich weiß es nicht, irgendwohin.«

»Wollen wir an den Strand fahren?«

»Laß uns lieber in den Ort fahren.«

Wir fuhren wieder dem Zentrum von Burg entgegen, Kolonnen von Urlauberautos kamen uns entgegen. Man merkte ganz deutlich, auf der Insel hatte die Hochsaison begonnen. Das Kopfsteinpflaster im Ort selbst veranlaßte uns, langsam zu fahren. Der Wagen schaukelte von einer Seite zur anderen. Hoffentlich waren die Haken alle fest, an denen die Kochtöpfe hingen. In diesem Schaukeln vermißten wir plötzlich das Motorengeräusch. Beim Druck aufs Gaspedal kam keine Reaktion. Der Wagen beschleunigte nicht. Er rollte nur noch. Von draußen hörte man die Geräusche der Betriebsamkeit, im Inneren herrschte Stille. Man hätte den Zusammenstoß zweier Fliegen hören können. Ich drehte den Zündschlüssel wieder herum, ganz einfach in der Hoffnung, ein kleiner Fehler im Vergaser, ein Zündaussetzer oder sonst etwas Belangloses könnte es sein. Während der Daumen das Metall des Zündschlüssels drückte, ich sogleich den Widerstand spürte, aber kein Motorgeräusch kam, hatte ich das beklemmende Gefühl, ein Autodasein wird nun auf einem alten

Kopfsteinpflaster in Burg zu Ende gehen. Ich legte beide Hände müde aufs Lenkrad und blickte Marlin an.

»Weit sind wir gekommen. Bis hier hin.«

Sie sah mich fragend an.

»Was ist?«

»Ich fürchte, der Bursche will nicht mehr.«

»Du meinst, er ist defekt?«

»Es sieht so aus.«

»Und nun?«

»Gute Frage! Wenn ich das wüßte. Autos haben die schlechte Angewohnheit, ihren Geist in den ungelegensten Momenten aufzugeben. Wenn man es wirklich nicht erwartet, spielen sie einem diesen Streich.«

Merkwürdig, merkwürdig. Heute mittag hat er noch einen ganz munteren Eindruck gemacht. Die Medizin zum Gesundbleiben hatte er stets erhalten – immer frisches Öl. Sollte es ein Tag der Pannen werden? Zuerst das eine und nun auch noch ein defektes Auto. Beides wäre einfach zu viel.

Hör zu, du gutes, altes Wohnmobil. Nun mach keinen Ärger. Spring wieder an, und alles bleibt beim alten. Scheinst wirklich ein alter, sturer Esel zu sein. Für mich bist du aber das aufregendste Auto der Welt. Ich versuch's noch einmal mit dir, und du hörst auf mich, okay?

Ich drehte wieder eifrig den Anlasser, betätigte die Kupplung und rüttelte sogar am Lenkrad. Wenn es die Batterie wäre, könnte man vielleicht nach dem Klick des Anlassers ein schwaches Durchdrehen hören, ein schleifendes Reiben oder sonst irgendwelche Geräusche, so aber passierte überhaupt nichts. Fast hatte man das Gefühl, als gäbe es unter der Haube gar keinen Motor. Man sollte mal nachschauen.

»Marlin, ich glaube, ab heute sind wir Fußgänger«, sagte ich, dabei zog ich den Zündschlüssel ab und legte ihn vorne auf das Armaturenbrett.

Sie deutete ungläubig zur Motorhaube.

»Du meinst, es ist der Motor?«

»Ganz sicher.«

»Ich dachte immer, Motoren gehen nur kaputt, wenn man zu schnell fährt.«

»Das dachte ich auch. Unserer verhält sich da eben ganz anders. Motoren gehen auch meistens am Sonntag kaputt.

Unserer macht es an einem Werktag. Wir könnten noch eine Werkstatt benachrichtigen. Ist er nicht nett zu uns? Ich habe immer gesagt, unser Wohnmobil hat Stil.«

Was für ein trauriger, gedämpfter Nachmittag. Ich griff zum Handschuhfach, drückte das Knöpfchen, der Deckel sprang auf – und welch ein Anblick – die Whiskypulle lag da. Seit vielen Stunden würde ich sie das erste mal wieder berühren. Jetzt als Fußgänger durfte man es ja auch.

Mein guter alter Freund, wie habe ich dich vernachlässigt. Deine Hilfe brauchte ich auch nur immer, wenn andere mir nie was boten, du aber immer da warst. Was bin ich eigentlich für ein ungerechter Partner dir gegenüber. Ich komme nur zu dir, wenn du mich trösten sollst. Nun aber brauche ich wieder einen Schluck.

Eigenartig, Marlin hatte nichts gegen einen Schluck einzuwenden. Ich beobachtete sie, und als sie auf die andere Straßenseite blickte, waren es vier oder fünf Schlucke gewesen, alles lauwarme Portionen. Ich schüttelte mich kurz, dann stiegen wir aus und schoben unser Wohnmobil aus dem Verkehrsfluß auf einen Parkstreifen, wo es hinter einem Postwagen seinen Ruheplatz einnahm. Ich glaube, unsere Panne hatte sich rasch in Burg herumgesprochen, denn ein Mann vom Ford Service steuerte auf uns zu.

»Probleme?«, fragte er von weitem.

Ich hatte beide Seitenfenster heruntergekurbelt und die Motorhaube geöffnet.

»Das kann man wohl sagen«, gab ich zur Antwort.

»Ist es der Motor?«

»Scheint so.«

Der Mann trug einen blitzsauberen blauen Kittel, und die Hose hatte die geradeste Bügelfalte der Welt. In seiner linken, oberen Kitteltasche steckten mindestens sieben Kugelschreiber, das Auftragsbuch trug er gleich in der Hand. Er sprach nicht den Dialekt der Inselbewohner. Überaus freundlich war er. Mochte sein, daß er ein günstiges Geschäft erschnuppert hatte. Wie dem auch sei, er erklärte uns nach kurzem Betrachten und einigen Handlungen, daß der Wagen auf jeden Fall erst mal in die Werkstatt müßte, dort könnte man die genaue Ursache des Defekts feststellen. Nach aller Wahrscheinlichkeit müßte das Übel aber am Motor liegen. Noch unschlüssig, was wirklich zu tun war, überließ ich den Wagen dem freundlichen Monteur. All das bedeutete erst mal Hotelübernachtung und eine Ungewißheit für die nächsten Tage. Ich sagte dem Monteur, daß wir spätestens morgen wissen müßten, welche Reparatur an dem Wagen erforderlich wäre, und wie hoch die Kosten hierfür sein würden. Er versprach uns, bereits morgens könnten wir anrufen, und er würde es uns dann mitteilen. Alle wichtigen Dinge, die wir für eine Hotelübernachtung benötigten, luden wir aus dem Wohnmobil, und der Fordservice brachte uns zum Südstrand, wo wir uns vorerst für eine Nacht im Ferienzentrum einquartierten. Unser Wohnmobil benötigte zum ersten mal fremde Hilfe und wurde auf einen Laster geladen, ein trauriger Moment, nicht zum Betrachten geeignet.

Als wir am Abend nach dem Essen am Strand nebeneinander gingen und die Sonne so gemächlich unterging, hatte ich die Unannehmlichkeiten des Tages fast schon vergessen. Marlin hatte sich mit beiden Armen bei mir eingehakt und spielte bei jedem Schritt mit dem feuchten Sand. Wir gingen nahe am Wasser, wo sich die Wellen nicht immer an ihren Rhythmus hielten. Einzelne waren kräftiger und kamen uns bedenklich nahe. Auch in diesen späten Stunden hatten die Winde keine Flaute.

Marlin schaute den zurücklaufenden Wellen nach.

»Machst du dir Gedanken über den Wagen?«

Ich log nicht, als ich ihr antwortete:

»Nein, überhaupt nicht. Bei dem Alter mußte es ja mal passieren. Ich habe es viel früher erwartet.«

»Seltsam. Als ich vor dem Abendessen eingeschlafen war, hatte ich etwas Merkwürdiges geträumt. Das, was wir am Nachmittag erlebt hatten, ich meine, das defekte Auto, den Monteur, den Abschleppwagen, alles hatte ich nochmals vor Augen. Alles so, wie es wirklich gewesen war. Und dann träumte ich, ich wäre auf der Insel geblieben.«

»Mit mir?«

»Nein, du warst irgendwo anders.«

»Und wo?«

»Ich weiß nicht. Du warst einfach aus meinen Blicken entschwunden, und ich habe dich auch nie mehr wiedergesehen.«

Ich scherzte. »Hatte ich dich etwa verlassen?«

Marlin blieb ernst. Ihr Blick ging zum Horizont, und der Wind, der ihre Haare in Unordnung gebracht hatte, spielte mit dem kleinen Taschentuch, das sie in den Händen hielt. Einen kleinen Teil von dem hielt sie fest, der größere Teil gehörte dem Mächtigen, der über das Meer kam. Das Tuch bemerkte ich erst jetzt. Ich wollte es ihr abnehmen und in die Jackentasche stecken. Ich dachte, sie könnte es verlieren, und benötigten würde sie es bestimmt nicht.

Neugierig fragte ich sie: »Warum hältst du das Tuch in deinen Händen?«

Sie hatte den nachdenklichen Blick beibehalten.

»Meine Hände sind nur etwas feucht. Es ist nichts weiter«, sagte sie.

»Hast du öfter feuchte Hände?«

»Eigentlich nie.«

»Und wie kommt es?«

»Manchmal bekommen Menschen feuchte Hände, wenn sie Angst haben oder aufgeregt sind.«

»Und was bist du von beidem? Ich weiß schon, warum du aufgeregt bist. Weil du weißt, daß an deiner Seite der aufregendste Mann der Welt geht. Ist es so? Sag, daß es so ist. Würde mich mächtig stolz machen.«

»O Mike, mach keine Witze.«

»Aber wie du aussiehst, muß ich welche machen. Du siehst aus, als ob morgen ein Krieg ausbrechen würde. Weißt du übrigens, daß es Möwen mit Holzbeinen gibt?«

»Nein.«

»Es sind jene, die aus den Vogelstationen entflogen sind. Bitte, nun lach doch.«

»Ich kann nicht.«

»Und wieso nicht?«

»Ich muß immer an den Traum denken, er war so sonderbar ...«

»Ach Marlin, was sind schon Träume. Abergläubische Menschen glauben daran; Leute, die für nichts eine Erklärung finden können oder auch jene, die glauben, daß Horoskope eine Bedeutung haben. Ich kannte mal einen Schmuggler, der schmuggelte nur bei Vollmond, und bei Vollmond hat ihn auch die Polizei erwischt. Wenn er nur nicht so abergläubisch gewesen wäre ... er könnte heute noch schmuggeln.«

»Eine gräßliche Stimme aus einem riesigen roten Schlund sagte mir, daß ich die Insel nie verlassen werde. Es hörte sich an wie ein Befehl, und dann tanzten Farben um mich. Es war so sonderbar, Mike, ich habe Angst.«

»Träume sind sowieso sonderbar. Also gut – der Traum sagte dir: Du bleibst auf der Insel. Vielleicht war der Traum ein Spiegel der Zukunft. Selbst wenn wir wenig Geld hätten, könnten wir hier leben. Wir hätten das Meer vor der Tür, und eine Angel ist nicht teuer. Wir könnten Rhabarber pflanzen, ein Gemüse, das selten angepflanzt wird und immer gefragter ist. Wir hätten auch viel Zeit, Buschwindröschen zu pflanzen und in den wogenden Kornfeldern das Blau der Büschelglockenblume zu finden. Ich weiß auch eine Stelle, wo im Sommer die Seehunde in der Sonne liegen. Wir hätten vieles hier. Auf der anderen Seite der Insel gibt es einen Wald voller Wildblumen. In einem Baum des Feldahorns brütete damals ein Goldammerpärchen. Vielleicht sind sie immer noch da.«

Marlin sah nachdenklich auf und mochte den Zauber von Fehmarn gerade richtig verstanden haben. Ich wollte nochmals anfragen, ob sie rettende Inselgrüße empfangen hatte.

»Na, was hältst du davon?«

In ihren Körper kam plötzlich Bewegung. Sie machte zwei Schritte nach vorn, drehte mit ihrem rechten Fuß halbnassen Sand zu einem Kreis und lief einfach davon. Dann wartete sie auf mich, bis ich sie wieder eingeholt hatte, und dann küßte sie mich.

»Ach, dieser blöde Traum hat mich ganz durcheinandergebracht«, sagte sie ein wenig aufgeheitert. »Wie kann man sich nur so gehen lassen? Ich höre lieber deinen Worten zu. Wie war das mit dem Rhabarber? Man kann damit sogar Geld verdienen?«

Ich zog merkwürdig langsam die Stirn in Falten.

»Na ja, Millionär kann man damit nicht werden, aber wir könnten ihn auch einmachen und hätten im Winter reichlich Rhabarbermarmelade. Machen wir doch gleich eine Rhabarberfabrik auf.«

»O Mike, wie beschwingt du mich doch immer wieder machst. Ich würde sogar sagen, ich bin glücklich. Ich bin eine Biene, lebe in einem Blütenkelch und habe Angst, er könnte umknicken. Wenn er umknickt, gibt es keinen süßen Honig mehr. Sag – bist du Honig?«

»Du täuschst dich – wir beide sind Bienen, und der Honig ist der Sommer.«

Mir war danach, sie in den Arm zu nehmen und ihr anzudeuten, daß man den auslaufenden Wellen am Strand folgen sollte. Wie eindrucksvoll unsere Füße den Abdruck im Sand hinterließen, den die Meereswellen gleich darauf ebneten. Es war wohl deren Aufgabe .

»Du, Marlin«, sagte ich so frisch, wie die Luft war.

Nur ein kleines »Hmmmmmmmm« kam als Reaktion.

»Weißt du, daß ich mal richtig pleite war?«

Sie schreckte hoch.

»Wirklich?«

»Ja, und trotzdem ging ich ganz groß speisen. Ich aß und trank, bis nichts mehr in meinen Körper hineinging.«

»Aber ich denke, du hattest kein Geld.«

»Richtig, ich wartete im Restaurant, bis die Morgenstunde kam. Jene, mit dem Gold im Munde. Als sie endlich kam, schnitt ich mir ein Stück Gold heraus, bezahlte beim Kellner und ging.«

Wie herrlich sie jetzt lachte. Ihre Augen, Mund und Nase, auch die Lippen – alles schien ein Vergnügungspark zu sein. Die Besucher darin mochten ihre Gedanken sein.

Unsere Schritte wurden langsamer. Ich glaubte, Marlin wollte es so. Der hochgestellte Kragen ihrer Wildlederjacke verbarg einen Teil ihres langen Haars. Ein paar Locken hatten sich freigemacht und gaben sich dem Spiel des Windes hin; abendliche Kühle hatte ihre Wangen rot gefärbt. Eine einzelne Wimper, verlorengegangen aus einem dichten Wimpernkranz, lag einsam oberhalb der rechten Wange. Sie drehte sich um, führte ihr Gesicht nahe zu mir, und ihre zarten Hände legten sich um meinen Hals. Wo sie nur für einen kurzen Moment verweilten, um dann meinen Kopf zu ihr zu führen. Bevor sich unsere Lippen fanden, gesellte sich zu der einzelnen verlorenen Wimper auch eine Träne. Sie kam aus den Augenwinkeln und wußte zuerst nicht, wo sie hin wollte. Zuerst versuchte sie es links, dann rechts. Es sah aus, als würde sie die Wimper suchen. Schließlich trafen sie sich doch und beide gelangten zur Oberlippe. Sie sahen keiner Vernichtung entgegen. Sie verschwanden einfach – jemand hatte sie fortgetragen.

Nicht wissend, was eine Träne und eine Wimper zu bedeuten hatten, kam er. Er, der nicht gelernt hatte, höflich zu sein – der Wind. Er nahm beide lautlos mit. Sein Geschenk an uns war der Salzgeschmack auf unserer Haut.

»Ich liebe dich, wahnsinnig liebe ich dich ...«, sagte sie dann. Für einen kurzen Moment sah ich den Sand und bemerkte ein schmales Büschel Strandhafer zu meinen Füßen. Ich zählte die Halme und kam auf acht. Und acht Tage waren wir auch zusammen. Was für merkwürdige Dinge es doch gibt!

Als ich ihre Lippen berührte, schien es mir, als würden Tautropfen zarte Blüten küssen.

Der neunte Tag

Es mag im Norden Deutschlands keinen Flecken Erde geben, wo die Sonne mehr scheint als auf Fehmarn. Man sieht die Regenwolken kommen, sieht sie drohend die Landschaft verdunkeln, und man befürchtet schon, im nächsten Moment das Naß auf der Haut zu spüren, und dann hat ganz plötzlich Sonnenschein die Insel erfaßt. Wenn die schnell wandelnden Schatten der Wolken über die Felder gezogen sind und die Sonne wieder durch die Wolken stößt, dann ist es ein besonderer Moment. Im Mai glänzen die Rapsfelder wie Gold in der Sonne. Ich möchte dann auf einer Wolke sitzen und Fehmarn von oben im Rapsgold sehen. Wie verliebt war ich doch immer in diese Insel gewesen. Wenn ein Maler, der malen könnte, ein Schriftsteller, der schreiben könnte und ein Poet, der dichten könnte – sich zusammentun würden, sie würden ein unvergängliches Werk schaffen. Die Insel würde jedem die Inspiration geben, die er benötigt. Sollte ich diese Idee weitergeben? Nein, ich mache es nicht, Fehmarn – du könntest zu bekannt werden.

Ich mußte an unser Wohnmobil denken, den Schrottplatz auf der Insel hatte es nicht verdient. Die Finanzen zum Kauf eines neuen würden bei weitem nicht langen. Letztendlich würde nichts weiter übrigbleiben als eine freundliche Zugfahrt heimwärts. Aber wohin dann mit unserem Gepäck? Schließlich war da schon mal eine ganze Wohnwagenausrüstung.

Ein vorzeitiger Anruf beim Fordhändler brachte uns unverhofft Freude. Der Händler teilte uns mit, daß der Motor doch zu reparieren sei und es sich auch lohnen würde. Die Beschaffung der Ersatzteile würde etwa zwei bis drei Tage in Anspruch nehmen. Den größten Teil hatte man sogar auf Lager, aber ein Teil mußte aus England beschafft werden. Es würde auf dem Luftweg angefordert werden. So ist es, wenn man ein Auto fährt, das aus allen Firmen der Welt zusammengesetzt ist. Die Reparatur würde etwa tausendsechshundert Mark betragen, teuer – aber immer noch billig, wenn man bedenkt, was so ein neues Gefährt kosten würde.

Meine Freude war unbeschreiblich, also hatte mein alter Freund aus Blech und Gummi noch immer den Willen durchzuhalten, er war einfach nicht kleinzukriegen. Ich hätte den Nasenbär küssen können. Es stand also fest, wir würden noch zwei bis drei Tage auf der Insel bleiben, eben so lange, wie die Reparatur für den Wagen dauern würde. So hatte ich Zeit, Marlin die Insel zu zeigen. All die vielen schmucken Dörfchen mit den kleinen verträumten Ortsteichen, die verschwiegenen Inselecken, die es überall gab, wo trotz der vielen Touristen sich kaum Menschen verlaufen würden, und die Kastanienbäume, die so riesig wie Eichen waren. Ich kannte deren Platz. Für all die Entdeckungsreisen die Füße zu bewegen, wäre doch zu anstrengend gewesen, wenn auch gesund. Ich entschloß mich, für die zwei Tage einen Leihwagen zu mieten. Bereits in der nächsten halben Stunde konnten wir ihn bewundern. Es war ein schmucker BMW in dunkelblauer Farbe, vorne ein breiter Spoiler und hinten das gleiche noch wuchtiger. Er hatte zudem versilberte Speichenräder und sah wirklich überwältigend aus. Die riesige Auspuffblende konnte eher einem LKW gehören. Ich möchte wissen, wer diesem Wagen nicht nachschauen wird. Sein Blech zierten an der Seite weiße Dekorstreifen. Fast war ich neidisch, daß er nicht mir gehörte. Mir gefiel das Auto auf Anhieb.

Marlin empfand wohl das gleiche für ihn. Sie stand länger um ihn herum als ich. Als der Wagenvermieter uns die Wagenschlüssel überreichte, wandte sie den Kopf zu mir und fragte aufgeregt:

»Darf ich den auch mal fahren?«

Ich sah sie verständnisvoll an. Ich hatte diese Frage fast erwartet.

»Er gefällt dir auch, nicht wahr?«

»Sehr.«

»Natürlich darfst du ihn auch fahren.«

»Toll sieht er aus.«

»Wenn du möchtest, kannst du ihn gleich fahren«, sagte ich.

Sie faßte sich ans Kinn und schien für einen Moment nachzudenken, dann lehnte sie sich an mich und hatte eine Entscheidung getroffen.

»Ich kann warten. Fahr du ihn lieber zuerst, dann kannst du mir den Wagen auch besser erklären. Du mußt mir vor allen Dingen sagen, wo die Bremse ist.«

»Weißt du denn das nicht?«

»Doch, aber ich vergeß' das immer wieder. Du solltest wissen, daß ich eine ganz rasante Autofahrerin bin. Ich liebe schnelles Fahren.«

»Das hätte ich dir gar nicht zugetraut.«

Sie entfernte sich von mir und betrachtete wieder den BMW.

»Du weißt so vieles nicht über mich.«

Sie ging weiter um das Auto herum und begutachtete es von allen Seiten. Sie drückte lässig ihre Hände in die Hosentaschen und hatte sogar für den Moment einen kritischen Blick auf ihrem Gesicht. Ich weiß nicht, welchem Stück des Autos er galt, aber er war da. Dann drückte sie ihren Daumen aufs Blech der Motorhaube und zog einen weiten Kreis bis hin zu den Vordertüren.

»Er ist ein bißchen staubig, aber sonst gefällt er mir.«

Dem Autoverleiher, der unmittelbar neben ihr stand, schien diese Bemerkung peinlich zu sein.

»Selbstverständlich werden wir ihn noch waschen lassen«, sagte er sogleich. »Es dauert nicht lange.«

»O nein, lassen Sie nur. Wenn Sie ihn zurückbekommen, wird allerhand mehr Staub darauf sein. Dann lohnt sich das Waschen sogar. Wie schnell ist er eigentlich?«

»Gute zweihundert wird er machen«, war die Antwort des stolzen Autovermieters.

»Muß ein tolles Gefühl sein, so schnell fahren zu können. Ich bin noch nie so schnell gefahren. Ich glaube, mit dem Wagen meiner Freundin aus dem Turnerclub habe ich mal hundertachtzig geschafft. Und dieser ist gewiß schneller?«

Der Autoverleiher nickte kurz.

»Das ist er.«

»Muß schon berauschend sein, ihn zu fahren.«

»Das ist es auch.«

»Hat er Servolenkung?«

»Selbstverständlich.«

»Auch einen Drehzahlmesser?«

Der Autoverleiher öffnete die Wagentür und beugte sich ins Wageninnere.

»Auch das, schauen Sie hier.«

Marlin nickte zufrieden.

Ich war überrascht, wie gut sie sich mit Autos auskannte, mochte eine heimliche Liebe, vielleicht auch nur eine leichte Sympathie sein. Für mein Auto hatte sie sich nie sonderlich interessiert. Ich vergaß, sie hatte ja mal einen Freund, der Rennfahrer gewesen war.

Wir verließen den Mietwagenhändler, ohne den Wagen gleich mitzunehmen.

»Wir kommen am Nachmittag zurück und holen ihn dann ab.« sagte ich dem Mann, der mir die Autoschlüssel überreicht hatte. »Wir haben in Burg noch zu tun und gehen das kleine Stückchen zu Fuß. Sie wissen ja, wie das ist mit den Parkplätzen.«

Hinter einer übergroßen Sonnenbrille verbargen sich wachsame Augen. Er faßte sich kurz an den Brillenbügel und meinte:

»Sie haben ja mehrere Tage Zeit, sich mit ihm anzufreunden.«

Recht hatte er.

Ich wandte mich an meine Begleiterin.

»Du hättest nicht so unhöflich sein sollen und den Staub bemängeln müssen.«

Es knackte förmlich laut in ihrer Mädchenehre, sie zeigte, daß sie erwachsen war.

»Sei nicht so zimperlich. Schließlich bezahlen wir, und dafür sollten wir auch ein sauberes Produkt erhalten. Du wirst doch nicht anderer Meinung sein?«

Mann, wie erwachsen sie war.

Sie legte ihre Hand um meine Taille und wieder kam dieses beglückende Gefühl auf, wie wenn eine Feder vom Himmel fällt und in den Handflächen zu Gold wird, wenn man sie auffängt. Die Feder, sie mag weiß sein, liegt so leicht in der Hand, und dann wird die Hand schwer, Gold ist darin geworden ... Im jetzigen Zustand war das Leben einfach vollkommenen.

»Was werden wir heute eigentlich unternehmen?« fragte ich meine zauberhafte, verwegene Liebe.

Bei der schnellen Bewegung ihres Kopfes machte sogar ihr Halskettchen einen Sprung aus der Bluse. Sie merkte es noch nicht einmal, und so setzte sich ein Krebs aus Kupfer auf ihr Blusenrevers. Ein Platz, der ihm gar nicht zustand. Marlin blinzelte in die Sonne.

»Ich weiß es nicht. Ich bin recht übermütig heute. Was stellt man mit so einem übermütigen Mädchen an? Hast du einen Vorschlag?« Ich war begeistert, sie in solch einer Stimmung zu sehen.

»Was ist das für ein Gefühl, wenn ein Mädchen so übermütig ist? Ist man bereit, alles Unmögliche zu tun, oder gibt es auch noch Hemmungen?« fragte ich.

»Nun, ich würde gerne einen Mischlingsköter am Schwanz ziehen. Allen Leuten, die mich nicht mögen, sagen, daß sie einfach blöd sind. Und dann möchte ich noch den Regenbogen vom Himmel holen.«

Ich legte ihr Kupferkettchen mit ihrem Sternzeichen wieder an den alten Platz zurück.

»O, das ist alles so ziemlich einfach zu erledigen. Den Mischlingsköter wirst du überall finden. Die Leute, die dich nicht mögen, wird es nicht geben. Aber den Regenbogen vom Himmel zu holen, da wirst du Schwierigkeiten haben.«

»Du schenkst mir einfach den Regenbogen. Wie wär's damit?«

»Eine wunderbare Idee.«

»Du, Mike?«

»Ja.«

»Wirst du mich auch noch lieben, wenn ich kein junges Mädchen mehr bin?«

»Ich werde dich immer lieben.«

»Auch wenn ich später Falten habe?«

»Auch dann.«

»Sagst du es einfach so, oder ist das dein Ernst?«

»Weißt du, ich kann mir dich später gar nicht vorstellen. Schau mich an. Könntest du dir mich vorstellen in deinem Alter? Sicherlich nicht. Genauso kann ich mir dich nicht vorstellen als eine erwachsene Frau. Weißt du, du müßtest Zöpfe tragen. Auf einer Schulbank könnte ich mir dich schon eher vorstellen.«

»Ich habe Bilder von unserer Klasse, aus dem letzten Jahr, als ich die Schule verließ. Wenn wir im Hotel sind, zeige ich sie dir.«

Ich überlegte andächtig. Ich wollte sie mir gar nicht vorstellen, die Jahre später mit ihr. Der Zauber der Gegenwart war so vollkommen, daß beides es nicht zuließ. Ich mußte ihr antworten wie ein Pfarrer, behutsam und sinnvoll.

»Nehmen wir an, du wirst Falten haben. Deine Falten werden die schönsten der Welt sein.«

Sie sah einem Schmetterling nach.

»Wie kannst du bei einem so ernsten Thema nur so albern sein.«

»O nein, so ist es nicht. Ich nehme die Sache ganz ernst. Ach, wärst du häßlich, dann gäbe es keine Gedanken an dein Alter. Du wärst heute häßlich und später auch. Ich nehme es aber nicht tragisch, daß du es nicht bist.«

Sie legte ihren Kopf behutsam an meine Schulter.

»Die Zeit ist schön mit dir, Mike. Wenn ich später einmal Wellenrauschen hören werde, diese Sommertage werden immer anwesend sein, diese wundervollen, süßen, zauberhaften Tage. Der Einblick in die Erinnerungen ist nie leblos, jedenfalls nicht dann, wenn man sie mag. Mein Leben hat noch nicht die Bedeutung von vielen Jahren, und dabei ist es nie ein Mißvergnügen gewesen. Hast du Respekt vor dem Leben?«

Der kräftige Duft ihres Parfüms erreichte mich für einen Moment. Nachdem er sich wieder mit dem Sommerduft vermischt hatte, gab ich einer leeren Blechdose einen kräftigen Kick, die einsam auf der stillen Straße lag. Ich mußte kurz husten.

214

»Normalerweise ja. Es hat mich reichlich belohnt. Ich habe Respekt vor dem Leben – allein deshalb, weil es sich nie berechnen läßt. Aber ich würde auch nie ein berechnendes Leben mögen.«

Sie verlangsamte ihre Schritte.

»Mir gehört schon ein Tag, wenn ich Nettes beobachten konnte. Vielleicht wie ein Kind einem alten Mann über die Straße hilft oder mein Lieblingssahnestückchen in meinem Café plötzlich größer ausgefallen ist.«

»Dann bist du schon zufrieden?«

»Langt es nicht?«

»Mir nicht.«

»Siehst du, du erwartest einfach zuviel. Aber das muß nicht entscheidend sein. Ich liebte immer Männer mit vollem Haar, war so etwas wie eine Grundsatzentscheidung für mich. Und was hast du? Volles Männerhaar ist es bestimmt nicht.«

»Was willst du damit sagen?«

»Das weißt du nicht? Meistens bietet das Leben einem mehr, wenn man gar nicht so viel erwartet. Wiederum, wenn man es nicht fordert, kann es einen übersehen.«

Ich wollte nicht mit ihr philosophieren, mehr interessierte mich, was sie an meinen Haaren auszusetzen hatte. Eine klitzekleine Frechheit von ihr.

»Wie war das mit meinem Haar, es erscheint dir zu dünn? Den meisten Frauen ist das nicht so wichtig.«

Sie blieb bei ihrer Vorstellung.

»Ich mag aber volles Männerhaar.«

»Würde ich mit vollem Haar besser aussehen?«

Sie wagte einen kritischen Blick, wobei sie ein paar graue Locken an meinen Schläfen berührte.

»Es würde dich nicht schöner machen. Sicherlich würdest du nur etwas jünger aussehen. Sei nicht albern, sogar ohne Haare würde ich dich lieben. In ein paar Jahren ist es soweit.«

»Wenn du den letzten Satz nicht gesagt hättest, könnte ich jetzt ein Glücksgefühl empfinden.«

»Ich sage alles noch einmal und vergesse den letzten Satz.«

»Wenn du das tust, lade ich dich zum Essen ein.«

»Ich tue es!«

»Bitte sofort.«

»Also gut! Ich betone hiermit ausdrücklich, daß ich dich auch

ohne Haare lieben werde – ganz bestimmt – ganz bestimmt!
Wohin gehen wir essen?«
»Ich wüßte da ein kleines Lokal......«
Ich wollte das Gespräch weiterführen, aber von der anderen
Straßenseite schrie jemand, als hätte er gerade auf dem un-
ebenen Kopfsteinpflaster einen Klumpen Gold entdeckt. Ein
kleiner, pummeliger Typ winkte unaufhörlich herüber. Er
deutete an, man sollte die Straßenseite wechseln. Meine Sehkraft auf weite Distanz war nicht mehr von allerbester Güte,
so erschien mir die Person recht undeutlich und nur so erkennbar, daß sie klein und füllig war. Gut zu erkennen aber
sein buntkariertes Hemd, das weit aufgeknöpft war. Man
mußte fast glauben, er stehe mit bloßem Oberkörper da. Sein
dicker Bauch wölbte sich weit aus der Hose, rotblonde Haare
hingen wild in die Stirn.
»Was will der?« fragte Marlin.
»Ich weiß es nicht.«
»Er scheint dich aber irgendwie zu kennen.«
»Vielleicht verwechselt er mich auch mit jemandem.«
Dann wußte ich, wer es war. Beim Näherkommen hatte ich
ihn erkannt, meinen alten Freund Alwin. Er schien noch
immer auf der Insel sein Unwesen zu treiben. Sein damaliger
Lebensinhalt – oh wie angenehm – waren Mädchen ...
Mädchen ... Mädchen!
Na, alter Knabe, noch immer auf der Suche?
Seinen Lebensunterhalt verdiente er als Koch. Zwei Sommer-
saisons hatten wir Tür an Tür gewohnt. Da ich die gleiche
Schwäche hatte wie er, erschien er mir naturgemäß als Kon-
kurrent. Es ging schließlich darum, wer nach dem Sommer
als absoluter Mädchenchampion dastehen würde. Um ehrlich
zu sein, er gewann knapp.
Es konnte doch nicht sein, daß er noch immer durchs alte
Jagdrevier stiefelte? Für diesen Job war er mittlerweile doch
etwas zu alt. Ich konnte mir nicht vorstellen, daß ein weibli-
ches Wesen ihn auch heute noch für begehrenswert halten
wird, man brauchte nur seinen Bauch zu betrachten.
Durch seine Nachbarschaft bekam ich immer ungewollt mit,
wie die Anzahl seiner Damenbekanntschaften von Monat zu
Monat stieg. Seine Verlobte, eine Person von ungewöhnlicher
Neugier und Eifersucht, war ihm aber stets auf den Fersen,

und mein Freund Alwin bekam zusehens Schwierigkeiten, seine auswärtigen Liebeskontakte unentdeckt zu lassen. Einmal, bei einem der unangemeldeten Besuche seiner Verlobten, mußte er seine neue Damenbekanntschaft schleunigst wieder ausladen und mir ins Zimmer schieben. Ich nahm dankend an, denn Geschmack hatte er, nie würde er sich mit weniger appetitlichen Happen abgeben. Einmal erwischte es ihn doch, er selbst wurde erwischt. Eine Verlobte hatte er fortan nicht mehr, aber dafür eine Zeitlang häßliche Narben im Gesicht von häßlichen langen Fingernägeln. Der Bursche sah nicht mal so gut aus. Es mag doch nicht etwa an seiner Kochkunst gelegen haben? Es soll Mädchen geben, denen ist gutes Essen gleichbleibend mit dem anderen ... Heute jedenfalls, mit diesem Bauch und diesem Aussehen, würde er bestimmt Schwierigkeiten haben, die Erfolge von einst zu wiederholen.

Unsere Begrüßung war von eigenartiger Urgewalt, vielleicht begrüßen sich sonst nur Gorillas in dieser Art. Man haute dem anderen mit voller Wucht auf die Brust, gab die unmöglichsten Laute von sich und machte aus den gegenseitigen Haarfrisuren seltsame Gebilde. Das faßte man sich mit kräftigen Händen an beiden Schultern und hielt einen Moment inne.

Soll man raten, was Alwin zuerst gesagt hat? Er hatte nämlich nur Blicke für Marlin.

»Sag, wo hast du sie her?« Er übersah alles andere.

Also kein üblicher Begrüßungssatz, wenn zwei alte Freunde sich wiedersehen, seine Überraschung mußte er vor eine gesagte Begrüßung setzen.

Ich sah in groß an.

»Sie ist meine Freundin«, sagte ich.

Er deutete mit rollenden Augen auf Marlin: »Kennst du sie schon lange?«

»Nein, noch nicht.«

Nochmals ein kurzer Blick zu ihr, dann beugte er sich weit vor, meine Schultern krampfhaft festhaltend. Er flüsterte mir ins Ohr:

»Sie ist sehr hübsch.«

»Das weiß ich.«

»Wo hast du sie kennengelernt?«

»Irgendwo, in einem Dorf bei Uelzen.«

»Und wie lange kennt ihr euch schon?«

»Gerade neun Tage werden es sein.«

»Du bist verliebt in sie?«

»Das müßtest du mir ansehen.«

Ganz plötzlich entfernte er sich, beugte sich mit seinem Körper weit nach hinten, wippte mit seinem Kopf und schien eine Begutachtung zu tätigen.

»Laß dich mal anschauen, alter Junge.«

Es stemmte beide Hände in die Hüften und hatte insoweit das Ergebnis vorliegen.

»Ja, ja, du hast recht, man sieht es dir an. Ich würde sagen, ganz deutlich sieht man es. Die Liebe scheint dich sogar schlanker gemacht zu haben. Wo hast du den Speck am Bauch gelassen?«

»Er ist einfach nicht mehr vorhanden.«

»Willst du mich nicht mal deinem Mädchen vorstellen?«

»Entschuldige. Das ist Marlin.« Ich fügte stolz hinzu »Meine Freundin. Und das ist Alwin, ein alter Freund von mir. Wir beide arbeiteten zusammen auf der Insel.«

Marlin und der dicke Koch schüttelten sich daraufhin freundlich lächelnd die Hände, und ich achtete darauf, daß Alwin auch nicht in seine alte Abstaubertour zurückfiel, aber sein Charme von einst schien doch der Vergangenheit anzugehören. In meine Gedanken hinein fragte er mich:

»Was macht ihr hier auf Fehmarn?«

Ich blickte auf die roten Haare meines ehemaligen Arbeitskollegen, die früher längst nicht so kräftig in der Farbe waren.

»Marlins Tante wohnt hier auf der Insel. Wir wollten sie nur mal besuchen. Dann ging unser Auto zu Bruch. Jetzt müssen wir noch bis Anfang der Woche warten«, sagte ich.

»Mit anderen Worten, ihr habt etwas Zeit.«

»Treffend ausgedrückt.«

»Wo wohnt ihr?«

»Im Ferienzentrum.«

»Ihr hättet bei mir wohnen können. Ich habe mir eine kleine Pension gekauft, gar nicht weit von hier. Wenn ihr wollt, kann ich sie euch zeigen. Sie ist zwar nicht so modern, aber sie bringt gutes Geld. Für die Touristen langt es allemal.«

»Wie bist du an das Objekt gekommen?«

Alwin winkte ab. »Lange Geschichte.«

»Und wie bist du an das Geld gekommen?«

»Kurze Geschichte.«

»Erzähl doch mal.«

Alwin zuckte gelangweilt mit den Schultern.

»Du weißt doch, früher hatte ich immer hübsche Frauen mit wenig Geld. Sozusagen waren es immer nur halbe Erfolge. Heute sind es weniger hübsche Frauen mit reichlich Geld, wenn du so willst, auch nur halbe Erfolge. Und trotzdem, Mike, ich habe zugeschlagen – ich habe geheiratet!«

»Was hast du, du hast geheiratet?«

»Da staunst du, nicht wahr?«

»Du liebst sie aber nicht, du hast sie wegen dem Geld geheiratet.«

»Wer sagt dir denn, daß ich sie nicht liebe?«

»Du liebst sie wirklich?«

»Aber natürlich.«

»Stell sie mir vor, deine Frau, ich muß sie kennenlernen.«

»Geht leider nicht.«

»Und warum nicht?«

»Seit gestern verreist.«

»Du versteckst sie vor mir.«

»Mike, wie könnte ich das tun. Sie ist wirklich verreist. Sie ist wirklich eine sehr interessante Frau. Wenn ihr noch länger bleibt, könnt ihr sie kennenlernen. Mitte der nächsten Woche kommt sie zurück.«

Ich weiß nicht, der gute, alte Alwin! Übertreiben und untertreiben, zwei Dinge, die er sich nie abgewöhnen wird. Ihm etwas anstandslos zu glauben, war mir schon immer schwergefallen. Seine Pension mochte ein Juwel oder eine Bruchbude sein, seine Frau wirklich hübsch, dann hatte er letztlich untertrieben.

»Wollt ihr nicht mitkommen?« fragte er uns dann. »Ich zeig euch mein Schmuckstück, wo eine Übernachtung das Erlebnis eines Fünfsternehotels bringt.«

Jetzt hatte er wieder übertrieben!

Bereits einwilligend hielt mich Marlin am Ärmel fest.

»Wollten wir nicht noch einkaufen gehen für unseren Grillabend?« Stimmt, ich hatte ihr versprochen bei gutem Wetter am Strand von Staberhuk zu grillen. Eine Menge mußten wir hierfür noch einkaufen.

»Wir haben doch noch etwas Zeit«, entgegnete ich ihr.
Sie steckte einfach ihre Hand in meine Hosentasche und
suchte in einem anderen Departement, Männergespräche
schienen sie zu langweilen. Sie legte ihren Kopf an meinen
Oberarm. In der Hosentasche fühlte ich zarte Finger; die
Bonbons waren darauf sogleich verschwunden. Sie lutschte
sie und sagte darauf:
»Ich weiß, wie es ist, wenn zwei Freunde sich nach Jahren
wiedertreffen, meistens werden lange Stunden daraus. Ver-
sprich mir, daß es heute anders wird.«
Ihr das versprechen? So leicht würde das auch nicht sein.
»Wir wollen nur über die Sommertage von einst sprechen«,
sagte ich. Wie immer sie es finden mochte, der Einkauf für
das Grillen in Staberhuk war ihr doch wichtiger. Die Bonbons
hatten es ihr noch immer angetan. Sie warf feines, durchsich-
tiges Papier an den Straßenrand.
»Ihr könnt euch doch ruhig über die wilden, alten Tage unterhalten, ich fahre derweil nach Heiligenhafen ins Einkaufszen-
trum und besorge die nötigen Dinge für heute Abend. Gibst
du mir den Wagen, Mike?«
»Du willst den BMW fahren?«
»Möchte ich. Er sieht so schrecklich neu aus, und er gefällt
mir. Und du hattest es mir auch versprochen.«
»Du willst ihn wirklich fahren?«
»Warum nicht, schließlich haben wir ihn gemietet, und einkaufen müssen wir heute auf jeden Fall. Wir benötigen auch
dringend Kaffepulver und Zucker. Auf unserem letzten Rast-
platz haben wir die Wäscheleine vergessen, wir brauchen
eine neue.«
»Du hast recht, du könntest alles für heute Abend besorgen
und zusätzlich das, was wir noch benötigen. Wirst du vorsichtig fahren?«
»Du gibst mir den Wagen?«
»Natürlich.«
»O Mike – danke!«
Ihr bislang so bittender Blick verwandelte sich in einen glänzenden. Rote Wangen, eine ungepuderte Nase und das
Gerücht – sie könnte mich küssen.
Ich hatte bereits beim Autohändler bemerkt, wie der Wagen
ihr gefiel.

»Fahr vorsichtig«, sagte ich und überreichte ihr die Wagenschlüssel. »Vergiß nicht, ein paar Dosen Bier mitzubringen. Paß auch auf, daß das Grillfleisch nicht zu fett ist. Und achte darauf, daß der Wagenhändler dir den Wagen mit einem vollen Tank überreicht, das sind alles Schlitzohren.«

So schnell hatte ich Marlin noch nie aus meinem Blickfeld verloren. Ich schaute ihr noch lange nach. Ich erinnerte mich noch genau an die Bewegungen ihres Körpers. Und ich fand es zauberhaft schön, wie ihr langes blondes Haar dabei auf ihre Schultern fiel, um sich dann wieder weit ab in die Höhe zu bewegen. Ich fühlte, wie Gedanken sich tief in mein Herz gruben. Wie ich dankbar war, daß es ihren Vater gab, ihre Mutter, Gott und sie. Was für ein Glück, mit ihr leben zu können.

Aber zugleich, fast in einem Atemzug, verspürte ich den Sog eines seltsamen Gefühls – Angst war da. So schnell, wie Marlin sich aus meinen Augen entfernte, so geplündert fühlte sich mein Körper an. Ich hatte plötzlich Angst, sie nie mehr wiederzusehen. Wie konnte man plötzlich nur so denken?

Mache ein Porträt von ihr, male sie, schreibe über sie – die Zeit hatte einen Termin ausgesprochen. Aus diesem Moment heraus schrie ich ihren Namen und wollte ihr nacheilen. Aber zu schnell war sie aus meinem Blickfeld entschwunden. Ich ballte meine Hände zur Faust und wandte meinen Kopf zu meinem ehemaligen Arbeitskollegen. Er bemerkte meine Veränderung und fragte erschreckt:

»Was hast du, Mike?«

Halb anwesend, halb weit weg, wohin mich Marlin getragen hatte, antwortete ich ihm: »Nichts, gar nichts.«

Der Himmel bewölkte sich, und es regnete.

Neben Alwins Hotel war der Standort der Inselfeuerwehr, deutlich hörten wir den Alarm. Alwin fragte einen ihm bekannten Feuerwehrmann, wo es schon wieder brennen würde, denn letzte Woche gab es fast jeden Tag einen Brand auf der Insel. Der Feuerwehrmann antwortete noch im Laufen, dabei den dunklen Helm aufsetzend und keuchend den Riemen anziehend:

»Es ist kein Brand. Vor der Brücke ist ein BMW verunglückt. Ein junges Mädchen scheint schwer verletzt zu sein.«

Ich wußte, es war Marlin. Wir stürmten zu Alwins Wagen. Daß er am Steuer saß, war nicht gewollt von mir. Ich drängte den Wagen zu fahren, aber er wies mich barsch zurück.

»Nicht in deiner jetzigen Situation«, sagte er nur. Wie gut das war. Wer weiß, wohin ich den Wagen gesteuert hätte. Auf der Fahrt zur Unfallstelle hatte ich Zeit zum Nachdenken. Ich mochte nicht daran glauben, sie vielleicht verletzt vorzufinden. Ich konnte mir einfach nicht vorstellen, irgendwo Blut an ihrem schönen Körper entdecken zu müssen. Aus dieser Schreckensvorstellung heraus sehnte ich mich nach den Stunden des Glücks mit ihr. Ich sah uns beide auf der Fähre nach Schweden. Ich sah, wie sie den Möwen Brotreste zuwarf, und wie sie ihr blondes Haar im Meereswind in Ordnung bringen wollte. Ich sah, wie sie dem Biber nachlief und den Eisvogel sehen wollte. Ich sah ihre unglaublich leuchtenden Augen, als wir in Travemünde das große Glück hatten und bemerkte auch ihren Blick, als wir uns von Olle Gunnarsson verabschieden mußten. Ich spürte ihren Körper, als wir am Strand lagen und lange Ostseewellen uns umspülten. Und ich hörte deutlich ihre Worte, als sie mich bat, sie mit nach Norden zu nehmen: »Wenn Sie mich mitnehmen würden, wäre ich Ihnen sehr dankbar.« Ein Satz, der lediglich eine Bitte beinhaltete und doch so von Bedeutung war. Daraus wurden neun unvergängliche Tage mit ihr.

Sie lebte noch, als ich sie sah. Man hatte sie aus dem Auto getragen und in eine kleine, sandige Mulde gelegt. Ich ging zu ihr, und sie erkannte mich sofort. Sie war bei vollem Bewußtsein. Zehn, zwölf Leute mochten bei ihr sein, alles Autofahrer, die angehalten hatten. Irgend jemand hatte ein Kissen aus seinem Wagen geholt und es ihr unter den Kopf gelegt. Man wollte ihr auch eine Decke über ihren Körper legen, aber sie hatte abgelehnt.

Mein Gott – mein Herz blieb stehen. Wie konnte so etwas passieren? Ich kniete zu ihr nieder. Ich wußte nicht einmal, wie ich mich benehmen sollte. Denken, Sagen, Tun, alles war nur ein Karussell. Nichts mehr war in mir, alles nur ein leerer Raum. Bedeutungslosigkeit in mir. Mein Körper zitterte, und ich schien das warme Blut in meinen Adern zu spüren. Wie es floß, wie es sich anfühlte und wie es zu stocken schien. Erlebte ich wirklich die Gegenwart? Konnte es nicht eine

Lüge, ein Traum sein? Was in aller Welt hatte sie Böses getan, daß es so kommen mußte, so ein junges Leben ... Marlin, mein wundervolles Geschenk – wie liebe ich dich!

Selbst im Angesicht des Todes sah sie noch wunderschön aus. Nur die Haut war etwas blasser, und ihr Blick wirkte müde. Vielleicht täuschte ich mich auch nur.

Sie streckte mir ihre Hand entgegen und versuchte sich aufzurichten. Der Versuch scheiterte kläglich. Sie legte sich wieder zurück und bat nun doch um eine Decke. Sie hatte keinerlei Verletzungen im Gesicht. Nicht mal ein kleiner Kratzer hatte ihr schönes Antlitz verunstaltet. Wie ein Wunder kam es mir vor, wenn man den Wagen betrachtete. Vielleicht wollte jemand da oben, daß ich sie noch einmal so sehen sollte, wie sie immer gelebt hatte, in ihrer herrlichen, unvergleichlichen, jugendlichen Schönheit.

Ich hatte Angst, sie zu berühren. Gerade in diesem Moment erschien mir ihr Körper wie ein einziges großes Juwel; ihre Augen hatten noch immer die gleichbleibende Helligkeit. Ich kniete zu ihr nieder.

»Marlin«, flüsterte ich leise.

»Du bist gekommen.« Ihre Stimme war ruhig und wohlklingend. »Wie schön, daß du da bist.«

Ich ergriff ihre Hand und war irgendwie überrascht, wie warm und wohltuend sie sich anfühlte. Ich drückte sie an meine Wange und ließ sie dort eine Zeit verweilen. Ich blickte in ihre Augen. Der Atemfluß ihres Mundes hatte mich erreicht, und ich meinte, ein ferner Kuß hatte mich berührt.

»Ja, da bin ich nun, und ich weiß nicht, was ich sagen soll. Sag mir, sag mir ... Wie ist es passiert?«

Sie drehte ihren Körper weiter zu mir und versuchte in der Schwere dieser Anstrengung zu lächeln.

»Ich weiß es nicht, wie es passiert ist, ich weiß es ganz sicher nicht. Die Lenkung fühlte sich plötzlich so merkwürdig an, ich hatte plötzlich keine Gewalt mehr über den Wagen. Es war so, als fühlte ich nicht mal mehr eine Straße unter mir.«

»Bist du einem anderen Auto ausgewichen?«

»Es war kein anderes Auto in der Nähe.«

»Bist du ganz sicher?«

»Ja, ich weiß es.«

»Und die Bremsen? Waren sie in Ordnung?«

»Sie funktionierten.«

»Wie ist denn alles passiert?«

»Aus irgendeinem ... aus irgendeinem Grund bin ich auf die Bremse getreten. Ich glaube, ich konnte den Zigarettenanzünder nicht finden. Das blöde Ding, ich weiß noch immer nicht, wo er ist. Der Wagen, er ... er verlor an Geschwindigkeit und geriet ins Schleudern. Es wurde seltsam dunkel und dann konnte ich mich ... ich mich an nichts mehr erinnern. Es soll ein Baum gewesen sein. Stehen Bäume hier?«

Ich wagte es ihr kaum zu sagen

»Nur einer.«

Ihr Mund verzog sich, als hätte sie eben den Mittäter wahrgenommen.

»Das nennt man wirklich Pech.«

Dann begannen ihre Augen zu kreisen. Zuerst langsam und dann schneller. Hoch zum Himmel blickten sie, zu den anwesenden Leuten und schließlich zu mir. Und ganz plötzlich, als wäre irgend etwas passiert, was sie beruhigte, bekamen ihre Augen wieder jenen Blick, der für alles und wenig stand, wenn sie glücklich war. Es waren ein paar Blumen, die sie beglückten. Sie wuchsen außerhalb der Mulde und waren nur undeutlich zu erkennen, so weit entfernt waren sie. Trotzdem, ihre orange-rote Farbe strahlte deutlich zu uns herüber. Sieben oder acht mochten es sein, gerade ein kleines Büschel.

»Siehst du die Blumen dort, Mike?«

»Ja.«

»Kennst du ihren Namen?«

»Ich kenne sie nicht. Was sind es für Blumen?«

»Es sind Sommeradonisröschen. Merkwürdig, sie brauchen Kalkboden, um zu blühen, und hier, wo der Boden feucht ist, wachsen sie auch. Sie wuchsen auch im Garten meiner Mutter, direkt vor meinem Fenster. Ich habe immer ... immer ihre Blütenblätter gezählt. Wenn es mehr als vierzehn waren, pflückte ich sie.«

»Und wieso bei vierzehn?«

»Bis vierzehn Blätter sah ich sie als jung an. Ihr Alter begann für mich bei vierzehn, ohne zu wissen, daß die Anzahl der Blütenblätter nichts mit ihrem Alter zu tun hatte. Ich meinte ... ich meinte aber, sie werden bald verblühen. Um ihnen das Welken zu ersparen, riß ich sie aus der Erde. Albern, nicht wahr? Aber du mußt bedenken, ich war damals auch erst vierzehn. Kann es ein, daß ich Angst hatte, älter zu werden?« Ich drückte ihre Hand, die noch immer von ungewöhnlicher Wärme war, dann beugte ich mich noch weiter zu ihr, um sie einfach besser verstehen zu können. Ihre Stimme wurde merklich leiser.

»Möchte ich nicht glauben«, antwortete ich ihr.

»Meine nur nicht, daß ich damals immer ausgelassen war. Es gab viele Momente, da fürchtete ich mich.«

»Vor was?«

»Einfach, was später einmal kommen könnte, glückliche Zeit ist immer – so kurz. Ich habe unsere gemeinsamen Tage gezählt. Waren es tatsächlich ... tatsächlich nur neun?«

Ich bewegte den Kopf wortlos nach unten zur Erde. Zuerst kam mir der Gedanke, ich bräuchte ihr nicht zu antworten. Ich bräuchte nur so zu tun, als hätte ich ihre Worte gar nicht wahrgenommen, doch dann wußte ich, daß ich ihr alles schuldig war – auch eine Antwort:

»Ja, es waren neun Tage«, sagte ich. »Was heißt waren – es sind neun Tage! Es werden noch viele weitere folgen.«

»Bist du sicher?«

»Ich weiß es.«

Sie legte den Kopf weit zur Seite, um mir dann doch noch ihr Gesicht voll zuwenden zu können.

»Warum müssen wir Menschen uns in den unmöglichsten Situationen etwas vormachen. Glaubst du, daß ich sterben werde?«

Jemand schnürte meine Kehle zu, drückte an meiner Gurgel, nahm mir den Atem.

»Nein«, mußte ich ihr dennoch ganz schnell antworten.

Sie hatte die Kraft weiterzusprechen.

»Ich möchte als Regentropfen leben. Es wird immer ein kurzes Leben sein, nie blind und düster. Die Sonne wird mich töten, in Wolken werde ich wiedergeboren werden, die Winde werden mich zurückbringen. Ich werde wieder leben, dann schnell sterben und wieder leben. Leben, sterben, leben, sterben ...«

Sie wollte sogleich fortfahren, doch sie hielt inne, und ihr bereits geöffneter Mund schloß sich wieder. Dafür sah sie mich sehnsuchtsvoll an und drückte meine Hand. Jetzt bedeckten auch Tränen ihre Wangen. Sie blickte nochmals auf die roten Sommeradonisröschen und schloß für einen kurzen Augenblick die Augen. Auch meine Augen wurden feucht. Sie bat mich, mich näher über sie zu beugen. Ihre Stimme verlor noch mehr an Deutlichkeit.

»Wird der Krankenwagen gleich kommen?« fragte sie.

»Er muß jeden Moment hier sein«, sagte ich.

»Wo werden sie mich hinbringen?«

»Wenn es auf der Insel kein Krankenhaus gibt, dann sicherlich nach Heiligenhafen oder Oldenburg.«

»Seltsam, ich habe nicht mal Angst davor. Und ich weiß auch, sie werden mich nicht lange dabehalten. Diese kleinen Verletzungen werden sie gar nicht wahrnehmen können. Sie werden mich einfach wieder nach Hause schicken müssen. Du wirst es nicht glauben, ich bin okay.«

Ich vernahm die schrille Sirene des Krankenwagens. Endlich, dachte ich. Als ich mich in seine Richtung umdrehte, sah ich die weiße Autofarbe. An der Antenne wehte irgendeine Fahne, und aus dem Auspuff kam heller, dichter Qualm. Zur gleichen Zeit kam auch der Feuerwehrwagen.

»Sie sind da«, sagte ich nur.

Ihr Blick blieb an mir hängen. »Ich weiß«.

Wenn ich bislang nicht auf ihre Kleidung geachtet hatte, so wurde ich nun gewahr, daß sie eine wunderschöne Bluse trug. Die Kragenecken waren rund, und eine kleine Nadel hielt so etwas wie ein Tuch fest. An der Seite war es verrutscht, und das Muster von vielen kleinen Geldstücken konzentrierte sich an einer Stelle besonders. Die Knöpfe waren aus Leder und hatten nicht die sonst übliche Form. Sie waren oval und bestätigten auch: Das Gewöhnliche lehnte Marlin ab.

Dann quietschten Bremsen, Autotüren wurden aufgeschlagen, und aufgeregte, laute Stimmen drangen zu uns. Sie wirkten irgendwie störend und nicht so, als hätte man auf sie gewartet. Trotzdem galt ihnen meine Aufmerksamkeit.

Gleich darauf stolperte der Notarzt mit zwei Helfern in die Mulde, so hastig, daß er mich fast zu Boden gestoßen hätte. Während ich ihn erstaunt anschaute bemerkte ich, daß er eine ungewöhnliche Kopfform hatte, viel zu eckig. Am linken Handgelenk trug er eine übergroße Uhr. Seine beiden Helfer hatten eine Tragbahre bei sich, die – ganz klar – schon sehr betagt war. Einer von ihnen, ein schlacksiger junger Mann mit einer Menge Sommersprossen im Gesicht, hätte beinahe diese Bahre in unmittelbarer Nähe von Marlin fallengelassen, wenn der Arzt sie nicht vorher aufgefangen hätte. Der Arzt zog sofort die Decke von Marlins Körper. Zum ersten Mal bemerkte ich Blut am unteren Teil ihrer Bluse. Der Arzt öffnete seinen Metallkoffer. Zu mir gewandt, fragte er:

»Wissen Sie, wie es passiert ist?« Dabei begann er den Puls der Verletzten zu prüfen.

Nebenbei beobachtete ich, wie die Feuerwehrleute zu dem verunglückten Wagen liefen. Einer von ihnen versuchte, die verklemmte Fahrertür zu öffnen. Und ich bekam auch mit, daß der größte der Feuerwehrleute dem Arzt zuflüsterte, ob weitere Hilfe angefordert werden sollte. Der Arzt hielt es nicht für erforderlich, er ordnete die schnelle Fahrt ins Krankenhaus an. Endlich konnte ich ihm mitteilen, daß ich später hinzugekommen war. Er achtete weiterhin auf die Pulsschläge der Verletzten. Danach wischte er sich ein paar Schweißperlen von der Stirn.

»Nur Sie allein sind bei der jungen Frau. Kennen Sie sie gut?«

»Sie ist meine Freundin.«

»Ihre Freundin? Ein bißchen jung, würde ich sagen.«

Sollte ich ihm jetzt sagen, daß der Fortschritt nicht darin liegt Angebotenes einfach anzunehmen, sondern mehr zu fordern? Ich beließ es bei ein paar simplen Worten.

»Ich kann nichts dafür«, sagte ich einfach.

Er wurde sehr sachlich.

»Sie hat also den Wagen allein gesteuert?«

Ich überlegte kurz.

»Nehme ich doch an.«

»Wem gehört der Wagen?«

»Es ist ein Leihwagen.«

»Sie hatten ihn sich gemeinsam gemietet?«

»Ja.«

»Kannten Sie das Ziel der Frau?«

»Sie wollte ins Einkaufscenter nach Heiligenhafen.«

»Ich frage mich nur, warum sie es so eilig gehabt hat. Wenn man den demolierten Wagen betrachtet, muß sie eine ungeheure Geschwindigkeit zur Zeit des Unfalls gehabt haben.«

»Wie sieht es aus, Herr Doktor?«

»Schwer zu sagen.«

»Ist es kritisch?«

»Ich fürchte, ja.«

»Und wie kritisch?«

»Einiges mehr, als Sie hören möchten.«

»Sie wird leben?«

Wir konnten uns so unterhalten, weil Marlin die Augen geschlossen hatte und sicherlich nicht mitbekommen würde, was um sie herum geschah. Es sah aus, als würde sie friedlich schlafen. Nur ab und zu kam ein Stöhnen von ihr hoch. Immer aber behielt sie die Augen geschlossen. Der Arzt hatte eine immer gleichbleibende Tätigkeit, fühlte den Puls, kontrollierte die Herzschläge und kümmerte sich um ihre Wunden. Ganz schlanke Hände hatte er.

»Sie wollen hören, ob sie leben wird?« sagte er. »Wer weiß das schon in diesem Augenblick. Es sind schwerwiegende Verletzungen, sie muß sofort ins Krankenhaus gefahren werden. Ich kann hier nur das Notwendigste für sie tun.«

Ich wagte nochmals eine Frage, die bereits beantwortet war.

»Also doch kritisch?«

Der Arzt blickte kurz, merkwürdig auf. »Ja.«

Dann sah er zu den Feuerwehrleuten hinüber, die sich an dem demolierten Wagen zu schaffen machten. Einer von ihnen kam in unsere Nähe und betrachtete Marlin. Er wandte sich sofort wieder ab und ging wortlos weiter. Dabei hatte er seinen Helm abgenommen. Bei dem Arzt selbst schienen die tieferen Falten noch weiter in die Haut eindringen zu wollen. Durch die dicke Hornbrille, die an einer Stelle gebrochen aber schlecht geklebt war, konnte ich mitfühlende Augen erkennen. Seine Bewegungen waren von ungewöhnlicher Ruhe. Er legte Watte auf eine Wunde und sagte: »Unfallopfer scheinen in meinem Leben eine besondere Bedeutung zu haben. Sie sind bei mir häufiger als Krankenbesuche. Nur sind die Chancen hier weitaus schlechter. Übrigens, ich bin Dr. Eskilsen.«

Der Arzt beugte sich noch näher über die Verletzte und rief den Helfern etwas in lateinischer Sprache zu, worauf einer sofort zum Krankenwagen lief, ein anderer Binden aus dem Metallkoffer entnahm. Der Arzt selber tupfte etwas Flüssigkeit in eine der Wunden und legte so etwas wie ein Kissen unter ihren Rücken. Während der ganzen Zeit hatte Marlin nicht ein einziges Wort gesagt und immer die Augen geschlossen gehalten. Erst als der Arzt ihr weiter die Bluse aufknöpfte, öffnete sie sanft die Augen. Sie hatte bestimmt für Minuten nichts wahrgenommen, vielleicht wußte sie nicht mal, daß ein Arzt bei ihr war. Sie wollte sich erheben, doch der rechte Arm des Arztes verhinderte dies sofort.

»Bleiben Sie bitte liegen«, sagte er mit angemessener, ruhiger Stimme.

Sie schmunzelte leicht, so als hätte sie alle zum Kaffee eingeladen und freute sich nun, selbstgebackenen Kuchen offerieren zu können.

»Muß ich das?« fragte sie mit leiser Zartheit in der Stimme. Nur ein Regenschauer oder ein Windstoß hätte ihr die Blüte einer Sommerblume entführen können, die für einen kurzen Moment auf ihrem Gesicht lag. Ich war es, der es tat. Wie schön, die Erde schickte ihr Sommerblüten!

Der Arzt sprach weiter: »Wenn Sie die Sache nicht verschlimmern wollen, müssen Sie ganz ruhig liegenbleiben. Die kleinste Bewegung kann Ihnen schaden.«

Als hätte sie die Warnung überhört, winkelte sie etwas ihr linkes Bein an. »Was ist, Herr Doktor, muß ich tatsächlich ins Krankenhaus?«

Der Arzt preßte kurz seine Lippen zusammen, die flach und dünn erschienen.

»Ich fürchte, ja. Es wird das beste sein. Bestimmt wird es nicht von Dauer sein, aber Sie werden Besuch empfangen können, und nach einer Zeit wird alles wieder verheilen. Ich weiß, wie schnell so etwas verheilt.«

Es drängte sich mir auf, die Ärzte jedes Jahr für den Nobelpreis vorzuschlagen, für wundervolles Lügen. Sie werden es verdient haben, überall.

»Sie meinen es, Herr Doktor?«

»Bestimmt.«

»Ich war noch nie in einem Krankenhaus. Wird mir vielleicht ein wenig fremd vorkommen.«

»Das ist nur am Anfang. Sie werden Leidensgenossen dort vorfinden. Im Bett neben Ihnen liegt vielleicht einer mit einem geschienten Bein, und auf der anderen Seite liegt einer,

der sein Handgelenk gebrochen hat. Alles leichte Fälle so wie
Sie …«
»Ich bin also ein sogenannter leichter Fall.«
»Jawohl, das sind Sie.«
»Und ich darf Besuch bekommen?«
»Jeden Tag!«
»Wer darf mich denn alles besuchen kommen?«
»Jeder, der es will.«
»Wie schön! Kommen Sie auch, Herr Doktor?«
»Bestimmt.«
Marlin befühlte kurz die Tragbahre neben sich. Der Arzt legte
ihr gütig seine rechte Hand auf die Stirn, die nun von unge-
wöhnlicher Blässe war. Selbst ihre Wangen, sonst immer
rosig, wiesen die gleiche Farbe auf. So, als hätte sie einen
Sommerregenbogen erblickt, erstrahlten auf einmal ihre
Augen. Kraft von weit her ließ eine kleine Erleichterung in ihr
aufkommen. Sie berührte mit den Fingern ihre Lippen, als
wollte sie vor dem Sprechen prüfen, ob sie auch wirklich da
waren. Der Hauch ihrer Stimme war wieder anwesend.
»Mein Gott, wie bin ich zufrieden. Selbst das Gras am Weg
hat seinen Geruch, und ich möchte es riechen. Es ist wenig,
was ich fordere, und dann glaube ich zugleich, daß es doch
zu viel sein könnte. Was ist es nun wirklich?«
Ich war sicher, der Arzt würde gar nicht genau wissen, was er
ihr antworten sollte. Und so war es dann. Vielleicht konnte er
ihren Worten auch gar nicht folgen. Er konnte ja nicht wissen,
daß sie der Wirklichkeit immer reichlich Neugier und
Träume hinzugab.
Sie hatte nie Distanz geschaffen, weder zum Himmel noch
zur Erde. Der Zauber hatte immer einen Kreis um sie gebil-
det, nicht abweisend, sondern zum Betreten einladend.
Nochmals fragte der Arzt.
»Wo überall haben Sie Schmerzen?«
Durch starken Atem wölbte sich ihr Oberkörper.
»Es ist der Bauch, Herr Doktor.«
»Sonst noch wo?«
"Nein, Herr Doktor«, ächzte sie.
»Wir werden Sie jetzt ins Krankenhaus transportieren
müssen. Sie müssen ganz ruhig liegenbleiben. Für die
Schmerzen werde ich Ihnen erstmal eine Spritze geben,

können Sie mich verstehen?«

»Ja, ganz deutlich.«

»Sie müssen jetzt ganz tapfer sein.«

»Werde ich tun, Herr Doktor.«

Dann trugen die Helfer sie auf der Bahre fort. Ich ging neben ihr und hielt ihre Hand. Erst als sie mit der Bahre in den Krankenwagen geschoben wurde, bemerkte ich, daß ihre letzten Worte dem Arzt galten und nicht mir. Konnte ich dem überhaupt Bedeutung zumessen?

IV.

Was ist sonst noch über sie zu sagen?

Sterben heißt, sich darauf einstellen, daß das Leben vorbei ist. Um Sterben akzeptieren zu können, muß man gelebt haben. Wenn das Leben kurz war – wenn man nie erfahren durfte, was es einem in seiner Länge noch zu bieten gehabt hätte, dann mag es ein nicht ausgezahlter Discount gewesen sein. War es kurz und man hatte aber seine ganze Fülle genossen, dann mochte es ein zauberhaftes Malheur sein. Wer einmal das volle Glück in seinen Händen gehalten und es wieder verloren hat, wird nie mehr Ruhe finden – ein Leben lang. Das einmal Erlebte wird sich nie mehr ersetzen lassen, und Neues wird keinen Trost spenden können.

Was hatte sie gesagt? »Es wird sich keiner an mich erinnern können. Wenn die Leute nach mir fragen werden, wirst nur du über mich erzählen können. Du wirst der einzige sein, der weiß, daß ich gelebt habe. Du wirst den Platz wissen, wo Sonnenstrahlen auf gelben Ginster fielen, und du wirst die Flußläufe kennen, wo wir den Eisvogel vermuteten. Du wirst immer wieder die Wiesen finden, die kein Ende zu nehmen schienen. Die Zeit, die uns so vieles gab, wird gehen wie auch die Wellen auf dem Wasser nach einer Böe – übrigens, ein erheiternder Moment. Diese Zeit ist so ganz anders, vielleicht weil wir selber so sind. Wir haben gefühlt, geatmet und einander geliebt. Gibt es Größeres?«

Ihr Grab liegt in einem kleinen Dorf bei Braunschweig. Hier wurde sie auch geboren. Auf dem Grab wachsen Begonien. Die Zweige einer Eiche reichen weit darüber hinweg. Bei Sonnenschein, wenn der Wind sie bewegt, bilden sie Schattenfiguren über der stillen Erde. In den Zwischenräumen tanzen Lichtstrahlen. Jedes Jahr bin ich dort. Im Frühling und Sommer des öfteren. Und wenn der Winter nicht so schneereich ist, dann ebenso oft. Ich bringe ihr Blumen, berühre den Stein und spreche mit ihr. So, als wäre sie nie gestorben.

Und immer, wenn ich da bin, treffe ich einen alten, grauhaarigen Mann an. Es ist so, als sei er jeden Tag auf dem Friedhof. Er geht gebückt und braucht für die Hügel des Friedhofes einen Krückstock. Seine Stimme ist zitterig und sein Gesicht voller Furchen und Falten. Seine Augen aber sind voller Güte und Sanftmut. Er trägt stets einen grünen Lodenmantel. Er ist immer sehr ernst, nie habe ich ihn anders angetroffen. Heute begegne ich dem alten Mann an einer ganz anderen Stelle, und er weiß nicht, welche Grabstätte ich besuche. Weil wir uns schon öfter begegnet sind, kommen wir heute ins Gespräch. Er erzählt mir von einem Grab, das weit oben auf dem Hügel liegt und immer voller Blumen ist. Seltene Vögel umfliegen es. Und obwohl es nie von einem Gärtner bepflanzt wurde, wächst roter und grüner Farn zu beiden Seiten.

»Wissen Sie genau, wo das Grab liegt?« frage ich ihn.

Mit seinem Stock deutet er weit in eine Richtung.

»Dort, hinter der zweiten Anhöhe ist es. Es ist der zweite Stein in der obersten Reihe. Wenn Sie die Stufen hochgehen, können Sie ihn sehen. Es ist ein grauer Stein mit goldener Inschrift. Ein seltener Name steht darauf: Ich glaube, Marlin.«

Ich werde neugierig.

»Erzählen Sie mir mehr von dem Grab. Ist es wirklich so außergewöhnlich?«

Der alte Mann weiß nicht, ob er sofort antworten soll, dann tut er es doch.

»Bestimmt! Viele Leute reden schon davon. Zur Zeit sieht man sogar den Eisvogel dort.«

In meinem Leben hatte ich nie eine Herberge gefunden. Unruhig durchstreifte ich fremdes Land, fand nirgendwo einen Grund zu bleiben. Immer der Unruhe ergeben, konnte ich auch weiterhin keine andere Version erwarten. In diesem Augenblick wußte ich aber: Nach Kostbarkeiten zu suchen, ist überflüssig geworden – das Leben hatte mir seinen ganzen Reichtum geschenkt – für neun Tage! Es mußte einen Himmel geben. Jetzt wußte ich es. Jetzt, in diesem Augenblick.

Der Eisvogel war gekommen, er wollte etwas sagen, etwas andeuten.

»Der Eisvogel. Braucht er nicht Wasser für seinen Lebensraum?« frage ich den alten Mann.

Er nickt kurz. »Ja, natürlich, er lebt von Fischen.«

Wie benommen bin ich.

»Ist denn ein Fluß in der Nähe?«

Der alte Mann muß einen kurzen Moment überlegen.

»Es ist kein Fluß in der Nähe. Nicht, daß ich wüßte. Es gibt einen Teich, gute achtzehn Kilometer von hier entfernt, da hat man schon Eisvögel gesehen. Früher brüteten in Riddagshausen welche. Aber diese Zeit ist schon längst vorbei. Hier habe ich noch nie welche gesehen.«

Ergriffen betrachte ich den dunkler werdenden Himmel.
»Und trotzdem ist er hier?«
Der Alte wird ebenso nachdenklich.
»Ja, eigenartig, nicht wahr? Wieso mag er wohl hierherfliegen?«
Ich lege ihm meine Hand auf die Schulter und bewundere seine hellgrauen Haare. Meine Stimme ist leise. Ich will ihn in seinen Gedanken nicht aufschrecken, und ich will ihm auch nicht Neugier entziehen. Ich will einfach eine Lücke schließen, die er irgendwie empfinden muß.
»Man wird es nicht glauben«, sage ich. »Aber ich weiß es. Ich weiß es ganz genau. Der Eisvogel wird immer großzügig sein, so unwahrscheinlich großzügig ...«
Nun war ich zufrieden. Wo immer Marlin sein mochte, es mußte etwas Behagliches sein, etwas Beschützendes. Es konnte nur so etwas wie der Himmel sein. Nur so etwas Grandioses, da war ich ganz sicher. Wie mochte sie im Himmel aussehen? Ich stellte sie mir so vor ... so vor ... und auch so vor... Sie konnte einfach nur so aussehen wie auf der Erde auch. Sie wird nicht älter sein, nicht größer und auch nicht vernünftiger. Sie wird einfach Marlin sein.
Der Wind wird bleiben und das Meer auch. Zwei, die so offenherzig sind, die fürsorgliches Interesse zueinander haben, die miteinander flanieren. Lieber Honigmond und zauberhafter Moment, sind beide nicht ein Anblick? Überall! Auch dort, wo Wimpern mehr als Regentropfen tragen können.
Es ist wieder jene Zeit – der Bittersüße Nachtschatten wächst. Es ist wieder die Zeit, wo an den Ufern Laugenblumen gelbe Blütenteppiche bilden. Es ist so wie damals – damals – Marzipanzeit!

Ende

Pfirsich-Annie heiratete einen Obsthändler, Seidenfinger ist Hausdetektiv in einem Warenhaus geworden. Schmuddelwetterwilly hat sich nun doch für die Sonne entschieden, er verkauft auf Ibiza Ansichtskarten. Zahnstochers Bild klebt auf der Verpackung eines Schlankheitsmittels. Und ich? Ich fing an, Bücher zu schreiben.